UN SEGRETO LETALE

LE INDAGINI DELLA DETECTIVE KAY HUNTER

RACHEL AMPHLETT

CAPITOLO 1

I polpacci le bruciavano, il respiro le sfuggiva in una sottile nebbia.

Silenzio, eccetto per il suono dei suoi passi.

I polmoni le premevano contro le costole mentre prendeva un altro respiro e saltava oltre una bassa barriera di legno che separava l'asfalto da un sentiero accidentato, la cui superficie di terra e pietre scricchiolava sotto le sue scarpe.

Forme spettrali emergevano dalla fitta nebbia che la circondava da ogni lato, alberi rachitici che lottavano per crescere nel terreno sottile abbandonato dagli imprenditori edili che avevano completato le ultime aggiunte al complesso residenziale, e arbusti ostinati che si allungavano avvolgendo viticci spinosi attorno alla sua felpa di cotone.

Più veloce ora, lontano dalle ombre, lontano dalle finestre oscurate delle case che si affacciavano sul sentiero, aumentando il ritmo per contrastare l'aria fredda che le si appiccicava alla pelle.

Un bagliore arancione ondeggiò davanti a lei, il lampione si trasformò in una macchia di luce che proiettava un misero arco sull'estremità lontana della strada successiva mentre i suoi piedi trovavano nuovamente il marciapiede.

Poi inciampò, i lacci sciolti di una scarpa che si impigliavano sotto l'altra facendola cadere in avanti.

Allungando le mani ai lati per stabilizzarsi, rallentò fino a fermarsi e osservò i suoi piedi.

«Merda».

L'ispettrice Kay Hunter si accovacciò e allungò la mano verso i lacci ribelli, il suo sguardo scrutò la nebbia che avvolgeva il complesso residenziale.

Sottili fili di umidità le si attaccarono ai capelli mentre assicurava il fiocco, e si scostò una ciocca dagli occhi prima di raddrizzarsi. Il suo respiro si condensò davanti a lei mentre controllava oltre la spalla l'arrivo di eventuali auto.

La nebbia rendeva più densa l'aria, smorzando i suoni del traffico dalla strada principale distante solo mezzo miglio, e conferiva all'atmosfera una tonalità lattea che avrebbe causato il caos sull'autostrada M20 quella sera.

I suoi colleghi della Stradale sarebbero stati impegnati.

Kay allontanò quel pensiero e riprese a correre con un ritmo tranquillo, ansiosa di completare il suo percorso e tornare a casa prima delle otto.

Alzando il braccio, guardò lo schermo dell'orologio da polso e fermò il cronometro.

Non avrebbe battuto il suo tempo migliore, non ora.

Invece, decise di aggiungere un altro giro per aumentare la distanza e rafforzare i muscoli che avevano risentito di troppe giornate lunghe, di troppe notti tarde nella sala operativa e della tendenza ad addormentarsi davanti alla televisione quando rientrava a casa.

Il suo labbro superiore si arricciò quando un crampo minacciò di colpire il polpaccio destro.

Questa sera era la prima occasione da molto tempo per rilassarsi, per riprendere la sua vecchia routine. Nonostante il grigio tempo di marzo, sorrise. Era l'inizio di una nuova settimana con un paio di giorni liberi prima del suo prossimo turno e niente in agenda.

Mancavano solo due mesi a quando lei e il suo compagno, Adam, sarebbero volati in Portogallo per una vacanza a maggio, e Kay era determinata a entrare negli shorts di jeans attualmente riposti in una valigia impolverata sopra il suo armadio insieme agli altri vestiti estivi.

Correre era una cura, oltre che un'alternativa economica alle tariffe esorbitanti che alcuni delle palestre locali richiedevano. Lei approfittò di quel tempo per sé stessa, per lasciar scorrere via i problemi della giornata mentre ritrovava di nuovo il suo ritmo.

Attraversò una mini-rotatoria e girò a destra, facendo un cenno a un uomo che passeggiava con un vecchio levriero che guardava il suo rapido movimento con invidia.

Zigzagando attraverso un varco in una recinzione di legno che divideva la strada alla fine del complesso residenziale, Kay usò la manica per asciugarsi l'umidità dalla fronte e sentì la pendenza nelle ginocchia mentre la strada scendeva verso la strada principale che conduceva al prato comunale.

Quasi arrivata.

Una sirena ululò in lontananza, seguita a breve da un'altra e il suo cuore batté contro le costole in risposta quando riconobbe prima un'auto di pattuglia, e poi l'inconfondibile suono di un'ambulanza che andava di fretta.

Espirando, cercando di liberarsi della tensione che si stava accumulando nel petto, svoltò a sinistra, allontanandosi dal bagliore che brillava attraverso le finestre di un pub a poche centinaia di metri di distanza, con il profumo di legna bruciata che si attaccava all'aria densa.

Un'altra svolta a sinistra, e si trovò sul rettilineo finale, seguendo la stretta corsia che precedeva il complesso residenziale. C'erano case più vecchie qui, e in estate amava passarci davanti e ammirare i tetti di paglia e i camini di mattoni rossi mentre assorbiva la storia dei suoi dintorni.

Questa sera, un rinnovato senso di urgenza le attraversò al suono di un secondo veicolo della polizia. La sirena svanì rapidamente, la nebbia attenuò il rumore così velocemente come era apparso, soffocandolo mentre raggiungeva la mini-rotatoria successiva.

Rallentò mentre imboccava il tratto di strada in cui viveva.

Quando raggiunse il pub locale e guardò attraverso le finestre mentre passava, notò la piccola folla radunata nel bar principale. La risata di un uomo le giunse attraverso l'oscurità, e uno dei fumatori in piedi sotto il gazebo di legno all'esterno, poco più di un'ombra, la salutò con un cenno della mano.

Tirò fuori il cellulare dal supporto sul braccio sinistro,

chiedendosi se dovesse chiamare Adam e scoprire se avesse quasi finito alla sua clinica veterinaria per la serata, poi gemette quando vide lo schermo spento.

«Accidenti».

Maledicendo l'ottimismo che la carica della batteria sarebbe durata fino alla fine della sua corsa, lo rimise a posto e decise di metterlo in carica non appena avesse varcato la porta di casa.

Non era di turno questa sera, né per le prossime due sere, ma un senso del dovere rimaneva mentre si rimproverava per la svista.

Kay alzò la mano verso il gruppo di fumatori e decise di trascinare Adam lì dopo aver avuto la possibilità di fare una doccia, un sorriso sulle labbra mentre si rendeva conto dell'ironia di bere un drink mentre cercava di recuperare la forma fisica.

Rallentando fino a camminare e allungando i muscoli delle gambe per calmare il battito cardiaco, Kay guardò dietro di sé al suono di un'auto in avvicinamento e si spostò sul ciglio mentre dei fari sfocati svoltarono l'angolo e penetrarono la corsia nebbiosa.

L'erba alta le sfiorò le caviglie nude, e lei alzò una mano per ripararsi gli occhi dalle luci, soffocando uno sbuffo di disgusto mentre il conducente sfrecciava, chiaramente oltre il limite di velocità.

Tornò sulla corsia e iniziò a stirare i muscoli delle braccia, osservando l'auto frenare bruscamente.

I suoi fanali posteriori brillarono, macchie rosse che si illuminavano nella nebbia prima che il veicolo virasse a destra e si fermasse.

«Cosa stai combinando?» mormorò, con la fronte corrugata in un'espressione accigliata.

Un debole bagliore emanò dal lunotto, poi sentì sbattere una portiera prima che la silhouette di un uomo si lanciasse fuori dall'auto. Le sue scarpe toccarono la ghiaia del vialetto della casa oltre una bassa siepe di ligustro e poi sparì dalla vista, i suoi passi si mossero con determinazione.

Un'inquietudine si insinuò nelle vene di Kay mentre si affrettava verso il veicolo, un senso di presagio che le provocò un brivido di pelle d'oca su tutta la pelle.

Sentì un pugno battere contro una porta di legno seguito da una voce soffocata che si diffondeva nell'aria.

Il respiro di Kay si bloccò in gola mentre si avvicinava all'auto e riconobbe la targa dal parco veicoli assegnato alla centrale di polizia di Maidstone.

I passi rasparono nuovamente la ghiaia.

«Capo?»

Si girò di scatto al suono della voce familiare per vedere un uomo sui vent'anni con i capelli a punta emergere dal suo vialetto, il volto turbato.

«Gavin? Cosa ci fai qui? Non è Barnes di turno stasera?»

«Lo è, capo.» Il detective indicò verso l'auto e aprì la portiera del passeggero. «Mi dispiace capo, ma ha pensato che lei avrebbe voluto saperlo immediatamente, quindi mi ha detto di venire a prenderla.»

«Prendermi?» Kay deglutì.

I lineamenti del suo collega erano grigi nella flebile luce del lampione di fronte a casa sua. Sbatté le palpebre per allontanare l'improvvisa sensazione che il suo mondo stesse inclinandosi, e fece un respiro tremante.

«Gav? Cosa sta succedendo?»

«Deve venire con me, capo. C'è stata un'irruzione a mano armata nell'ambulatorio veterinario, e Adam è stato portato d'urgenza in ospedale.»

CAPITOLO 2

Kay osservava impotente mentre un portantino si avvicinava all'infermiera capo che gestiva il triage dei pazienti che affluivano al pronto soccorso, e si rosicchiò l'angolo dell'unghia del pollice.

Con la gola secca, represse l'impulso di attraversare la sala fino alla reception per chiedere un altro aggiornamento, nonostante il malessere che la divorava, nonostante la paura.

Dopo essersi avvicinata al banco informazioni, era stata indirizzata verso una fila di sedie, file su file di sedili di plastica dai colori vivaci fissati al pavimento che assomigliavano a quelli utilizzati nella stanza di custodia della centrale di polizia di Maidstone.

Sbattendo le palpebre alla vista della superficie arancione brillante, si accomodò all'estremità della seconda fila, poi allungò il collo per vedere oltre un uomo robusto sulla trentina che ondeggiava da un lato all'altro sul sedile davanti a lei e borbottava frasi incomprensibili sottovoce.

Arricciando il naso per evitare il fetore di alcol che emanava da lui a ondate, cercò di far rallentare il proprio battito cardiaco.

Il pronto soccorso era affollato, le voci di parenti e amici erano tinte di paura mentre attendevano notizie dei loro cari, mentre il personale ospedaliero con diverse divise colorate che indicavano la loro specializzazione si affrettava avanti e indietro con espressioni affannate.

Fece un respiro profondo, ricordando a sé stessa che Adam stava ricevendo le migliori cure possibili, che almeno era cosciente quando era stato portato via dall'ambulanza, ed era grata che i suoi colleghi stessero già esaminando la scena del crimine.

«Kay.»

Voltandosi al suono della voce di Gavin, si alzò in piedi mentre lui si fermava accanto a lei, con gli occhi che cercavano l'estremità opposta della stanza dove si era radunato un gruppetto di portantini.

«Novità?»

«Ancora niente. Mi hanno detto di aspettare qui.» Si strinse le braccia al petto, con la pelle d'oca che le punteggiava le braccia e le gambe esposte prima di girarsi verso il bancone della reception, con le scarpe da ginnastica che squittivano sulle piastrelle.

«Vuoi che ti prenda un caffè o qualcosa, o una bottiglia d'acqua, o...»

Gavin agitò le mani ai suoi fianchi, e lei notò una macchia umida sulla sua giacca con tracce di sangue sbavato ai bordi.

«No, va bene così. Grazie.»

«Sediamoci in fondo: non c'è nessuno lì, e sarà più tranquillo.»

Kay lo seguì docilmente, controllando alle sue spalle in direzione del bancone della reception.

Li avrebbe sentiti se l'avessero chiamata?

«Ecco qui.» Gavin stava indicando due posti, blu questa volta, e attese finché lei non si sedette. «Ho telefonato a Barnes. Sembra che da quella parte sia tutto sotto controllo.»

«Hai del sangue sulla giacca.»

«Ho cercato di lavarlo via poco fa, ma...»

«Cosa è successo?» Fissò davanti a sé, il suo sguardo si spostava dagli addetti alle pulizie ai portantini che passavano come una macchia sfocata.

Gavin fece un respiro profondo. «Da quello che abbiamo capito, Adam stava lavorando fino a tardi nel suo ufficio sul retro dell'ambulatorio...»

«È dietro le sale per le visite. Gli piace essere a portata di mano se qualcuno ha bisogno di lui.»

«Giusto. Il suo computer era acceso. Stava scrivendo...»

«Ha una scadenza per un articolo su una rivista medica che deve consegnare alla fine della settimana...» La sua voce svanì mentre si rendeva conto che stava farfugliando, elaborando lo shock.

«Probabilmente non si aspettavano che ci fosse qualcuno a quell'ora della sera», disse lui. «Da quello che abbiamo potuto capire, cercavano farmaci anestetici, antidolorifici, cose del genere.»

«Cloridrato di chetamina e cloridrato di metadone», disse Kay, con voce spenta. «Sono conservati in un armadietto dietro la porta nell'ufficio di Adam per sicurezza. È chiuso a chiave.»

«Hanno preso le sue chiavi, dopo che l'hanno... dopo...» Gavin s'interruppe e si morse il labbro.

Lei emise un sospiro tremante. «Cosa gli hanno fatto?»

«Aveva chiuso le porte d'ingresso, quindi, sono andati sul retro all'uscita di emergenza. Hanno rotto la finestra accanto...»

«Quella nel bagno.»

«Sì, e poi hanno percorso il corridoio fino al suo ufficio. Pensiamo che si sia girato quando sono entrati.» Gavin scosse la testa. «Non ha avuto il tempo di reagire, Kay, scusa, capo. Lo hanno colpito con qualcosa, di legno, pensiamo. Era privo di sensi quando è arrivata l'ambulanza, ma ha ripreso conoscenza mentre ero con lui, e poi di nuovo quando l'hanno caricato sull'ambulanza.»

«Ha detto qualcosa?»

Gavin scosse la testa. «Non ho capito, mi dispiace.»

Accanto a lui, Kay trattenne un gemito. «Chi ha chiamato?»

«Stephanie, la receptionist. Era andata via dopo l'ultimo appuntamento ma aveva dimenticato il cellulare: l'aveva lasciato collegato al computer, così è passata mentre andava a incontrare un'amica al cinema. Ha chiamato il pronto intervento dal parcheggio quando ha visto la finestra rotta e il fuoristrada di Adam all'esterno.»

Un respiro tremante sfuggì a Kay. «Se non fosse passata...»

«Sì, ma l'ha fatto, capo, e i paramedici sono arrivati molto velocemente. Io e Barnes eravamo sulla Sittingbourne Road quando abbiamo ricevuto la chiamata;

quindi, siamo arrivati nel giro di pochi minuti, e loro sono arrivati subito dopo di noi.»

Kay si strinse le braccia al petto mentre ascoltava.

«Barnes è all'ambulatorio, capo. Stephanie è rimasta lì, voleva aiutare, e il socio di Adam...»

«Scott.»

«È arrivato proprio mentre stavo partendo per venire a prenderti. Barnes vuole che io rimanga con te mentre lui esamina la... la scena.» Chiuse la bocca di scatto, con le guance che gli si arrossavano. «Se per te va bene.»

«Grazie», sussurrò.

CAPITOLO 3

Il detective sergente Ian Barnes camminava avanti e indietro sul pavimento piastrellato della Clinica Veterinaria Turner e fulminò con lo sguardo una giovane investigatrice forense che passò di corsa con i copriscarpe protettivi.

Non era colpa della donna, il ladro era stato ben preparato, con le sue mani, coperte da guanti usa e getta e il viso nascosto da un passamontagna.

Le possibilità di trovare qualcosa da confrontare con i registri del DNA di precedenti condanne stavano rapidamente svanendo.

Armeggiò con i guanti protettivi che gli coprivano le mani, il materiale umido contro la sua pelle calda che gli si attaccava ai palmi mentre osservava le apparecchiature informatiche sulla scrivania color faggio del bancone della reception.

«Chiunque abbia fatto questo non sembrava interessato a nulla di tutto ciò».

Una voce femminile lo strappò dai suoi pensieri, e si voltò mentre una donna sulla cinquantina gli si avvicinava.

Gli rivolse un debole sorriso e gli porse una tazza fumante di caffè. «Ho pensato che poteste aver bisogno tutti di qualcosa da bere. Solubile, mi dispiace».

«Se fosse qualcosa di meglio, comincerebbero a pretenderlo anche in centrale». Barnes le fece l'occhiolino, prendendo la bevanda calda. «Grazie, Stephanie. Come stai reggendo?»

«Il meglio possibile date le circostanze». Gli occhi della receptionist si rabbuiarono mentre seguiva il suo sguardo verso la scrivania. «Cercavano i farmaci, vero? Ho…ho sentito di effrazioni in altri studi veterinari, ma si pensa sempre che sia il tipo di cosa che succede agli altri… non a te».

«Ha fatto la cosa giusta chiamandoci e rimanendo in macchina», disse Barnes.

Stephanie rabbrividì. «Odio pensare a cosa sarebbe potuto succedere se li avessi sorpresi…»

«Ma non è successo». Barnes voltò le spalle al computer e aggrottò la fronte. «Ha visto qualcuno nei paraggi quando è arrivata nel parcheggio prima?»

«No… il posto era deserto a parte il fuoristrada di Adam. A dire il vero, sono stata felice quando l'ho visto, John, mio marito, mi aveva detto che sarebbe stato meglio lasciare il telefono qui fino al mattino, ma un'amica mi aveva mandato un messaggio con i dettagli di uno spettacolo che voleva vedere a Londra il prossimo mese e non mi ricordavo il suo numero a memoria». Il suo viso si rattristò. «Sembra così sciocco ora, date le circostanze: avremmo dovuto comprare i biglietti stasera mentre erano ancora a metà prezzo. Dovevo chiamarla per dirle che sarei andata con lei».

«Quando ha notato la finestra rotta?»

«Mentre entravo nel posto auto accanto a quello di Adam. I fari l'hanno illuminata, e ho frenato bruscamente perché non volevo passare sopra nessun vetro».

«E ha chiamato immediatamente il 112?»

«Sì». Il suo viso si rattristò. «Mi sono sentita sciocca, perché non riuscivo a sentire l'allarme suonare o qualcosa del genere, ma quando sono arrivati e ho consegnato le mie chiavi, hanno trovato Adam. Se non li avessi chiamati, forse non avrei immaginato che fosse sul retro e ferito...»

Rabbrividì, e Barnes allungò una mano e le strinse il braccio.

«Ma lei li ha chiamati, e ora lui sta ricevendo le migliori cure possibili». Si spostò verso la porta d'ingresso, poi si voltò indietro.

«Come avrebbero fatto a sapere dove erano tenuti i farmaci?» disse.

«Immagino l'abbiano già fatto prima». La fronte della receptionist si corrugò. «Suppongo che una volta che hanno fatto irruzione in una clinica veterinaria, capiscano dove si trovano le cose. Tutti i farmaci sono tenuti lontani dalle sale di consultazione, sono sempre chiusi a chiave in quell'armadio sicuro nell'ufficio di Adam perché dobbiamo rendere conto di tutto. È per questo che le nostre procedure richiedono due firme quando i farmaci vengono prescritti o utilizzati in chirurgia».

«E hanno preso solo quelli?»

Stephanie gli rivolse un sorriso ironico. «Immagino che abbiano visto che i computer non valgono molto: Adam si lamenta da mesi di doverli aggiornare tutti. E teniamo pochissimi contanti nei locali, quindi non avrebbero fatto irruzione per quello. Oggi tutti pagano con le carte, vero?»

«Vero». Barnes si voltò al movimento proveniente da una delle sale di consultazione per vedere un altro tecnico investigativo forense iniziare a cospargere il telaio della porta con polvere di grafite per le impronte digitali.

Stephanie sospirò. «Sarà meglio che inizi a fare un elenco delle persone che dovremo chiamare domani mattina per riprogrammare gli appuntamenti. Immagino che ci vorrà quasi tutta la giornata per mettere in ordine».

«Phillip ha preso la sua dichiarazione?»

«Sì, e ho detto che passerò domani a firmarla una volta che avrà avuto il tempo di scriverla», disse. «Non si preoccupi - so quanto sarete tutti impegnati stanotte».

«È per questo che siamo qui».

Barnes lasciò la donna seduta alla sua scrivania e si avvicinò al punto in cui stava lavorando il tecnico investigativo forense.

«Hai trovato qualcosa, Charlie?»

La mascherina dell'uomo si increspò. «Niente di concreto. Qualche macchia qua e là, ma sembra che chiunque l'abbia fatto indossasse i guanti».

«Certo che li indossava». Barnes alzò gli occhi al cielo.

«Almeno abbiamo le riprese delle telecamere di sicurezza, sergente». L'agente Phillip Parker strisciò verso di lui, si lasciò cadere su una delle sedie di plastica di fronte al bancone della reception e si tolse le protezioni di plastica dagli stivali. «Scott ha appena scaricato le registrazioni di stasera su una chiavetta USB per me».

Barnes grugnì in risposta, poi abbassò lo sguardo sullo schermo del telefono che vibrava.

«È Gavin?»

Alzò lo sguardo sentendo un dolce accento del Lancashire e vide il detective Laura Hanway dirigersi verso di lui, il suo solito elegante tailleur sostituito da jeans consumati e una maglietta a maniche lunghe con il logo di un college americano stampato sul davanti.

Non appena aveva sentito dell'effrazione, aveva lasciato il suo fidanzato a guardare la TV e a mangiare i resti della pizza che avevano ordinato ed era arrivata pochi istanti dopo che l'ambulanza era sfrecciata via dal parcheggio con Adam a bordo.

«Ha mandato un messaggio», disse quando lei si avvicinò. «Adam è cosciente, ma lo terranno in osservazione. Quel poveraccio avrà un mal di testa terribile per i prossimi giorni».

Laura arricciò il naso. «Lo credo bene. Però è stato maledettamente fortunato, sergente».

«Proprio così».

«E Kay? Sta bene?»

«Scioccata, ovviamente. Gavin la porterà a casa dopo che avrà finito di parlare con i medici». Barnes mise via il telefono e allungò il collo per vedere oltre la sua collega. «Quali sono le ultime novità là dietro? Phillip ha detto che ci sono delle riprese delle telecamere di sicurezza».

«Comincerò a lavorarci domani mattina presto».

«È il tuo giorno libero».

Lei respinse le sue parole con un gesto. «Non essere sciocco, sergente. Voi fareste lo stesso per me. Posso prendermi un giorno libero quando troveremo i bastardi che hanno fatto questo».

CAPITOLO 4

La mattina seguente, Kay trattenne uno sbadiglio e chiuse la portiera dell'auto, osservando il furgone del fabbro parcheggiato vicino al retro dell'ambulatorio veterinario.

La sveglia era suonata alle cinque, abbastanza tempo per concederle sei ore di sonno dopo aver lasciato l'ospedale, prima di fare una telefonata mattutina ai genitori di Adam in Canada.

La conversazione l'aveva lasciata esausta, con i nervi a fior di pelle dalla conversazione notturna con lo specialista assegnato ad Adam, e poi dalla vista del suo compagno avvolto nelle lenzuola ospedaliere, il volto chiazzato di tonalità violacee e gialle.

Eppure, era un uomo resiliente, e fortunato, secondo il medico che lo stava curando.

Era rimasta seduta a tenere la mano di Adam mentre lo specialista le assicurava che era fuori pericolo, e che il colpo alla testa era stato solo di striscio. Era stato l'effetto della sua testa che aveva colpito le piastrelle ad averlo fatto svenire, ed era per questo che sarebbe rimasto in osservazione per almeno i due giorni successivi.

Un vento fresco le scompigliò i capelli dopo che ebbe chiuso l'auto e si incamminò attorno al furgone del fabbro verso le porte posteriori aperte.

Un uomo era chinato sopra una macchina taglia-chiavi, l'acuto sibilo del metallo contro metallo riempiva l'aria, piccole scintille volavano sull'asfalto ai suoi piedi. Si interruppe nel suo lavoro, guardò oltre la spalla e annuì.

«Buongiorno», disse lei, e indicò le chiavi nella sua mano. «Hanno preso tutto il mazzo?»

Lui scosse la testa. «Non credo, ma Scott ha voluto andare sul sicuro e cambiare tutte le serrature. Ha senso».

«Vero». Lo osservò per un momento mentre lavorava, e aggrottò la fronte. «Sono la compagna di Adam. Ho sentito che hanno preso le sue chiavi per forzare l'armadietto».

«Sembra proprio così, Scott mi ha chiesto di sostituire anche quelle, ma dovrò ordinarle. È un'attrezzatura specializzata».

«Ha un biglietto da visita?» Rabbrividì. «E potrei prenotarla per sostituire le serrature di casa nostra? Odio pensare che potrebbero sapere dove abitiamo, e se tutte le sue chiavi sono state prese...»

«Certo». Il fabbro tirò fuori il telefono e scorse il suo calendario. «Posso venire tardi questo pomeriggio se vuole. Le va bene alle quattro e mezza?»

«Perfetto».

Kay gli diede il suo numero di cellulare e l'indirizzo, poi si affrettò lungo il lato dell'edificio e si diresse verso le porte della reception, che si aprirono automaticamente al suo avvicinarsi.

Sorrise, ricordando Adam che spendeva soldi per questa innovazione in modo che i clienti con animali feriti potessero passare attraverso le porte senza dover lasciare cadere i suoi pazienti mentre cercavano di maneggiare una maniglia.

«Kay».

Stephanie attraversò la stanza ben illuminata e la strinse in un abbraccio forte.

«Steph. Stai bene?»

«Se sto bene io? Certo che sto bene: come sta Adam?»

«Molto meglio di quando è uscito di qui ieri sera». Kay si staccò. «L'ho visto per una visita veloce questa mattina ed era seduto sul letto. È stanco, e ovviamente sente molto dolore, ma i suoi medici sono soddisfatti di come stiano andando le cose, date le circostanze. Gavin è lì in questo momento per prendere una dichiarazione formale».

«Quindi non ha problemi di memoria». Stephanie sorrise raggiante. «Che sollievo. Eravamo così preoccupati per lui. Gli manderai i nostri saluti quando lo rivedrai?»

«Certamente, grazie».

Kay fece un passo indietro e osservò la stanza, una sensazione opprimente le strinse il petto.

Barnes, la sua squadra di agenti e gli investigatori forensi erano stati meticolosi, questo era evidente.

Le inconfondibili macchie di grafite della polvere nera per impronte digitali coprivano le superfici di ogni cassetto accanto alla scrivania di Stephanie, così come le porte che conducevano dalla reception alle sale per le visite.

Al di là di quelle, poteva sentire il costante rumore del vetro che veniva rimosso.

«Sembra un campo di battaglia adesso, ma Scott ha chiamato un paio di veterinari sostituti per aiutarci mentre Adam si riprende, e riporteremo questo posto alla normalità in pochissimo tempo».

Kay annuì in risposta, senza parole.

Aveva visitato così tante scene del crimine nella sua carriera, ma le sfuggiva come le persone affrontassero la devastazione delle loro vite una volta che lei e la sua squadra se ne fossero andate. Nel suo ruolo di investigatrice, era spesso troppo occupata a cercare di catturare i responsabili dei crimini per considerare le conseguenze.

Stephanie stava facendo buon viso a cattivo gioco, ma notò che le labbra della donna tremavano mentre allungava la mano verso un panno in microfibra e ricominciava a strofinare energicamente la sua scrivania.

«Scott è sul retro?» riuscì a chiedere Kay.

«Sì. Non è ancora tornato a casa». Stephanie si asciugò gli occhi e forzò un sorriso. «Forse ascolterà te. Abbiamo chiamato tutti quelli che avevano appuntamenti non urgenti oggi, e le emergenze sono state inviate a un altro studio che si è offerto di aiutarci. Speriamo di essere pronti a riaprire domani».

«Glielo dirò».

Seguì il suono della scopa attraverso la sala visite di sinistra e uscì nel vero centro della clinica veterinaria, una grande stanza aperta con tavoli operatori e strumentazione che non sarebbe sembrata fuori posto in un pronto soccorso di qualsiasi ospedale.

Allontanando quel pensiero, si diresse verso un'altra porta, quella che conduceva all'ufficio di Adam.

Schegge di legno e vetro coprivano il pavimento, e la sua gola si strinse alla vista della sedia di Adam rovesciata su un lato, la scrivania in disordine.

Scott Mildenhall appoggiò la sua scopa contro la parete in muratura quando lei entrò.

«Avrei dovuto essere qui, Kay», disse, con il volto affranto. «Me ne sono andato solo mezz'ora prima che entrassero».

«Non è colpa tua, Scott».

«Non posso fare a meno di pensare che chiunque abbia fatto questo avesse pianificato l'irruzione, e poi sia andato nel panico quando ha scoperto che c'era ancora qualcuno qui. Se fossi stato qui anch'io avremmo potuto sopraffarlo, o almeno metterlo in fuga...»

«Faremo del nostro meglio per trovarli».

Scott espirò. «È necessario, Kay. Quei farmaci che sono stati rubati... sono letali».

«Immaginavo che cercassero il cloridrato di chetamina».

«Quello, e gli altri farmaci che usiamo per sopprimere gli animali. È per questo che sono tenuti in un armadio chiuso a chiave, e perché due di noi devono firmare per prelevarli. Dobbiamo tenere registri rigorosi per qualsiasi cosa facciamo con quei farmaci».

Kay accennò col mento all'armadietto vuoto. «Quanto ce n'era lì dentro?»

«Eravamo completamente riforniti.». Il veterinario si girò verso la scrivania di Adam e prese un documento di consegna dal vassoio superiore. «La consegna è arrivata ieri».

«Barnes ne ha preso una copia?»

«Sì, insieme ai dati di contatto dei nostri fornitori.»

Restituì la ricevuta e osservò le cicatrici frastagliate dell'armadietto di sicurezza e il mucchietto ordinato di frammenti di vetro che Scott aveva spazzato.

«Stephanie ha detto che sei stato qui tutta la notte.»

«Dovevo… il posto non era sicuro, e non sono riuscito a far venire un fabbro fino a un'ora fa.» Le rivolse un sorriso amareggiato. «Lei mi sta assillando per farmi andare a casa da due ore.»

«Ha ragione. Devi andare. Ho visto il fabbro fuori… ha quasi finito.»

Lui indicò dalla finestra dell'ufficio una serie di recinti esterni disposti in uno schema a griglia sul retro dell'ambulatorio. «Devo prima controllare gli animali… quelli che sono in pensione da noi questa settimana, e poi me ne andrò. Riapriremo domani quando le cose si saranno calmate.»

«Ti farò sapere, Scott. So che Barnes avrà tutto sotto controllo, ma sai dove trovarmi se hai bisogno di qualcosa.»

«Grazie, Kay.»

Dopo essersi assicurata che Stephanie avesse intenzione di uscire insieme a Scott, Kay tornò lentamente verso la sua auto.

Il furgone del fabbro era andato via, e il nuovo vetro montato alla finestra del bagno dal vetraio durante la notte brillava di lucido.

Aprendo la portiera dell'auto e appoggiando la mano sul tetto, osservò l'edificio.

Adam aveva investito così tanto della sua vita nella clinica, negli animali che curava e nelle persone che incontrava ogni giorno.

Per lui non era solo un lavoro.

Era una passione, una vocazione che non poteva ignorare.

Non l'avrebbe deluso, nonostante le probabilità fossero contro di lei.

Le effrazioni nelle cliniche veterinarie erano fin troppo comuni, e sapeva di almeno altre tre avvenute in una Divisione vicina nell'ultimo anno.

Questa volta però, era diverso.

Questa volta, era personale.

Kay diede un pugno sul tetto dell'auto e imprecò a bassa voce.

Avrebbe fatto tutto il possibile per trovare i ladri prima che i farmaci letali mietessero una vittima.

«Vi prenderò per questo, bastardi.»

CAPITOLO 5

Kay stava in piedi fuori dalla sala operativa, con il cuore che le batteva forte.

Oltre la porta chiusa, poteva sentire voci smorzate.

Controllò l'orologio.

Il briefing mattutino sarebbe stato in pieno svolgimento: erano presenti tutti quelli che non erano fuori per una chiamata o attesi in tribunale.

Si guardò dietro al suono di passi in avvicinamento, poi si mise da parte mentre un'assistente amministrativa che riconosceva da un'indagine precedente le rivolse un leggero sorriso prima di affrettarsi attraverso la porta, con un fascio di documenti tra le mani.

Una voce rimbombante risuonò dall'interno, il familiare baritono dell'Ispettore capo investigativo Devon Sharp che impartiva ordini e organizzava la squadra investigativa le diede un certo conforto.

Kay fece un respiro profondo, grata che il suo superiore e mentore fosse arrivato dalla sede centrale di Northfleet per essere lì.

Come Ispettore capo investigativo, ci si aspettava che fosse disponibile per gestire i crimini più gravi commessi nella contea, e la sua presenza la riempì di sollievo.

A casa, era stata persa senza sapere cosa fare, le prime ore del nuovo giorno si allungavano mentre si era girata e rigirata sotto il piumone fino a cadere in un sonno agitato, prima che la sveglia la destasse.

Qui, era tra amici e colleghi che avrebbero fatto tutto il possibile per trovare l'uomo responsabile delle ferite di Adam e del furto dei farmaci.

Raddrizzò le spalle e spinse la porta aprendola, notando la preoccupazione impressa sui volti dei colleghi prima di appendere la giacca sullo schienale della sedia e muoversi verso la lavagna.

«Come sta Adam?» Sharp ruppe il silenzio che riempiva lo spazio mentre l'assistente amministrativa gli consegnava un rapporto. «Qualche novità?»

«Non è in pericolo. Grazie, capo», disse, annuendo all'agente Dave Morrison mentre lui si alzava e indicava il suo posto accanto a Laura. Sprofondando nella sedia, sentì il sospiro di sollievo che si diffuse tra il gruppo riunito. «Il suo medico ci ha detto questa mattina che se non darà loro alcun motivo di preoccupazione nelle prossime quarantotto ore, potrà tornare a casa».

«È bello sentirlo», disse Sharp. I suoi occhi brillavano. «Presumo, quindi, che dovremo sopportare che ci assilli sui nostri progressi in questo caso?»

«Se non le dispiace, capo».

«Non mi sarei aspettato nient'altro da te. Faremo una chiacchierata dopo il briefing. Bene, Gavin tocca a te. Cosa hai ottenuto da Adam questa mattina?»

Kay aprì il suo taccuino mentre il collega si muoveva davanti agli agenti riuniti e prendeva posto accanto a Sharp.

«Capo, Adam ha confermato che stava lavorando fino a tardi dopo che l'ambulatorio aveva chiuso per il pomeriggio. Ha detto che era in ritardo su una scadenza per un articolo di una rivista e voleva inviarlo via e-mail al redattore prima della fine della giornata». Gavin guardò oltre il documento pinzato verso Kay e fece un'alzata di spalle dispiaciuta. «Ha detto che a volte ha la tendenza a distrarsi a casa».

Kay arrossì mentre un'ondata di risate si diffuse tra gli agenti riuniti prima che tornassero in silenzio quando Sharp li fulminò con lo sguardo.

«Adam ha detto che il suo collega, Scott, era uscito alle sei e mezza. Avrebbe dovuto essere di turno quella sera, e Adam ha chiuso a chiave le porte mentre Scott lasciava il parcheggio. Conferma di non aver visto nessuno avvicinarsi all'edificio, anche se il raggio delle luci di sicurezza sulla parte anteriore dell'ambulatorio arriva solo a metà strada». Gavin girò la pagina. «Ritiene che, se qualcuno si nascondeva nell'ombra, e non è stato colpito dai fari del veicolo di Scott mentre usciva, non l'avrebbe notato. Era già troppo buio».

«Abbiamo iniziato a esaminare le riprese delle telecamere di videosorveglianza che Scott ci ha dato ieri sera», disse Barnes. «Finora non abbiamo trovato nulla, ma farò ricontrollare a qualcuno il filmato di quel momento concentrandosi sui margini del parcheggio nel caso notino qualcosa che ci è sfuggito».

«Grazie, Barnes», disse Sharp. «Cosa ha detto Adam sull'effrazione e il successivo attacco, Gav?»

«Non li ha sentiti avvicinarsi. Dice che stava ascoltando musica mentre lavorava. Ha detto che lo aiuta a concentrarsi». Gavin abbassò lo sguardo sulla dichiarazione. «La prima cosa che ha saputo della presenza di qualcun altro è stato quando ha sentito le scarpe di qualcuno cigolare sul pavimento piastrellato fuori dal suo ufficio. Ha detto che questo lo ha spaventato, e ha abbassato il volume della musica sul suo laptop. Quando si è girato sulla sedia, c'era qualcuno in piedi dietro di lui che indossava un passamontagna e teneva in mano quello che sembrava un'estremità rotta di una stecca da biliardo, la parte con l'impugnatura».

Kay deglutì, sentendo il colore scomparire dal suo viso. Scosse la testa mentre Laura le posava una mano sul braccio, e strinse la mascella mentre Gavin continuava.

«Ha detto che poteva sentire l'uomo respirare pesantemente, come se fosse stato sorpreso dalla presenza di Adam, ma quando Adam ha iniziato ad alzarsi dalla sedia e a chiedergli cosa stesse facendo, l'uomo ha brandito l'arma contro di lui e lo ha colpito al lato della testa». Gavin abbassò le pagine pinzate. «Sa di essere caduto a terra, ma non ricorda nulla dopo, fino a quando non si è ripreso in ospedale. Non ricordava nemmeno che noi o i paramedici gli avessimo parlato ieri sera».

«Ricorda se c'era più di un intruso?» disse Laura.

«Ha detto che ha visto solo il tipo che lo ha colpito e non ha sentito nessun altro. Questo non significa che il suo aggressore stesse lavorando da solo, naturalmente».

«Grazie, Gavin, e quello che hai sollevato è un ottimo

argomento». Sharp si schiarì la gola mentre Gavin tornava al suo posto. «Qualcuno ha più informazioni per confermare come l'intruso è entrato? Il rapporto preliminare della scientifica è già arrivato?»

«Non ancora, capo», disse l'agente Debbie West. «Ho parlato con Harriet mezz'ora fa e dice che è sulla sua scrivania per revisione e approvazione questa mattina, quindi, cercherà di inviarlo via e-mail entro mezzogiorno. Tuttavia, dice che Charlie conferma che hanno usato la piccola finestra vicino al bagno per uscire dall'edificio piuttosto che rischiare di uscire dalla porta principale una volta ottenute le chiavi di Adam».

«È sul lato, quindi c'erano meno possibilità che fossero visti da qualcuno», disse Kay, con la voce roca.

«Ha senso», concordò Sharp. «Laura, come stai procedendo con i filmati delle telecamere di videosorveglianza dalle strade che si allontanano dall'ambulatorio?»

La giovane detective alzò la voce. «Abbiamo una lista di veicoli che hanno utilizzato la strada principale mezz'ora prima e dopo l'attacco, e abbiamo escluso quelli appartenenti ai dipendenti di Adam. Continueremo a interrogare i proprietari di tutti gli altri veicoli e identificheremo quelli che pensiamo di dover approfondire se ci danno motivo di preoccupazione durante quei colloqui. Per il momento abbiamo separato tutti i veicoli commerciali evidenti come autobus e furgoni con insegne, ma non li eliminerò completamente. Non finché non saremo sicuri che non siano collegati all'aggressione.»

«Fammi sapere se hai bisogno di più personale per questo, e chiamerò qualche favore al quartier generale», disse Sharp. Batté le nocche sulla lavagna. «Vi ricordo con cosa abbiamo a che fare qui: alcuni dei farmaci più pericolosi utilizzati nelle procedure veterinarie, incluso il cloridrato di chetamina. Quindici millimetri di quella roba possono stendere un cavallo all'istante. Se finisce in strada prima che catturiamo i responsabili di questo furto, allora le cose diventeranno davvero molto brutte qui intorno.»

La squadra investigativa si zittì mentre lui camminava avanti e indietro sulle sottili piastrelle di moquette davanti a loro, e Kay si morse il labbro quando lui si fermò e fece scorrere lo sguardo su di loro.

«Considerando che l'ambulatorio di Adam è stato recentemente rifornito con scorte di quei farmaci, dobbiamo presumere che questo sia stato un attacco mirato», disse Sharp.

«In base a ciò, capo», disse Morrison, «pensa che gli intrusi fossero interessati ai farmaci, o che si trattasse di qualcosa di più personale?»

Kay rabbrividì al ricordo di un altro caso, e di un altro criminale pericoloso che aveva preso di mira la sicurezza sua e di Adam.

«Questo è qualcosa che dovremo esaminare come parte della nostra indagine», disse Sharp. «Ma ciò che è chiaro è che qualcuno sapeva qual era il momento più vantaggioso per rischiare di introdursi. Solo questo mi dà motivo di credere che l'ambulatorio fosse sotto sorveglianza da un po' di tempo.»

«La clinica veterinaria deve tenere registri rigorosi di ogni farmaco pericoloso presente sul posto, e due veterinari devono firmare ogni volta che ne prelevano», disse Kay. «Da quello che mi diceva Scott prima, i ladri hanno preso tutto. Ieri pomeriggio è stata effettuata una nuova consegna che sarebbe dovuta durare alla clinica un mese. Tengono sempre delle scorte extra in caso di emergenze...»

«E se abbiamo una grande quantità di chetamina immessa rapidamente sul mercato locale...» Sharp appoggiò le mani sui fianchi e si rivolse alla squadra «... sarà come se esplodesse una bomba.»

CAPITOLO 6

«Kay, posso parlarti un attimo?»

Mentre il gruppo di agenti si disperdeva tornando alle proprie scrivanie o usciva in fretta dalla sala operativa per svolgere i compiti assegnati da Sharp, Kay seguì l'Ispettore capo investigativo in un ufficio laterale e chiuse la porta.

Una vecchia scrivania di legno malconcia era stata abbandonata in un angolo, con due sedie impilate una sopra l'altra accanto ad essa. Grandi scatole d'archivio rettangolari erano state ammucchiate lungo una parete, tutte etichettate e pronte per essere trasportate agli uffici della Procura della Corona non appena ogni indagine completata raggiungeva il sistema giudiziario.

«Non l'hai ancora reclamato per te?» disse Sharp con un sorriso complice.

«Mi conosci, capo: preferisco stare là fuori, nel vivo dell'azione.»

Lui rise, poi si avvicinò al davanzale e vi si appoggiò contro. «Sai già cosa sto per dirti, vero?»

Kay sospirò. «Non vuoi che mi avvicini a questa indagine.»

«Non è esattamente così. Per quanto abbia bisogno delle tue capacità e intuizioni in questo caso, non passerà il vaglio del Commissario Capo se scopre che sei nella squadra. Non con un legame così personale con il crimine.»

«Posso comunque aiutare. Dietro le quinte.»

Sharp alzò un sopracciglio. «Da quando sei capace di restare dietro le quinte?»

«Chi sta guidando l'indagine?»

«Barnes. Era il responsabile delle indagini e il primo sulla scena ieri sera, ed è competente.» Sharp socchiuse gli occhi guardandola. «Ho pensato che se avessi messo lui al comando, non ti sarebbe dispiaciuto che fosse lui a guidare l'indagine piuttosto che qualche sconosciuto ispettore di Northfleet.»

«È una buona scelta, capo.» Kay distolse lo sguardo. Fece un respiro profondo prima di tornare a guardare Sharp. «Ma apprezzerebbe un paio di mani in più, ne sono certa. Anche se aiutassi solo con alcune delle interviste, magari con parte del lavoro di analisi. Anche Laura e Phillip avranno bisogno di una mano con tutti i filmati delle telecamere di videosorveglianza che devono esaminare.»

«E Adam?»

«Devo fare qualcosa, capo. Non mi permettono di visitare l'ospedale al di fuori degli orari di visita normali, e se devo starmene a casa ad abbattermi, finirò per stressarmi pensando a ciò che avrebbe potuto succedergli ieri sera, e se potessi fare qualcosa di proattivo per l'indagine invece di starmene seduta sul mio sedere.»

Gli occhi di Sharp si addolcirono. «E quando tornerà a casa?»

«Allora parlerò con il suo medico per sapere che disposizioni devo prendere. Adam non andrà da nessuna parte per i prossimi due giorni, capo, non finché non saranno sicuri che non ci saranno complicazioni, e quando tornerà a casa posso lavorare da remoto, no?» Kay si alzò dalla sedia, raggiungendolo alla finestra che dava sul parcheggio sul retro della centrale di polizia. Facendo un respiro profondo, incrociò le braccia attorno allo stomaco e si voltò verso Sharp. «Ho paura, capo. Ho paura che chiunque abbia fatto questo la faccia franca. Perché, se succede, lo rifarà. Tornerà e prenderà di mira la clinica di Adam. Sai bene quanto me che è così che succede in casi come questi. La prossima volta potrebbe non essere così fortunato.»

Dopo un momento lui inclinò la testa. «Dirò al Commissario Capo che stai lavorando su qualcos'altro ma che il tuo nome potrebbe apparire in alcuni documenti relativi all'effrazione nella clinica di Adam, dato il tuo legame e che prevediamo di poterti chiedere informazioni sulla disposizione del posto e altre questioni di tanto in tanto. Questo è il massimo compromesso che sono disposto a concedere, Kay.»

«Grazie, capo.» Sorrise. «E non preoccuparti, non le darò alcun motivo di sospettare che sono coinvolta nell'indagine.»

L'Ispettore capo investigativo alzò gli occhi al cielo mentre si allontanava dal davanzale. «Meglio per te. Va bene, andiamo a trovare Barnes prima che tu torni in ospedale questo pomeriggio. Voleva parlare con alcune associazioni locali per tossicodipendenti per chiedere loro di tenere le orecchie aperte riguardo a nuove forniture disponibili, non credo sia ancora andato.»

Barnes era appoggiato a una scrivania di fronte alla porta quando Sharp la aprì, con le braccia incrociate e un sorriso stampato sul viso mentre Kay usciva.

«Te l'avevo detto che non avrebbe accettato un no come risposta, capo.»

CAPITOLO 7

Gavin tirò il freno a mano prima di appoggiare la mano sul volante mentre fissava attraverso il parabrezza l'edificio basso che aveva di fronte.

Chiuse gli occhi per un momento, con una profonda stanchezza che si insinuava in lui nonostante la lattina di energy drink mezza vuota nel porta bibite accanto a lui.

Dopo aver accompagnato Kay all'ospedale la notte precedente, aveva atteso mentre lei prima parlava con il consulente assegnato ad Adam e poi scompariva nelle viscere dell'ospedale per vedere il suo compagno.

Due ore dopo, era riemersa con gli occhi stanchi e il viso pallido.

Erano tornati a Maidstone in silenzio, con Kay che si era addormentata quando lui aveva superato lo svincolo per il castello di Leeds, e quando era entrato nel vialetto di casa sua, lei era scesa barcollando dall'auto, ringraziandolo profusamente.

Alle due del mattino era finalmente arrivato a casa,

svegliandosi poche ore dopo per assicurarsi di raggiungere la sala operativa pronto per iniziare le indagini.

Non si aspettava di sentirsi dire che l'avrebbe co-gestita.

Il petto gli si strinse al pensiero.

Certo, sapeva che avrebbe potuto chiedere consiglio a Kay o Barnes quando ne avesse avuto bisogno, ma con le istruzioni di Sharp secondo cui Kay doveva essere tenuta in disparte dalle indagini per la maggior parte del tempo, la responsabilità pesava su di lui.

Sapeva anche che le probabilità erano contro di lui.

Effrazioni come quella nell'ambulatorio di Adam stavano diventando sempre più frequenti man mano che cresceva la domanda di sballi a basso costo e le forniture dei trafficanti di droga dall'Europa venivano strozzate, ironicamente dalla stessa burocrazia che bloccava molte delle importazioni meno nefaste del paese ora che non faceva più parte di un mercato comune.

Scosse la testa, aprì gli occhi e bevve un ultimo sorso dalla lattina di bevanda analcolica prima di spingere la portiera e scendere.

Un'insegna sopra l'ingresso pedonale alla sinistra della parte adibita a magazzino dell'edificio era di natura ambigua e, mentre si fermava sotto di essa per premere il pulsante su un pannello di sicurezza, Gavin si rese conto che nulla del posto dava indicazioni sul suo scopo.

Un suono graffiante pieno di fruscii risuonò attraverso l'altoparlante sopra il pulsante di chiamata e la voce di un uomo filtrò attraverso.

«Posso aiutarla?»

«Detective Gavin Piper, sono qui per vedere Marion Blanchett.»

«Grazie, per favore spinga la porta quando sente il ronzio e segua il corridoio fino alla reception.»

Gavin fece come gli aveva detto la voce, e la porta si richiuse dietro di lui con un sibilo.

Le sue scarpe riecheggiavano sul pavimento piastrellato mentre percorreva il corridoio, e rallentò per osservare i vari articoli di stampa e premi incorniciati e appesi alle pareti.

Dopo un momento, emerse in una reception luminosa che circondava una scala centrale che si snodava verso l'alto fino a un livello soppalcato di uffici.

Un uomo guardò oltre lo schermo di un computer e gli fece cenno di avanzare. «Detective Piper, se potesse firmare il registro visitatori, informerò la signora Blanchett che è qui.»

Gavin firmò la pagina con un gesto deciso, annotò l'ora accanto alla sua firma e prese il pass di sicurezza che il receptionist gli porgeva.

«Ci ha trovato facilmente?» disse.

«Devo ammettere che mi sono perso e ho sbagliato strada» disse Gavin con un sorriso imbarazzato. «Questo posto è difficile da trovare.»

«Questa è l'idea, detective Piper, dato il tipo di farmaci che sviluppiamo e produciamo.»

Si voltò al suono della voce per vedere una donna in un tailleur pantalone color peltro che scendeva le scale verso di lui.

Lei gli tese la mano in segno di saluto mentre

attraversava l'area della reception, con una stretta calda e ferma.

«Sono Marion Blanchett, Amministratore Delegato.»

«Grazie per il suo tempo questa mattina, signora Blanchett.»

«Marion, per favore. Vuole venire da questa parte? Possiamo parlare nella sala conferenze. Tè o caffè?»

«Sto bene così, grazie.»

«Va bene. Peter, potresti trattenere tutte le mie chiamate per questa mattina?» disse, lanciando un'occhiata all'uomo dietro la reception. «Ho del lavoro da rivedere dopo il mio incontro.»

Il receptionist alzò la mano in segno di riconoscimento prima che Gavin si girasse per seguire l'amministratore delegato su per le scale e attraverso un set di doppie porte.

La sala conferenze conteneva un grande tavolo ovale in vetro e metallo che poteva ospitare dodici persone, e una varietà di apparecchiature per videoconferenze lungo una parete che includeva lo schermo televisivo più grande che avesse mai visto.

Marion lo vide fissare e sorrise. «Abbiamo otto membri del consiglio e quattro dirigenti, me compresa, quindi se anche solo la metà di noi partecipa in remoto, può diventare un po' affollato su uno schermo piccolo. Prego, si accomodi.»

Gavin si lasciò cadere in una delle lussuose sedie in pelle più vicine a lui ed estrasse il suo taccuino e la penna dalla tasca della giacca. «Grazie per avermi ricevuto con così poco preavviso.»

«Nessun problema.» Marion si spostò intorno al tavolo fino a trovarsi di fronte a lui, poi si sedette e intrecciò le mani davanti a sé. «Ha detto che si tratta di un furto in una clinica veterinaria avvenuto ieri notte?»

«Un'effrazione, sì. Il proprietario, Adam Turner, è rimasto ferito e si trova attualmente in ospedale con lesioni alla testa.» Gavin fece una pausa, scrisse la data in cima a una pagina nuova e poi alzò la testa. «È fortunato, non sono lesioni che mettono in pericolo la sua vita.»

Marion fece un respiro profondo. «È un bene sentirlo. Ma in che modo è coinvolta la mia azienda?»

«Secondo i registri che ci sono stati forniti, la maggior parte dei farmaci rubati erano forniti da voi. Siamo interessati a sapere se il vostro autista è stato monitorato prima di recarsi all'ambulatorio ieri pomeriggio.»

«Pensa che il furto sia stato pianificato per coincidere con una nuova consegna?»

«Questo è uno dei nostri filoni d'indagine, sì.»

L'amministratore delegato si appoggiò allo schienale della sedia e passò un dito sul sottomano in pelle davanti a lei. «È un pensiero preoccupante, detective.»

«Quale azienda utilizzate per le consegne?»

«Non ne utilizziamo, lo facevamo, ma i costi sono diventati troppo elevati e così circa quattro anni fa abbiamo iniziato ad assumere i nostri autisti. Ne abbiamo otto che servono la zona locale e fino all'Hampshire a ovest e al Bedfordshire verso nord. Tutti questi autisti sono soggetti a controlli di polizia prima dell'assunzione e conduciamo regolari controlli su droga e alcol per tutto il nostro personale qui.»

«Avete mai subito un furto da uno dei vostri veicoli in passato? Non ho trovato nulla nel sistema.»

Marion scosse la testa. «No, non è mai successo. È

praticamente impossibile. Ha visto i veicoli usati per consegnare denaro alle banche?»

Gavin annuì.

«Beh, i nostri sono progettati allo stesso modo, solo che a differenza delle società di sicurezza non abbiamo il nostro logo esposto sul lato. In questo modo, i veicoli non attirano l'attenzione quando sono parcheggiati fuori dagli studi veterinari.» Marion si appoggiò allo schienale della sedia, appassionandosi all'argomento. «Inoltre, dotiamo i veicoli di telecamere a circuito chiuso e di un pulsante di emergenza. Ci sono stati troppi casi di consegne come le nostre che sono state dirottate negli ultimi anni per correre rischi.»

Dopo aver aggiornato i suoi appunti, Gavin aggrottò la fronte. «Cosa riprendono queste telecamere a circuito chiuso? Cioè, riuscirebbero a individuare un veicolo che seguisse il vostro?»

«Sì, lo farebbero, una delle telecamere è fissata sul retro del veicolo, molto simile a una telecamera per la retromarcia di una normale autovettura. Ce n'è un'altra nella parte posteriore, dove i farmaci sono conservati in un ambiente a temperatura controllata.»

«Sarebbe possibile per noi avere copie delle riprese dei veicoli utilizzati per effettuare consegne alla Clinica Veterinaria Turner, diciamo, negli ultimi due mesi?»

«Non vedo perché no. Dovrò chiedere al nostro responsabile informatico di organizzare la cosa, ma immagino che potremmo farvi avere qualcosa entro la fine della settimana.» Marion sospirò. «Onestamente, faremo tutto il possibile per aiutarla, detective. Questi tipi di furti stanno diventando sempre più frequenti, ed è solo questione di tempo prima che qualcuno venga ucciso, non è vero?»

Gavin chiuse di scatto il taccuino e si alzò. «Purtroppo, credo che lei abbia ragione. È per questo che siamo determinati a fermare chiunque stia facendo questo, e ad arrestare chi ha aggredito Adam.»

CAPITOLO 8

Kay si fermò accanto all'ingresso del reparto principale dell'ospedale, si spruzzò del gel disinfettante per le mani da un distributore fissato alla parete e se lo strofinò sulle mani mentre sbirciava attraverso i pannelli di vetro incastonati nelle spesse doppie porte.

La stanza era divisa in due file di letti ai lati di un corridoio centrale piastrellato, lungo il quale tre infermiere camminavano con passo deciso tra i loro pazienti. Le tende alle finestre sul fondo erano abbassate, nascondendo un cielo notturno coperto da una fitta pioggia.

A metà della fila di sei letti sulla sinistra, un set portatile di tende blu era posizionato attorno a uno dei pazienti, coprendolo alla vista.

Quando Kay aprì la porta, una delle infermiere alzò lo sguardo dalla conversazione con una donna anziana in un letto alla destra di Kay.

«Sto cercando Adam Turner», mormorò.

«Quarto letto a sinistra», fu la risposta prima che

l'infermiera tornasse a dedicare attenzione alla sua paziente.

Kay la ringraziò e percorse il breve tratto di piastrelle fino al letto circondato dalle tende.

Un medico emerse da dietro le tende e parlò con l'infermiera più vicina, entrambe con le teste chinate mentre sussurravano.

«Tutto a posto?» chiese Kay avvicinandosi.

Riconobbe il medico come una di quelli che avevano curato Adam la notte precedente e represse l'accelerazione del battito cardiaco mentre la donna si girava verso di lei.

«Signora Turner...»

«Hunter.»

«Signorina Hunter, è un piacere vederla.» Il medico sorrise. «Niente di cui preoccuparsi. Adam mostra buoni segni di ripresa dal trauma cranico, anche se soffre di attacchi di nausea. Lo teniamo sotto stretta osservazione, e sono soddisfatta dei risultati dei test di oggi pomeriggio. Lo stiamo mantenendo idratato al momento, fino a quando non riuscirà a tollerare un po' di cibo, e ha degli antidolorifici per aiutarlo con i mal di testa.»

Kay fece un respiro profondo, liberandosi di parte dello stress che si stava accumulando nel petto e nelle spalle. «Posso vederlo?»

«Certamente.» Il medico si fece da parte e tirò indietro il bordo della tenda. «I miei colleghi sono qui fuori se ha bisogno di uno di noi.»

«Grazie.»

Adam era appoggiato sul letto con le braccia sulla coperta e sul lenzuolo che lo coprivano, le braccia nude spuntavano da un camice ospedaliero bianco a pois. Un tubicino di plastica sporgeva dal dorso della sua mano sinistra, e un piccolo cerotto copriva il punto dell'iniezione.

Accanto a lui, un liquido trasparente pendeva da un gancio attaccato a un supporto in acciaio inossidabile mentre le gocce scendevano attraverso una tubazione di plastica e nel tubetto.

Dei lividi coprivano il lato destro del suo viso, brutti toni viola e rossi che si estendevano sull'orbita oculare e sulla mascella. Altri lividi si espandevano da sotto il nastro chirurgico che copriva il ponte del naso. La sua palpebra destra era cadente, ma non abbastanza da coprire l'iride verde striata di sangue che la guardava.

Le fece l'occhiolino con l'occhio sinistro, poi fece una smorfia.

«Ahi.»

«Adam...»

Kay si precipitò accanto al letto mentre lui allungava la mano destra, le stringeva le dita tra le sue e la attirava a sé.

«Sto meglio di ieri notte. Non piangere.»

Lei tirò su col naso e sbatté le palpebre per scacciare le lacrime.

Rabbia, frustrazione, paura, tutto ciò che aveva trattenuto davanti ai suoi colleghi durante il giorno salì in superficie e minacciò di sopraffarla mentre gli accarezzava i capelli.

«Mi stanno dicendo la verità? Starai bene?»

Lui annuì, trattenendo un gemito e chiuse gli occhi. «Starò bene, se riesco a ricordarmi di non fare movimenti improvvisi.»

«Il medico ha detto che ti senti male.»

Lui riuscì a sorridere. «Non preoccuparti, sono sicuro che mangerò come un cavallo di nuovo tra qualche giorno.» Aprì gli occhi e le strinse la mano. «È una commozione cerebrale. A quanto pare, succede quando vieni colpito in testa e poi ti schiacci la faccia sul pavimento del tuo ufficio.»

«Gavin ha detto che stamattina gli hai riferito di non averli sentiti entrare.»

«No, ma avevo la musica accesa in quel momento. Pensavo mi avrebbe aiutato a concentrarmi meglio. L'ho abbassata quando... non so, ho avuto come la sensazione che qualcosa non andasse. Ho pensato di aver sentito qualcosa, perché poi ho sentito un movimento dietro di me.» Abbassò lo sguardo. «Non ricordo nient'altro.»

«È normale, considerando quello che hai passato.»

Kay gli diede un momento, sapendo per esperienza che le vittime di trauma avevano bisogno di tempo per elaborare ciò che era successo loro, ma combattendo un travolgente senso di rabbia per il fatto che era successo proprio ad Adam, tra tutte le persone.

Era la persona più gentile che avesse mai conosciuto, sempre pronto a mettere al primo posto gli animali di cui si prendeva cura, trattando loro e i loro proprietari con dignità. A casa, era un partner amorevole, la sua roccia, il suo confidente.

«Troverò chi ti ha fatto questo.» Strinse i denti. «E quando lo farò, li farò pagare per questo.»

Lui allungò la mano e le sollevò il mento per guardarla negli occhi. «Non metterti in pericolo, Kay. Non so cosa farei senza di te.»

«Non lo farò.»

«Promettimelo.»

«Te lo prometto.» Lei giocherellò con un filo pendente sulla coperta accanto a sé. «Sono andata a trovare Scott questa mattina. Stephanie ha detto che è rimasto in ambulatorio tutta la notte. Anche lei. Hanno intenzione di riaprire domani.»

Adam si appoggiò al cuscino, con la palpebra destra abbassata. «Cristo, tra tutte le settimane. Ieri abbiamo avuto così tante emergenze che eravamo già in ritardo con tutto il resto. E ora questo.»

Kay fece scorrere le dita sul retro del suo braccio. «Sembra che avessero tutto sotto controllo. Stephanie ha chiesto qualche favore ad altri studi per il lavoro non urgente, e c'era un fabbro che stava lavorando mentre ero lì. Gli ho chiesto di passare a cambiare le serrature anche a casa prima di venire qui, giusto per sicurezza.»

«Dovrò parlare con Scott e organizzare con lui gli appuntamenti del resto del mese.» Adam cercò di sollevarsi, poi impallidì. «Oh, non va bene.»

La tenda si aprì e un'infermiera sbirciò dentro. «Ancora nausea?»

«Sì», mormorò.

«Più riposo», disse lei, con movimenti efficienti mentre tirava indietro la tenda e si dirigeva verso la sacca di fluidi, controllando il contenuto prima di rivolgersi a entrambi. Lanciò uno sguardo eloquente a Kay. «Molto riposo.»

«Sto andando», disse Kay, alzandosi mentre stringeva ancora una volta le dita di Adam.

«Di' a Scott di chiamarmi.» Adam le strinse la mano. «Esamineremo insieme gli appuntamenti e potrò dargli una mano dalla prossima settimana. Comunque, dovrei uscire da qui dopodomani.»

L'infermiera emise una risata senza allegria.

«Non tornerai al lavoro per almeno due settimane. Quando uscirai da queste porte, Adam Turner, non voglio più vederti qui, hai capito?»

Kay le rivolse un sorriso riconoscente mentre lo sguardo di Adam passava da lei all'infermiera e viceversa.

«Sembra che non abbia scelta» disse. «Sono in minoranza, vero?»

CAPITOLO 9

Margaret Swinton si diresse a passo deciso verso le casse automatiche all'estremità del centro commerciale, con la mascella serrata.

La musica allegra e assordante fuoriusciva dagli altoparlanti sopra la sua testa, irritando i suoi nervi già tesi.

Unendosi alla coda per pagare il parcheggio, fulminò con lo sguardo un bambino piccolo che piangeva accanto alla madre esasperata, poi frugò nella borsa ed estrasse il biglietto.

Aggrottò la fronte, il suo risentimento per l'aumento delle tariffe stabilite dal comune quella settimana si aggiungeva alla crescente rabbia che le stringeva il petto quando si rese conto che solo una delle due macchinette del parcheggio funzionava, e che non aveva ancora installato l'app per il parcheggio sul suo telefono come le aveva suggerito suo marito.

Non sapeva cosa gli avrebbe raccontato una volta tornata a casa, ma sapeva che non si sarebbe pentita di aver detto all'avvocato dall'aria severa per cui aveva lavorato negli ultimi otto anni dove poteva mettersi il suo lavoro.

Specialmente dopo che aveva promosso una giovane assistente amministrativa presuntuosa al ruolo di segretaria personale, nonostante la sua mancanza di esperienza, e nonostante il fatto che Margaret avesse ricoperto quel ruolo negli ultimi sei mesi dopo che l'ultima se n'era andata.

Persino in quel caso, aveva avuto la decenza di aspettare che tutti gli altri lasciassero l'ufficio per il giorno prima di affrontarlo, nella remota possibilità che cambiasse idea.

Non l'aveva fatto, e così erano le sei e mezza quando finalmente se n'era andata.

Per sempre.

Le persone davanti a lei avanzarono lentamente, e lei fece un sospiro profondo mentre il bambino e sua madre sparivano attraverso la porta d'emergenza che conduceva agli ascensori, con le urla del piccolo che echeggiavano contro le pareti di cemento.

Controllò l'orologio.

Erano quasi le sette, e tutti i piani del parcheggio tranne quello sul tetto sarebbero stati chiusi per la notte.

L'uomo davanti a lei armeggiò con le monete, facendole cadere sul pavimento piastrellato con un tintinnio. Margaret si chinò per raccogliere le due monete da due sterline che erano rotolate vicino ai suoi piedi, e gliele consegnò con un sospiro esasperato.

Il sorriso dell'uomo svanì, le parole di ringraziamento gli morirono sulle labbra davanti all'occhiataccia che lei gli rivolse.

Finalmente era il suo turno.

Pochi colpi ai pulsanti e aveva finito, chiedendosi perché tutti gli altri impiegassero così tanto tempo per una transazione così semplice mentre si affrettava verso le porte degli ascensori.

Le si strinse il cuore quando entrò nell'ampio corridoio e vide la madre con il bambino che aspettava accanto ad altre due persone con carrelli della spesa carichi e borse.

«Uno degli ascensori è fuori servizio», disse un uomo che le era vicino, sorridendo in modo apologetico come se fosse colpa sua.

Margaret lo fulminò con lo sguardo, poi gli passò davanti ignorando i grugniti sorpresi e i commenti mormorati mentre si faceva largo a gomitate verso le scale.

«Alcuni di voi potrebbero sfruttare l'occasione per fare un po' di esercizio», sbottò.

Le sue labbra si arricciarono alla vista del chewing gum incollato all'estremità del corrimano prima che cominciasse a salire, arricciando il naso per il penetrante odore di candeggina che impregnava il vano scale.

Erano solo cinque piani fino a dove la sua auto attendeva sul tetto.

Quando Margaret raggiunse l'ultimo piano, il sudore le pizzicava sotto le spalline del reggiseno e respirava affannosamente.

I posti auto sul tetto erano per lo più vuoti all'estremità più lontana, con la maggior parte dei pendolari che erano andati via un'ora o giù di lì prima, e qualsiasi cliente della palestra al piano di sotto che preferiva radunarsi vicino agli ascensori.

Una fredda nebbia strisciava sulla superficie di

cemento, avvolgendo carrelli della spesa abbandonati e ricoprendo le sue spalle di sottili goccioline.

Lanciò un'occhiata alla sagoma della sua auto in lontananza, rammaricandosi del fatto di essere rimasta bloccata nel traffico mattutino e di non aver potuto parcheggiare nel suo solito posto al secondo piano.

Un'espressione corrucciata le solcò la fronte mentre si avvicinava, rallentando il passo quando si rese conto che qualcuno era in piedi accanto alla portiera del conducente, dandole le spalle.

Si fermò, frugò nella borsa alla ricerca delle chiavi e le strinse nel pugno.

Jim le aveva detto che una buona tattica di autodifesa era tenerle con le chiavi che spuntavano tra le nocche, nonostante il rischio di rompersi le dita se avesse provato a colpire qualcuno in quel modo.

Tuttavia, un'audacia la pervase mentre si dirigeva a grandi passi verso la sua auto.

«Posso aiutarla?» chiese.

Ora più vicina, vide che la figura era una donna, una creatura minuta la cui sagoma cresceva e diminuiva nella nebbia vorticosa.

Chiunque fosse, non si girò e Margaret si chiese per un momento se la nebbia avesse attutito le sue parole.

C'erano ancora almeno cinquanta metri tra loro, e quando raggiunse una fila di carrelli disposti in modo ordinato, alzò la voce.

«Cosa sta facendo?»

I capelli della donna erano bagnati, incollati alla camicia sottile che indossava. La sua mano sinistra poggiava sulla parte superiore di una piccola borsa di pelle, la cui tracolla attraversava il corpo evidenziando il suo vitino e le spalle magre.

Poi la sua testa ebbe un fremito come se si fosse svegliata da un sogno.

Barcollò contro l'auto e poi inciampò verso il parapetto di cemento che correva lungo tutto il tetto.

Margaret si immobilizzò, con la gola secca.

Cosa sta facendo?

La donna si allungò verso la rete metallica di sicurezza, la luce dei lampioni sottostanti illuminava la sua gonna macchiata e i piedi nudi.

Si era sporcata a un certo punto ma sembrava ignara di ciò mentre si trascinava su.

La brezza le scompigliò i capelli biondi e arruffati, oscurandole il viso mentre si arrampicava sulla rete e poi allargava le braccia.

Margaret cominciò a correre.

«No, no, aspetti, non lo faccia!»

Corse, le sue urla risuonarono nell'aria serale prima che il corpo della donna si gettasse oltre il bordo.

CAPITOLO 10

Ian Barnes scarabocchiò il suo nome su un blocco appunti tenuto da un'agente di polizia in uniforme, poi abbassò la testa sotto il nastro della scena del crimine che lei teneva sollevato.

Il cordone di plastica bianco e blu tornò a scattare in posizione mentre lui si affrettava verso la base del parcheggio multipiano.

Un piccolo gruppo di agenti in uniforme e tecnici investigatori forensi con tute protettive si muoveva avanti e indietro accanto a una tenda bianca, il cui profilo spiccava contro l'oscurità di un vicolo di servizio del centro commerciale.

La nebbia di prima si era trasformata in pioggerellina, una pioggia fine che si attaccava ai suoi pantaloni e scorreva in rivoli sulle spalle del suo giubbotto impermeabile.

Notò Laura che parlava con l'agente Aaron Stewart e si diresse verso di loro, in piedi accanto a un secondo cordone che li separava dalla tenda bianca.

«Cosa è successo?» disse mentre si avvicinava.

In risposta, Laura indicò il livello superiore del parcheggio e sbirciò da sotto il cappuccio del suo cappotto. «Una donna è caduta dal tetto.»

«Sospetto o suicidio?»

«Non crediamo ci fossero altre persone coinvolte, sergente...»

«Ma?»

«C'era un testimone che dice di pensare che la vittima potesse essere fatta o qualcosa del genere.»

«Maledizione.» Barnes allungò il collo verso il tetto e vide due tecnici investigatori forensi che lavoravano accanto al parapetto di cemento. «Cosa sappiamo della vittima... qualcosa?»

«Aveva una piccola borsetta a tracolla,» disse Stewart. «Il tipo di borsa che le mie figlie portano ai concerti o quando vanno in discoteca. La maggior parte del contenuto si è rovesciato quando è caduta a terra; quindi, la squadra di Harriet sta cercando qualsiasi cosa che possa essere collegata a lei.» Arricciò il naso. «C'è così tanta spazzatura e schifezze qui sotto che ci vuole tempo. Abbiamo trovato un portafoglio con una patente di guida, comunque. Si chiama Felicity Gregor. Vive a un indirizzo a Wrotham Heath.»

«Merda.» Barnes abbassò lo sguardo, aggrottando la fronte.

«La conosce, sergente?» chiese Laura.

«So chi è. Suo padre è Peter Gregor. È l'uomo che si dice lancerà la sua campagna il mese prossimo per essere eletto come prossimo Questore.»

«Oh.» Lei aggrottò la fronte.

«Ti avverto, Hanway, questa faccenda potrebbe diventare politica.» Si voltò verso Stewart. «Quanti anni aveva?»

«Secondo la sua patente di guida aveva ventidue anni, sergente.»

«Qualcuno ha parlato con i parenti più stretti?»

«Ho mandato due agenti all'indirizzo cinque minuti fa, sergente. Parleranno con i genitori se sono lì, altrimenti mi faranno rapporto e cercheremo di rintracciarli prima che i media vengano a sapere della cosa.»

«Grazie, Aaron. E il testimone?»

Laura aprì il suo taccuino. «Margaret Swinton. Cinquantatré anni, vive a Otham. È rimasta al lavoro fino a tardi e stava tornando alla sua auto quando ha visto la vittima in piedi accanto ad essa. Dice che le ha gridato, pensando che stesse cercando di scassinarla. Dice che la donna si è allontanata da lei, ha scavalcato il parapetto e semplicemente... beh, si è lanciata oltre il bordo.»

Barnes deglutì. «Nessuna possibilità di dissuaderla?»

«Non da quanto sembra, sergente. Non ne ha avuto il tempo. Un attimo prima, la donna stava scavalcando la recinzione di sicurezza, l'attimo dopo era sparita.»

«Ed è sicura che abbia scavalcato senza dire nulla?»

«Se l'ha fatto, sergente, la signora Swinton non l'ha sentita.»

«E un biglietto d'addio? Niente?»

«Niente lassù.» Stewart indicò con il pollice verso il tetto del parcheggio. «Comunque potrebbe essere volato via con questo tempo.»

«Nemmeno la squadra di Harriet ha trovato un biglietto vicino al corpo,» aggiunse Laura.

Lui si girò mentre il telo della tenda frusciava e il patologo legale emerse, abbassandosi la mascherina dopo aver superato il cordone.

«Organizzerò l'autopsia per domani mattina,» disse Lucas Anderson a mo' di saluto. «Potremmo essere in grado di dedurre cosa ha preso, se ha preso qualcosa.»

«Quali sono le probabilità?» disse Barnes. «Alcune delle droghe in circolazione di questi giorni possono sparire nel giro di poche ore.»

Il patologo scrollò le spalle. «Posso solo fare del mio meglio, Ian. Ti avverto fin d'ora, anche i risultati di laboratorio sono in arretrato di settimane.»

Barnes gemette.

«Ian!»

Si voltò sentendo la voce e vide Harriet uscire dalla tenda.

La responsabile degli investigatori forensi attraversò il cordone e sollevò un piccolo sacchetto di plastica sigillato nelle sue mani guantate.

All'interno era sigillata una polvere di colore chiaro, spalmata in un angolo.

«Dove l'hai trovata?» disse Barnes.

«Nascosta nel reggiseno.» Harriet girò il sacchetto tra le dita.

Laura fece un passo indietro e guardò verso il parapetto. «Quindi potrebbe essere stata davvero fatta quando è caduta.»

«Ok, Aaron, falla registrare come prova. Finché non avremo la conferma di cosa sia questa sostanza, interrogheremo tutte le conoscenze di Felicity, colleghi di lavoro, famiglia, tutti. Uno di loro potrebbe essere in grado di dirci dove ha comprato questa roba.» Barnes fece un cenno verso Laura. «Qualcuno ha già controllato i suoi profili social?»

Lei mostrò il telefono in risposta. «La maggior parte dei suoi account sono impostati come privati, tranne questo, sembra che sia coinvolta in qualche tipo di attività di design d'interni.»

Barnes socchiuse gli occhi guardando la griglia di fotografie che mostravano stanze artisticamente arredate e sbuffò sottovoce. «Domani mattina, organizzati per avere accesso a tutti gli altri suoi profili, e scopri quanto sia coinvolta con questo account. Chiedi ad Andy Grey della sezione forense digitale di occuparsene, noi saremo già abbastanza impegnati.»

«Lo farò, sergente.» Laura ripose il telefono e poi osservò due uomini entrare nella tenda bianca portando una barella. «Che spreco di vita.»

Barnes guardò il volto pallido e spezzato della donna che giaceva sul cemento all'interno del lembo della tenda e sospirò.

«Hai proprio ragione, Hanway. Forse possiamo scoprire dove è andato tutto storto per lei.»

CAPITOLO 11

Quando Kay entrò nella sala operativa la mattina seguente, rimase sorpresa dal numero di agenti presenti.

«Tutto questo per un'effrazione, Ian?» disse mentre accendeva il computer e si sedeva di fronte a Barnes.

Lui la guardò da sopra gli occhiali da lettura, poi le passò un rapporto spillato. «Se fosse così. No, una donna è caduta dal tetto del parcheggio multipiano ieri sera. Si è scoperto che era Felicity, la figlia di Peter Gregor».

«Merda». Kay gli strappò il rapporto dalle mani e scorse le pagine. «È stato informato?»

«Harry Davis ha dato la notizia a lui e sua moglie poco prima delle dieci ieri sera. Li ha rintracciati a una cena privata al club di golf di Gregor».

«Sharp lo sa?»

«L'ho chiamato appena abbiamo scoperto chi fosse», disse. «Ha telefonato dieci minuti fa per dire che il traffico è terribile venendo da Gravesend ma vuole partecipare al briefing di questa mattina, quindi stiamo aspettando lui prima di iniziare».

«Cos'è successo?»

Aggrottò la fronte mentre Barnes la aggiornava e lei scorreva il rapporto. Quando lui finì, scosse la testa con un sospiro e glielo restituì.

«Qualche idea su cosa avesse preso?»

«Non ancora. L'autopsia è programmata per l'una di oggi, quindi potremmo avere qualche notizia in più dopo».

Kay guardò le e-mail sullo schermo, si morse il labbro e poi si decise. «Ti dispiace se vengo anch'io all'autopsia? Potrei avere qualche idea su ciò che Lucas scoprirà».

«Certamente. Harriet ha trovato un pacchetto di polvere nascosto nel reggiseno di Felicity; quindi, dovranno fare i soliti test per confermare di cosa si tratta se Lucas non riesce a dircelo».

«Potrebbe volerci un po'».

«È quello che ha detto anche lei, anche se non posso fare a meno di pensare che una volta che Gregor contatterà il Commissario Capo questa mattina, ci verrà detto di fare tutto il possibile per scoprire di cosa si tratta e da dove provengono quelle droghe».

«Ci scommetto». Kay si voltò mentre la porta della sala operativa si apriva e Sharp si dirigeva verso di loro a passo deciso, con lo sguardo fisso sul suo cellulare mentre fissava lo schermo.

«Buongiorno, capo», disse Barnes.

«Ian, Kay». Sharp infilò il telefono nella tasca della giacca e indicò con il mento i documenti sparsi sulla scrivania del sergente. «Ho già avuto il Commissario Capo al telefono due volte questa mattina, e sia lei che il Capo della Polizia si aspettano un aggiornamento quando tornerò a Northfleet questa mattina. Iniziamo il briefing?»

«Sì, capo».

Kay seguì i due uomini verso una seconda lavagna che qualcuno aveva installato nella parte anteriore della sala operativa, e si morse il labbro quando notò che la lavagna relativa all'effrazione nella clinica veterinaria era stata messa da parte.

Era il naturale equilibrio delle indagini, niente di più, ma la promessa fatta ad Adam la sera prima le rodeva la coscienza.

Se tutta la squadra stava ora concentrando l'attenzione sulla morte di Felicity perché suo padre era un candidato politico che avrebbe determinato il futuro di tutti loro se fosse stato eletto tra qualche anno, allora qualsiasi slancio che potesse portare all'arresto del ladro di chetamina sarebbe stato rapidamente perso.

La voce di Sharp interruppe i suoi pensieri e lei si appoggiò al muro accanto a Gavin mentre iniziava il briefing.

«Che tipo di progressi ci sono stati da quando abbiamo parlato ieri sera, Ian?»

«Ci è stata fornita una lista di amici dagli account dei social media di Felicity da Andy Grey e la sua squadra di forense digitale, il suo computer portatile era ancora a casa dei suoi genitori e lo hanno consegnato ieri sera», disse Barnes. «Inizieremo a interrogare quelli che sembrano conoscerla da più tempo, partendo dal presupposto che è meno probabile che siano solo conoscenze di passaggio. In questo modo, potrebbero essere in grado di far luce su come sia stata coinvolta con le droghe».

«A meno che uno di loro non sia la persona che gliele ha fornite», disse Sharp. «Procedi con cautela, Ian - sai bene quanto me che ti mentiranno spudoratamente se pensano che questo li salverà da una fedina penale sporca. Cosa ne è dei test tossicologici?»

«Potrebbe volerci un po' prima di ottenere i risultati, capo, a meno che...»

«Capisco. Lo segnalerò e vedrò quali favori posso chiedere per ottenere quei test più rapidamente».

«Grazie, capo».

Sharp indicò la seconda lavagna.

«A che punto siamo con l'effrazione dal veterinario?»

Gavin alzò la mano. «Capo, ho parlato con l'amministratore delegato dell'azienda farmaceutica ieri, e sta organizzando per inviarmi le riprese delle telecamere di videosorveglianza dai veicoli che hanno effettuato consegne allo studio di Adam nei due mesi precedenti al furto. In questo modo, spero che potremo vedere se ci sono indicazioni che i veicoli siano stati seguiti per capire le abitudini dell'autista». Si fermò e indicò Laura con il pollice. «Torneremo a esaminare le immagini delle telecamere questa mattina. Finora, abbiamo eliminato tutti quelli che Scott e Stephanie hanno identificato come clienti noti, molte di queste persone sono tornate dal veterinario nel corso degli anni con i loro animali; quindi, la lista si è un po' ridotta».

«Quanti altri nomi avete ancora da esaminare?»

«Circa venticinque, capo: includono eventuali clienti occasionali delle ultime tre settimane, persone i cui cani si sono ammalati mentre erano in vacanza nella zona, cose del genere. Organizzeremo con gli agenti in uniforme di chiamare oggi chiunque viva fuori zona per ridurre ulteriormente la lista, poi inizieremo a intervistare i rimanenti il prima possibile».

Kay fece un respiro profondo e lanciò un sorriso al collega, grata che stesse assumendo il ruolo di responsabile delle indagini per il furto nella clinica veterinaria mentre Barnes si concentrava sulla morte di Felicity.

Gavin le fece l'occhiolino quando incrociò il suo sguardo, poi rivolse la sua attenzione a Sharp mentre questi cedeva il briefing a Barnes.

«Bene, compiti per oggi sul caso Felicity Gregor», disse il sergente detective, scorrendo con lo sguardo l'agenda dal database HOLMES2. «Dave e Phillip, potreste iniziare con le sue e-mail che Andy ha inviato? Segnalate qualsiasi cosa che merita un esame più approfondito, e procederemo da lì. Laura, per favore, potresti lavorare con gli agenti in uniforme e parlare con gli amici di Felicity dalla lista che abbiamo fatto? La maggior parte di loro è del posto, e sembra che ne abbia conosciuti due o tre da quando ha finito la scuola».

Barnes fece una pausa e piegò l'agenda a metà. «Io intervisterò Peter Gregor e sua moglie con Kay questa mattina prima dell'autopsia per scoprire cosa potrebbero sapere sugli amici e conoscenti di Felicity, con l'obiettivo di capire dove potrebbe aver ottenuto le droghe e se hanno notato qualche cambiamento nella loro figlia negli ultimi giorni».

Kay annuì in risposta, grata di avere finalmente qualcosa da fare invece di preoccuparsi dell'andamento dell'indagine sull'effrazione dalla quale era stata messa da parte.

Mentre Barnes si faceva strada tra il gruppo di agenti riuniti, assegnando compiti e impartendo ordini, sentì una gomitata nel fianco e lanciò un'occhiata di lato verso Gavin.

La sua bocca si increspò prima che abbassasse la voce.

«Attenta, capo. A questo ritmo vorrà rubarti il posto.»

Kay abbassò lo sguardo ai suoi piedi e trattenne una risata. «Non dire sciocchezze. Pia lo ucciderebbe.»

CAPITOLO 12

Kay mise la macchina nella corsia di decelerazione e lanciò un'occhiata a Barnes dopo aver rallentato dietro a un camion articolato.

«Stiamo per arrivare all'uscita di Wrotham Heath, dov'è la casa?»

Lui guardò attraverso il parabrezza, poi tornò ai suoi appunti. «A sinistra alla rotonda, capo. Poi a destra al semaforo. La loro casa è su Windmill Hill, sulla sinistra quasi in cima.»

«Grazie.»

Barnes sollevò il profilo che Debbie West aveva compilato per loro e fece un respiro profondo. «Ha quasi la stessa età della mia Emma. Che maledetto spreco...»

«C'è qualcosa di utile lì dentro?»

«Isobel, sua madre, ha detto a Harry ieri sera che Felicity lavora in proprio da diciotto mesi, da quando il suo account di design di interni sui social media ha iniziato ad avere successo.» Barnes mostrò una schermata che mostrava l'account della donna e una griglia ordinata di camere da letto e soggiorni ben organizzati. «Prima di ciò, lavorava alla cassa di uno dei supermercati locali dopo aver conseguito il diploma di maturità.»

«E si guadagna da vivere con quell'account?»

«Sembra di sì. Non c'è nulla sul sito del Registro delle imprese, quindi probabilmente opera ancora come libera professionista.» Barnes ripose i documenti mentre Kay lasciava la A20 per imboccare Windmill Hill. «Secondo gli appunti di Debbie, Felicity guadagna quando le persone le chiedono di presentare i loro prodotti sul suo profilo, e probabilmente riceve anche denaro attraverso link collegati e simili sulla sua pagina profilo e nei post del suo blog. Poi c'è il lavoro di design di interni vero e proprio, ovviamente.»

Kay aggrottò la fronte, rallentando mentre si avvicinava alla casa dei Gregor sul lato sinistro della strada tortuosa. «Quanti follower ha su quell'account?»

«Settantacinquemila. Ho controllato.»

«Accidenti.»

Trovò un posto auto in una piazzola ghiaiosa di fronte alla proprietà indipendente in mattoni rossi e guardò nello specchietto la facciata della casa.

«Okay, dato che sappiamo che Peter Gregor potrebbe essere il nostro prossimo Questore, ti consiglio di iniziare con cautela, Ian. Valuta come reagisce all'interrogatorio e poi procedi di conseguenza.»

«Sarà uno shock per loro se non sapevano che assumesse droghe,» disse lui, aprendo la portiera e sistemandosi la giacca sulle spalle mentre lei chiudeva l'auto a chiave. «Non posso pensare che la prenderanno bene, indipendentemente da come lo dici.»

«Esattamente.» Lei gli rivolse un sorriso mesto mentre attraversavano la strada. «Meno male che non sto cercando un'altra promozione, vero?»

Spingendo un cancello in ferro battuto alto fino alla vita, inserito in un basso muro di pietra, Kay suonò il campanello e si prese un momento per calmare il respiro.

«Ci siamo,» mormorò Barnes al suono di un chiavistello che si alzava dall'altro lato della porta.

Kay raddrizzò le spalle quando un uomo aprì, con gli occhi gonfi di dolore.

Peter Gregor era una figura imponente, più alto di Kay di una decina di centimetri e robusto. I suoi baffi brizzolati ebbero un fremito alla vista dei due detective sulla soglia, poi si fece da parte.

«Susan mi aveva detto di aspettare una vostra visita,» disse con voce roca. «È meglio che veniate in salotto, Isobel è lì.»

Kay notò l'uso del nome di battesimo del Commissario Capo Greensmith da parte di Gregor e lo seguì attraverso una porta alla sinistra della scala, mentre i suoi occhi si adattavano alla penombra della proprietà tutelata come edificio di interesse nazionale, con le sue pareti rivestite in quercia.

Interrogare le famiglie delle vittime non era mai un compito facile ed era uno dei più spiacevoli, ma essenziale per ogni indagine. Aiutava a umanizzare la persona nella sua mente e ad aprire vie d'indagine che lei e i suoi colleghi potevano seguire.

Eppure, in fondo alla mente, c'era il pensiero assillante

che sarebbe stata giudicata per il resto della sua carriera in base a come avrebbe affrontato i prossimi momenti, se avesse sbagliato.

Entrando nel salotto, una donna si alzò da un divano in pelle a tre posti all'estremità opposta accanto a un camino aperto, la sua figura esile avvolta in un cardigan lungo che le arrivava oltre le ginocchia.

«Mia moglie, Isobel,» disse Gregor. Indicò due poltrone in pelle di fronte al divano. «Accomodatevi.»

«Grazie.»

Kay presentò sé stessa e Barnes a Isobel, poi estrasse il suo taccuino e la penna dalla borsa. Questo le diede un momento per osservare l'ambiente circostante e lanciare un'occhiata furtiva ai genitori di Felicity.

Entrambi mostravano i segni della tensione dovuta agli eventi della sera precedente, e si chiese se qualcuno di loro fosse riuscito a dormire dopo essere tornati dal loro circolo di golf.

Sospettava di no.

«Grazie per il vostro tempo questa mattina,» iniziò Barnes. «Mi dispiace molto per la vostra perdita.»

Gregor inclinò la testa e gli fece cenno di continuare.

«Mi rendo conto che vi stiamo disturbando in un momento molto difficile,» disse Barnes, «e alcune delle mie domande potrebbero essere percepite come insensibili. Voglio che comprendiate che tutto ciò che sto per chiedervi ha una buona ragione. Voglio capire cosa è successo a Felicity tanto quanto voi, e spero che facendo così possiamo fornire alcune risposte sul perché sia morta in circostanze così tragiche.»

Isobel tirò su col naso e si asciugò gli occhi.

«Sappiamo entrambi che avete un lavoro da fare. È per questo che Peter vuole contribuire in futuro attraverso il ruolo di Questore, ma è anche per questo che posso assicurarvi che risponderemo a tutte le vostre domande nel miglior modo possibile.»

«Grazie.» Barnes congiunse le mani in grembo. «Parlatemi di Felicity: com'era come figlia?»

«Felice, sicura di sé, divertente...» La voce di Gregor si spezzò, e cercò la mano di sua moglie. «Era la nostra unica figlia, quindi suppongo che l'abbiamo viziata, soprattutto dopo...»

«...Nostro figlio, Tristan, è morto quando aveva tre anni,» disse Isobel. «Complicazioni da meningite.»

«Mi dispiace molto,» disse Kay.

Un dolore le salì nel petto mentre guardava le due persone di fronte a lei, il loro strazio era palpabile. Nel silenzio che seguì le loro parole, udì il sonoro rintocco di un grande orologio da qualche parte nella casa, le cui note echeggiavano lungo il corridoio fino a dove erano seduti.

Barnes si schiarì la gola. «Non abbiamo trovato un biglietto d'addio con Felicity, quindi ci stavamo chiedendo se nelle ultime settimane vi avesse dato qualche motivo di preoccupazione. Sembrava depressa o preoccupata per qualcosa?»

«No, assolutamente niente del genere», disse Isobel con veemenza. «Aveva i suoi alti e bassi come tutti noi, ma non si sarebbe mai tolta la vita...»

«La morte di Tristan ci ha colpito tutti», aggiunse Gregor. «Felicity aveva sette anni quando è morto ed è stata devastata per aver perso il fratello minore. Non avrebbe mai consapevolmente aggiunto altro al nostro dolore.»

«Non c'è un modo semplice per dirvelo», disse Barnes. «Un piccolo sacchetto contenente una sostanza in polvere è stato trovato nascosto tra gli indumenti di Felicity la scorsa notte, il che ci porta a credere...»

«Sta dicendo che nostra figlia faceva uso di droghe?» Gregor lo fulminò con lo sguardo, col mento proteso in avanti. «È assurdo.»

«Tutto ciò che sappiamo al momento è che aveva con sé questa polvere», disse Barnes, mantenendo un tono di voce pacato. «Non sapremo altro fino a dopo l'esame medico. Ma vorrei sapere se avete avuto qualche preoccupazione riguardo a lei, magari se si stava comportando in modo strano ultimamente?»

«Non proprio». La fronte di Isobel si corrugò mentre guardava suo marito. «Voglio dire, ha lavorato molte ore, ma immagino che sia normale quando si gestisce un'attività di successo.»

«Si riferisce al suo lavoro di design di interni online?»

«Sì. Isobel ha ragione, l'abbiamo vista a malapena negli ultimi due mesi», ammise Gregor. «Ho pensato che stesse lavorando forse troppo duramente, ma quando gliel'ho chiesto, mi ha detto che doveva sfruttare al massimo la situazione finché c'era richiesta.»

«Non era sciocca, detective Barnes. Sapeva quanto potessero essere cattivi i social media», aggiunse Isobel. «Mi chiedevo se stesse perdendo troppo peso, ma ogni volta che le offrivo qualcosa da mangiare mi diceva che era troppo occupata.»

«Ha usato il vostro indirizzo sulla sua patente di guida», disse Kay. «Viveva qui?»

«Sì». Isobel si fermò per tirare su col naso in un fazzoletto. «Usa... usava la sala da pranzo come ufficio.»

Kay lanciò uno sguardo a Barnes, poi tornò a guardare Gregor e sua moglie. «Vi dispiacerebbe se dessi un'occhiata? Mi aiuterebbe a capire meglio il suo lavoro e Felicity come persona.»

«Immagino che vorrete vedere anche la sua camera da letto». Gregor si alzò in piedi e si sistemò i pantaloni. «È quello che vi fanno fare di solito in circostanze come queste, non è vero?»

Kay si morse il labbro e annuì. «Grazie. Forse lei potrebbe mostrarla al detective Barnes, mentre io esamino il suo ufficio con la signora Gregor?»

Seguirono la coppia fuori nell'atrio, Barnes seguì Gregor al piano di sopra mentre Isobel condusse Kay verso il retro della casa.

Aprì una pesante porta di quercia e si fermò sulla soglia. «Attenzione a non inciampare, c'è un gradino per scendere nella stanza.»

«Grazie.»

Kay abbassò la testa sotto una trave bassa ed entrò nell'antica sala da pranzo.

Quello che una volta era un tavolo formale per dodici persone ora era coperto di campioni di tessuti, fotografie Polaroid e mercerie di tutti i colori.

«Era così felice qui dentro.» Isobel si spostò verso un'antica sedia in mogano all'estremità del tavolo e passò le dita sulla superficie lucida. «Il laptop che i vostri agenti hanno preso, era solita sedersi qui con quello aperto, con la musica a tutto volume. Peter spesso doveva chiederle di abbassarla se era nella stanza accanto, nello studio, mentre cercava di parlare al telefono con i propri clienti.»

La donna si asciugò gli occhi e tirò su col naso.

«Deve avervi reso orgogliosi», disse Kay, fermandosi per osservare alcune delle fotografie che mostravano il talento stilistico di Felicity. «Sono davvero belle.»

Isobel riuscì a fare un piccolo sorriso. «Eravamo orgogliosi di lei, Ispettrice Hunter. Soprattutto dopo il modo in cui era stata trattata al lavoro, e quanto fosse smarrita prima di iniziare a fare questo.»

«Oh? In che senso?»

La donna abbassò la voce. «Era vittima di bullismo. Al supermercato. Peter non ama parlarne. Cose da donne, capisce. No... Felicity non voleva lasciare il lavoro, ma l'hanno fatta sentire indesiderata. Non ha avuto scelta. Non stava gestendo bene i dolori mestruali, e il suo manager non era comprensivo riguardo alle sue numerose assenze per questo motivo. Potrei capirlo se il suo capo fosse stato un uomo, ma un'altra donna? Avresti pensato che fosse più comprensiva.» Isobel scrollò le spalle. «Comunque, quando sembrava che le consulenze di design di interni di Felicity stessero decollando, ha deciso di dedicarsi a queste invece.»

«Quanto tempo fa ha lasciato il lavoro al supermercato?»

«Circa tre mesi fa, suppongo. Sì, era così. Subito dopo Natale, perché voleva approfittare della paga degli straordinari prima di fare il salto e gestire la propria attività.»

«Ha mantenuto i contatti con qualcuno del suo lavoro precedente?»

Il naso di Isobel si arricciò. «No. Non ce n'era davvero bisogno. Voglio dire, una volta che se n'è andata ha trovato la sua rete di supporto tra i suoi colleghi.»

Kay si allontanò dal tavolo, diede un'ultima occhiata ai resti della vita di Felicity Gregor e trattenne un sospiro.

«Grazie, signora Gregor. Credo che sia tutto ciò di cui ho bisogno per ora.»

CAPITOLO 13

Laura batté le nocche contro il pannello di vetro inserito nella porta d'ingresso della casa bifamiliare, poi si voltò a guardare oltre la spalla verso la sua auto parcheggiata al di là del vialetto di cemento crepato.

Tutte le case lungo questa strada erano in cattivo stato, e quella condivisa da due amiche di Felicity non faceva eccezione.

La vernice biancastra si staccava dai davanzali, esponendo il legno marcio sottostante, l'intonaco era scheggiato e crepato, e sembrava che fossero passati diversi mesi da quando qualcuno si era preoccupato di tagliare il prato anteriore.

Il tintinnio di una catena riportò la sua attenzione alla porta, e mostrò il suo tesserino mentre una donna apriva, con il rumore di un asciugacapelli che risuonava attraverso la fessura.

«Detective Laura Hanway. Ho telefonato questa mattina...»

Gli occhi della ventenne si spalancarono, e tolse la catena. «Sì, entri pure. Sono Sarah Avendale.»

Chiuse la porta e indicò un soggiorno sulla sinistra. «Mi scusi per il disordine. Non abbiamo un'altra ispezione dell'affitto per due mesi, quindi...»

Laura resistette all'impulso di coprirsi il naso quando entrò nella stanza, il cui stato le ricordava fin troppo bene il suo primo anno all'università, fino a quando aveva deciso che ne aveva abbastanza dell'avversione dei suoi coinquilini per i lavori domestici e trovato alloggio altrove.

Come se le avesse letto nel pensiero, Sarah si affrettò verso un mobile porta TV, prese un aerosol e lo spruzzò abbondantemente sopra la sua testa.

«Mi scusi. Il gatto ha vomitato qui stamattina. Vuole accomodarsi?»

Fece cenno a Laura di prendere posto su una poltrona cedevole prima di lasciarsi cadere su un pouf accanto al televisore. «Elena scenderà fra un minuto... è appena uscita dalla doccia.»

Come a comando, l'asciugacapelli smise di ruggire e Laura sentì dei passi al piano di sopra.

Pochi istanti dopo, una donna alta con i capelli appena lavati apparve sulla porta. «Ciao, scusa... sono rientrata solo poche ore fa. Sono Elena Travis.»

Fece un timido sorriso prima di attraversare la stanza verso un divano a due posti sotto la finestra, poi annusò mentre si abbassava sui cuscini.

«Dio, non di nuovo.»

Laura estrasse il suo taccuino dalla borsa e fece scattare la penna, schiarendosi la gola. «Dunque, al telefono, Sarah, ha detto che entrambe conoscevate Felicity a scuola?»

«Sì... ci siamo ritrovate tutte nella stessa classe per l'esame di maturità di inglese», fu la risposta.

«Siamo andate subito d'accordo», aggiunse Elena. «Non posso credere che se ne sia andata. Specialmente in quel modo.»

Rabbrividì e si asciugò gli occhi.

«Quello che vuol dire è che Felicity è sempre stata quella assennata», disse Sarah. «A quei tempi, io ed Elena eravamo...»

«Una spina nel fianco». Elena sorrise. «Onestamente, quando ripenso ad alcune delle cose che facevamo. I miei poveri genitori...»

«Ma Felicity no», continuò Sarah. «Tendeva a stare ai margini.»

«Come siete diventate amiche?» disse Laura.

«Era vittima di bullismo, niente di grave, solo che veniva emarginata dagli altri perché troppo snob. Noi no, a noi non importava cosa pensassero di noi, quindi si è in un certo senso attaccata a noi. Suppongo che la facessimo sembrare migliore, o almeno accettabile agli occhi degli altri. La lasciarono in pace dopo qualche settimana che stava in giro con noi», disse Sarah. «E una volta che abbiamo finito la scuola, non le servivamo più, quindi ci ha scaricate.»

Laura aggrottò la fronte. «Quanto tempo fa è successo?»

«Circa diciotto mesi fa», disse Elena. «È iniziato con lei che rifiutava gli inviti per uscire insieme... noi tre andavamo sempre in discoteca almeno ogni due settimane, a volte qui in zona e a volte in città. Uscivamo nei fine settimana e così via, una di noi guidava e trovavamo un posto divertente per la giornata...»

«Poi, come dice lei, è finito tutto.» La fronte di Sarah si corrugò. «Non abbiamo mai scoperto perché.»

«C'è stato un litigio o qualcosa del genere?» disse Laura.

Elena si strinse nelle spalle. «Non ha mai detto nulla di preciso. Ha semplicemente smesso di parlarci, e poi ci ha tolto dai social così non potevamo più mandarle messaggi o altro per scoprire se stesse bene.»

«Suppongo che una volta che ha iniziato a gestire la sua attività, non fossimo più abbastanza per lei.» Le labbra di Sarah formarono una smorfia. «In effetti, è stata un po' stronza l'ultima volta che ci ho parlato.»

«Oh? In che modo?» La penna di Laura si fermò sopra i suoi appunti.

Sarah sospirò. «Suppongo che crescendo abbia iniziato a guardarci dall'alto in basso, beh, me sicuramente, perché lei non aveva le stesse difficoltà che avevamo noi. Dal punto di vista economico, intendo. Ripensandoci, credo che stesse con noi solo perché le eravamo utili...»

«Come ha detto Sarah, subiva bullismo quando ha iniziato la scuola, così è stata con noi per protezione», disse Elena senza rancore. «Sarah qui presente non si faceva mettere i piedi in testa da nessuno, e ancora non lo fa...»

A quelle parole, la coinquilina emise una risatina. «Dio, eravamo terribili a quei tempi.»

Laura alzò lo sguardo dai suoi appunti e osservò le due donne. «Abbiamo trovato un pacchetto contenente quella che riteniamo essere una sostanza illegale nascosto nel reggiseno di Felicity ieri sera. Eravate a conoscenza del fatto che assumeva droghe?»

«Felicity? Con le droghe?» Elena si girò sulla sedia per guardare la coinquilina. «Dio, no. Io non lo sapevo, comunque.»

Sarah arricciò il naso. «Nemmeno io. Voglio dire, le vediamo ovunque ovviamente quando usciamo, ma non mi hanno mai attirato particolarmente.»

«Quindi non avete idea di quando potrebbe aver iniziato, o se fosse un'utilizzatrice abituale?» disse Laura. «O dove potrebbe averle ottenute?»

«No», disse Elena. «Come abbiamo detto, abbiamo perso i contatti. Non stava con nessuno all'epoca e non so quali fossero, fossero state, le sue condizioni ora.»

«Felicity stava già parlando di avviare una sua attività quando avete perso i contatti?» disse Laura.

«No, stava ancora lavorando al supermercato. Era l'unico lavoro che riusciva a trovare, anche se aveva accennato a qualcosa riguardo l'iscrizione a delle agenzie di collocamento per poter trovare un lavoro amministrativo.» Un triste sorriso guizzò sul volto di Sarah. «Credo che abbia sempre sentito che il lavoro al supermercato non fosse alla sua altezza e che fosse destinata a cose più grandi.»

«Ed è questo che rende la sua morte ancor più difficile da capire.» Elena tirò su col naso e si asciugò gli occhi ancora una volta. «Felicity non era proprio il tipo di persona che si sarebbe suicidata.»

CAPITOLO 14

Kay si trovava sotto il portico di cemento dell'ospedale della Derwent Valley e socchiuse gli occhi attraverso la pioggia mentre un'altra ambulanza le sfrecciava davanti dirigendosi verso le corsie d'emergenza.

Si voltò dall'altra parte mentre il conducente emergeva dal veicolo, l'addetta paramedico con la tuta verde corse verso il retro per aiutare il collega ad abbassare una barella a terra.

Il rumore delle rotelle sulle piastrelle di cemento si affievolì verso l'interno dell'edificio mentre Barnes si affrettava verso di lei, con il cappotto tenuto sopra la testa e le scarpe che sguazzavano nelle pozzanghere.

«Credo di aver trovato l'ultimo posto nel parcheggio» mormorò, abbassando il colletto e seguendola all'interno.

«E anche il più lontano, a giudicare dal tuo aspetto». Sorrise. «Tutto ok?»

«Come sempre. Tu come stai? Tutto a posto?»

Kay annuì. «Sono solo felice di poter contribuire.

Continuo a pensare che Sharp mi escluderà dalla sala operativa a causa della rapina.»

Barnes scosse la testa, facendo scorrere rivoli d'acqua lungo il viso prima di estrarre un fazzoletto di cotone e asciugarsi. «Ha bisogno di te, capo. Sai quanto siamo a corto di personale in questo momento. Inoltre, immagino che finché Adam non torna a casa, tu abbia bisogno di qualcosa che ti distragga, giusto?»

«Mi conosci troppo bene, Ian.»

Lui sorrise come risposta e tenne aperta la porta che conduceva all'obitorio. «Sono contento che Gavin stia tenendo d'occhio anche quell'indagine. Gli farà bene.»

«È vero, hai ragione.» Kay rivolse l'attenzione a un uomo allampanato in piedi dietro una piccola scrivania della reception, con lo sguardo fisso sullo schermo del computer. «Ciao, Simon.»

«Buon pomeriggio, Ispettrice. Potete procedere direttamente dopo aver firmato e indossato l'equipaggiamento protettivo, per favore» disse l'assistente del patologo senza alzare lo sguardo. «Oggi abbiamo tempi stretti, quindi temo che Lucas abbia già iniziato.»

«Grazie» disse Barnes. «Ci vediamo dentro, capo.»

Dopo che Kay si fu cambiata, indossando la tuta protettiva, i guanti e i copriscarpe, si diresse dallo spogliatoio femminile attraverso un set di doppie porte in acciaio fino a un'area fresca illuminata da luci a soffitto.

L'odore la investì mentre le porte si chiudevano silenziosamente, e lei fece involontariamente un passo indietro.

Barnes le lanciò uno sguardo comprensivo da sopra la sua mascherina, poi rivolse nuovamente l'attenzione al tavolo per le autopsie dove stava lavorando Lucas Anderson.

Il patologo si fermò, con il bisturi sollevato mentre lei si avvicinava. «Buon pomeriggio, Kay. Stavo giusto dicendo a Ian che la vostra vittima suicida era più che una semplice consumatrice occasionale.»

Kay aggrottò la fronte e si spostò dove si trovava lui, accanto alle spalle nude della donna. «Segni di aghi?»

«No, qui.» Lucas si spostò dalla luce in modo che i due detective potessero vedere meglio e usò il mignolo guantato per indicare il naso di Felicity. «Vedete qui? Il setto è rotto in alcuni punti, sotto queste piaghe. Lo vediamo nei casi in cui le persone fanno uso frequente di droghe in polvere, col tempo, brucia la pelle e la cartilagine. Nel suo caso, abbiamo trovato tracce di chetamina nei campioni di urina che abbiamo prelevato prima, insieme all'alcol, una combinazione letale.»

«Intende dire che l'alcol ha potenziato l'effetto della droga?»

«L'avrebbe amplificato considerevolmente, sì. Da sola è un potente allucinogeno dissociativo. Mischiata con l'alcol, avrebbe causato allucinazioni, una mancanza di consapevolezza del suo ambiente circostante...»

La mascella di Kay si contrasse. «Quindi era una consumatrice abituale?»

«Direi proprio di sì.» Lucas indicò una bacinella in acciaio inossidabile poco distante. «La sua vescica mostra tutti i segni del tipo di danni causati dalla chetamina. Un mio collega del reparto di gastroenterologia di Maidstone dice che sta facendo almeno sei cistectomie all'anno ora, tutte a causa dell'abuso di droghe. In passato la maggior parte del suo lavoro passava attraverso il reparto di oncologia".»

«Felicity avrebbe sofferto dolore con questo problema?» disse Barnes.

«Sicuramente… crampi addominali, difficoltà a urinare.» Lucas sospirò. «Penso che avrebbe dovuto cercare aiuto entro pochi mesi, visti i danni che stiamo osservando nei suoi organi interni.»

«Questo coincide con quanto ci ha detto sua madre riguardo al fatto che Felicity aveva bisogno di molto tempo libero dal lavoro a causa di crampi mestruali» disse Kay.

«Avrebbe senso. Immagino che il dolore si sarebbe irradiato attraverso l'addome regolarmente, ancor di più nei giorni immediatamente successivi all'assunzione della droga.»

«Mi chiedo come fosse lavorare con lei» disse Barnes. «Forse dovremmo parlare con il suo responsabile al supermercato.»

«Buona idea. Magari alcuni dei suoi colleghi potrebbero sapere chi le forniva la roba.» Kay rivolse di nuovo l'attenzione a Lucas. «C'era qualcosa nelle sue cartelle cliniche che suggerisse una storia di depressione?»

«Nulla del tutto. L'ultima volta che ha visitato il medico di famiglia è stato tre anni fa per un'iniezione antitetanica.»

Sentì Barnes fare un respiro profondo dietro la sua mascherina, facendo eco alla sua tristezza per un'altra vita sprecata.

Mentre Lucas completava l'autopsia, i suoi pensieri

vagavano verso l'aggressione ad Adam e il furto di chetamina dalla clinica veterinaria.

Se Gavin e la sua squadra di agenti non fossero stati in grado di trovare i responsabili prima che un'altra ondata di allucinogeni a buon mercato diventasse disponibile nella città della contea, ci sarebbero state ancora più morti.

Felicity Gregor poteva essere stata la prima, ma non sarebbe stata l'ultima.

CAPITOLO 15

Barnes aprì la porta della sala operativa per Kay e si mise a seguire l'ispettrice mentre lei si faceva strada tra le scrivanie fino alla lavagna.

Fece scivolare le chiavi dell'auto accanto alla tastiera del suo computer mentre passava, poi annuì in segno di ringraziamento quando lei gli porse un pennarello nero spesso indicando la lavagna.

«Come vuoi affrontare questa situazione?» disse lei mentre lui iniziava a scrivere.

«Parlare di nuovo con i genitori sarà complicato, credo». Aggrottò la fronte, poi tirò fuori dalla tasca gli occhiali da lettura e scrutò gli altri appunti che ricoprivano la superficie della lavagna prima di aggiungere i punti salienti dei risultati dell'autopsia. «Forse dovremmo provare a parlare prima con la madre, Isobel. Insomma, sembrava essere lei quella alla quale Felicity si confidava ed era stata lei a segnalare che Felicity si stava prendendo del tempo libero dal supermercato a causa dei forti crampi».

«Sono propensa a essere d'accordo con te su questo». Kay incrociò le braccia e si appoggiò a una scrivania vicina. «Almeno così riusciremo a stabilire un periodo in cui potrebbe aver iniziato a prendere la droga, ma dev'essere passato un po' di tempo. Da quanto diceva Lucas, Felicity stava affrontando un futuro cupo dal punto di vista della salute. Quei crampi erano solo l'inizio: da allora le sue condizioni saranno peggiorate».

«Dovremo anche cercare di capire cosa, o chi, l'abbia spinta a iniziare a prendere droghe, e chi era il suo fornitore», disse Barnes.

Rimise il cappuccio al pennarello e si voltò per passare lo sguardo sulla sala operativa finché non vide Laura in piedi accanto alla sua scrivania e le fece cenno di avvicinarsi.

«Le due amiche con cui hai parlato questa mattina hanno fatto qualche accenno al fatto che Felicity facesse uso di droghe?»

«Hanno perso i contatti con lei circa diciotto mesi fa, ma hanno confermato che, per quanto ne sapessero, all'epoca non ne faceva uso». Laura sporse il mento verso la lavagna. «Quelli sono i risultati dell'autopsia?»

«Sì, dovremmo ricevere il rapporto completo più avanti questa settimana», disse Barnes, «ma sembra che Felicity fosse un'assuntrice regolare di chetamina. Lucas è sicuro che una combinazione di quella e dell'alcol trovato nel suo corpo sia un'indicazione che potrebbe aver avuto allucinazioni quando è morta».

Vide Kay mordersi un'unghia mentre ascoltava, con gli occhi fissi sulla lavagna. «Va tutto bene, capo?»

«Sì», mormorò lei, abbassando la mano. «Stavo solo

pensando che con il furto dalla clinica veterinaria c'è ancora più di questa roba in circolazione adesso».

«Sergente? Hai un minuto?»

Barnes si voltò al suono della voce di Dave Morrison e vide l'agente in uniforme camminare verso di loro.

«Certo. Cosa hai trovato?»

«Controlli sui precedenti delle persone con cui Felicity era in contatto regolarmente via e-mail e sui suoi account social, grazie alla squadra di Andy Grey a Northfleet». Morrison consegnò a ciascuno di loro una pagina fotocopiata. «Questo è un riassunto di quelli con cui penso dovremmo iniziare. C'è un fornitore locale di materiali a cui mandava e-mail almeno una volta alla settimana, e Andy è riuscito a mettere insieme anche la sua lista clienti. Ci sono quattro clienti attivi al momento per i quali Felicity stava creando progetti di design, e due che le devono soldi per servizi di design di interni che ha completato il mese scorso. Sta ancora lavorando sui tabulati del suo cellulare, però».

«È una lista estesa. Bel lavoro», disse Kay. «Come vuoi dividere questi, Ian?»

Barnes si grattò il lato del naso. «Dave, puoi telefonare ai due clienti che le devono soldi e magari andare a trovarli se pensi che le conversazioni lo giustifichino?»

«Lo farò».

«Grazie. Quindi restano i quattro clienti attivi...»

«Posso occuparmi io di due di quelli, Ian», disse Laura. «Posso parlare con loro tra un momento e l'altro mentre finisco di esaminare i filmati delle telecamere di videosorveglianza della clinica veterinaria, se Gavin non ha nulla in contrario...»

«Parlane con lui, assicurati che sia d'accordo sul fatto che dividi il tuo carico di lavoro tra noi due», disse Barnes. «Kay e io ci occuperemo degli altri due clienti domani mattina, allora».

«E gli estratti conto?» disse Kay. «Sono già arrivati?»

«Un attimo, capo. Sono sulla mia scrivania». Morrison tornò di corsa alla sua postazione, raccolse una pila di documenti e glieli consegnò. «Puoi vedere dai saldi riassuntivi in cima che Felicity non se la passava così bene come lasciava intendere sui social media. Qui c'è un conto corrente con uno scoperto al massimo del credito e ho controllato anche l'estratto conto della sua carta di credito, era a poche centinaia di sterline dal credito concesso, e faceva solo il pagamento minimo ogni mese».

Barnes fece una smorfia mentre sbirciava da sopra la spalla di Kay. «Sembra che la maggior parte dei suoi soldi vada in vestiti. Riconosco alcuni di questi nomi di negozi».

«Quando ho guardato il suo profilo social per la sua attività, non indossava mai gli stessi vestiti due volte», disse Laura. «Pensavo che forse li avesse presi in prestito o comprati di seconda mano...»

«Non a guardare questo, direi proprio di no».

Kay incrociò il suo sguardo mentre restituiva gli estratti conto a Morrison. «Oltre a questo, finanziava anche una grave dipendenza dalla droga. Farò qualche altra discreta indagine con Isobel Gregor per scoprire se Felicity contribuisse alle bollette mentre viveva a casa, e vedere se è a conoscenza di altre fonti di reddito».

«Va bene, grazie». Barnes si voltò e passò lo sguardo sulla miriade di appunti sulla lavagna prima di sospirare.

Sembrava che più scoprivano dello stile di vita di Felicity Gregor, più domande emergessero.

«E non abbiamo maledette risposte», mormorò.

CAPITOLO 16

Laura spinse via la tastiera del computer e allungò la mano verso il suo caffè, storcendo il naso quando si rese conto che si era raffreddato mentre lavorava.

Si strofinò gli occhi stanchi, poi si sporse in avanti e premette il pulsante "play" sullo schermo, dando un'occhiata all'orologio nell'angolo dello schermo.

«Ci vediamo, Laura».

Alzando lo sguardo mentre Debbie passava con la borsa a tracolla, riuscì a fare un piccolo sorriso. «Ci sei domani?»

«Ho un giorno di riposo programmato, ma torno dopodomani. Sono riuscita a farmi assegnare anche al turno del weekend qui». L'agente in uniforme sorrise. «Meglio che stare in giro per la città il sabato sera».

«Ok, ci vediamo allora».

«Ciao».

Laura stava già guardando le immagini che scorrevano sullo schermo quando Debbie si allontanò, desiderosa di raggiungere i tre quarti dell'elenco dei file ancora in attesa di essere esaminati prima di lasciare l'ufficio per la giornata.

Si appoggiò il mento sulla mano, decidendo di guardare altri tre file prima di preparare un'altra tazza di caffè, e si sistemò per continuare la visione.

Secondo la data lampeggiante nella parte superiore dello schermo, la registrazione era di lunedì, nel tardo pomeriggio alla clinica. Laura aumentò la velocità di riproduzione per guardarla a doppia velocità e si avvicinò mentre Adam e i suoi colleghi si occupavano dei loro clienti e dei loro animali domestici.

La clinica si prendeva cura di una vasta varietà di animali, e Laura sapeva dalle informazioni fornite da Scott Mildenhall che lui era fuori per le visite locali mentre Adam gestiva le visite del tardo pomeriggio.

Era stato un momento intenso, e tre clienti con i loro animali domestici stavano aspettando nell'area della reception quando una donna entrò tenendo un trasportino per gatti e si avvicinò a Stephanie.

La receptionist parlò con la donna per qualche istante, poi indicò la disposizione dei posti a sedere accanto alla finestra anteriore e le consegnò una cartelletta.

Laura sapeva, per aver visto le registrazioni precedenti, che i moduli per i nuovi pazienti erano attaccati alla cartelletta, e trattenne uno sbadiglio mentre la donna prendeva posto di fronte alle sale di consultazione, posava il trasportino ai suoi piedi e chinava la testa sull'attività.

Poco dopo, tornò alla scrivania e consegnò il modulo compilato.

Mentre si sedeva, la donna si chinò verso il trasportino e toccò la porta a rete metallica, poi si raddrizzò quando l'uomo accanto a lei con il pastore tedesco più grande che Laura avesse mai visto fu chiamato avanti.

Uno dopo l'altro, Adam completò le visite dei pazienti, e Laura notò che, sebbene Stephanie le avesse informato che assegnavano venti minuti per ogni animale, spesso lui impiegava più tempo, uscendo con i clienti e offrendo una pacca rassicurante sulla schiena o ridendo e scherzando mentre pagavano.

«Come sta andando?»

Laura sobbalzò alla voce di Gavin e mise in pausa la registrazione. «Bene. Stavo pianificando di guardare questo e poi concludere la giornata dopo aver aggiornato le mie note su HOLMES2... tu?»

«Mi si stanno incrociando gli occhi a forza di guardare i filmati dei furgoni di consegna dell'azienda farmaceutica». Sorrise e prese la tazza di caffè mezza vuota. «Ne vuoi un'altra?»

«Va bene, se la prendi anche tu. Grazie».

Riavviò la registrazione e guardò mentre la fila di pazienti si dissolveva.

Alla fine, rimasero solo la ritardataria e un'anziana signora con un altro trasportino per gatti finché Adam non riapparve e fece cenno alla sua penultima cliente.

La ritardataria li guardò scomparire nella sala di consultazione a sinistra e si morse un'unghia, poi improvvisamente si alzò dal suo posto, prese il trasportino e si affrettò verso la porta d'ingresso.

Laura aggrottò la fronte, con il dito sospeso sul pulsante del mouse mentre guardava Stephanie alzarsi e camminare verso la porta, chiamando la donna prima di tornare alla sua scrivania con un'espressione perplessa.

«Va tutto bene?» Gavin mise una tazza di caffè fresco sulla sua scrivania e rimase in piedi dietro di lei. «Sembri confusa».

«Lo sono». Premette il pulsante di riavvolgimento sullo schermo e indicò una sedia nelle vicinanze. «Porta quella qui e dai un'occhiata a questo».

Il suo collega trascinò la sedia e vi si lasciò cadere, quasi rovesciandosi il tè addosso prima di berne un sorso prudente e puntando la tazza verso lo schermo. «Avvia, allora».

Laura rallentò la riproduzione e batté il piede mentre Gavin guardava la registrazione, i suoi occhi alla ricerca di qualcosa che potesse aver perso la prima volta.

Quando finì, il suo collega alzò un sopracciglio. «A cosa stai pensando?»

«Sembrava agitata quando è arrivata, il che è comprensibile se il suo gatto era malato e stava cercando di ottenere un appuntamento con breve preavviso».

Sullo schermo, Stephanie tornò alla sua scrivania mentre la porta della sala di consultazione si apriva e l'uomo con il pastore tedesco usciva con Adam alle calcagna.

Laura mise in pausa la registrazione e si voltò verso Gavin. «Se era urgente, perché andarsene quando l'ha fatto? Se ha cambiato idea, perché aspettare fino a quando non è entrato l'ultimo paziente?»

«Forse ha deciso che dopotutto non era urgente».

«Forse».

«Non sembri convinta».

«Non lo sono. Non ancora». Laura controllò l'orologio poi prese il suo cellulare e scorse l'elenco delle chiamate recenti finché non trovò quello dell'ambulatorio veterinario.

La sua chiamata ricevette risposta in un paio di squilli.

«Stephanie, sono la detective Laura Hanway. Mi dispiace disturbarla nel bel mezzo degli appuntamenti, ma sto guardando i filmati delle telecamere di sicurezza di lunedì pomeriggio e mi chiedevo se conoscesse la donna che è arrivata in ritardo ma poi se n'è andata prima che fosse chiamato il suo appuntamento... Non la conosce? Ok, per caso ha conservato il modulo per i nuovi pazienti che ha compilato? Fantastico... sì, se potesse, sarebbe ottimo. Grazie».

Terminando la chiamata, aprì la sua e-mail e trattenne il respiro.

«Immagino che stia per inviarlo?» disse Gavin.

«Da un momento all'altro. Prima deve solo scannerizzarlo.» Laura tamburellò con le dita sulla scrivania, incapace di contenere la sua impazienza. «Ecco qua.»

Cliccò sulla nuova e-mail in cima allo schermo e aprì l'allegato. «Daisy Stiles.»

Gavin tirò fuori il suo taccuino e copiò l'indirizzo dal modulo. «Prova il numero di cellulare che ha scritto.»

Laura lo compose, poi scosse la testa. «Non è attivo. Il messaggio dice che non è riconosciuto.»

«Ok, che ne dici delle liste elettorali? Almeno possiamo verificare se l'indirizzo è corretto.»

«Aspetta.» Laura avvicinò a sé la tastiera, aprì una nuova scheda nel browser Internet e digitò la stringa di ricerca. «Ok, l'ho trovata. Sembra che viva con i suoi genitori, ho trovato Sharon e Kevin Stiles allo stesso indirizzo.» Lanciò un'occhiata a Gavin. «Vuoi andare a farle visita?»

Gavin tirò fuori le chiavi dalla tasca e indicò la tazza di caffè accanto alla tastiera di lei. «Tanto valeva non avertelo preparato.»

«Mi farò perdonare.» Sorrise e tese la mano. «Guido io.»

CAPITOLO 17

Venti minuti dopo, Gavin slacciò la cintura di sicurezza mentre Laura parcheggiava davanti a una elegante casa a schiera ai margini di Maidstone.

Un ordinato sentiero attraversava un curato prato anteriore e, quando premette il campanello, notò che la porta aveva ricevuto una recente mano di vernice.

La strada era ben illuminata e, mentre aspettava che qualcuno rispondesse, si girò a guardare le proprietà vicine, notando i lineamenti pallidi di Laura nel bagliore di una luce sopra la porta che si accese improvvisamente prima che un chiavistello scattasse.

Una donna sulla cinquantina sbirciò fuori, con occhi pieni di sospetto.

«Chi siete?»

«Signora Stiles? Sono il detective Gavin Piper, e lei è la mia collega, la detective Laura Hanway. Daisy vive qui?»

«Daisy? Sì, vive qui. Che succede?»

«Possiamo entrare? Potrebbe essere più facile che rimanere qui sulla porta.»

«Suppongo di sì.»

Fece un passo indietro, li invitò ad entrare e chiuse la porta mentre un'ombra appariva in cima alle scale.

«Mamma? Che succede?»

Sharon Stiles si strinse le braccia attorno all'addome e rispose guardando oltre la spalla. «C'è la polizia. Vogliono parlare.»

Gavin si voltò sentendo un miagolio indignato e vide un gatto tigrato correre fuori da un soggiorno visibile attraverso una porta aperta alla sua destra, mentre l'animale si precipitava verso la cucina.

Dei passi richiamarono la sua attenzione verso le scale, e la donna delle immagini delle telecamere di videosorveglianza sporse il mento mentre scendeva.

«Polizia? Per cosa?»

Notò una punta d'ansia nella sua voce, e sorrise. «Solo un paio di domande di routine con cui speriamo lei possa aiutarci in relazione a un'indagine in corso. È Daisy Stiles?»

«Sì, sono io.» Si mise una ciocca di capelli dietro l'orecchio prima di assumere la stessa posa della madre. «Quale indagine?»

«Possiamo sederci? Così parliamo con calma.»

«Venite di qua.» Sharon Stiles indicò il soggiorno prima di guidarli, ma non prima che Gavin notasse lo sguardo che passò tra le due.

Evidentemente Daisy avrebbe dovuto dare qualche spiegazione una volta che lui e Laura avessero finito, ma notò che, nonostante questo, si sedettero l'una accanto all'altra sul divano.

Lui prese posto su una poltrona in pelle di fronte a un televisore mentre Laura rimase in piedi, con il taccuino aperto.

«Prima di tutto, Daisy, può confermare che questa è lei?» Estrasse una stampa dell'immagine della telecamera di videosorveglianza dell'ambulatorio veterinario e la porse alla giovane donna.

Lei si sporse in avanti, deglutì, e poi annuì. «Sì, sono io.»

«Perché è andata lì?»

Daisy sbatté le palpebre. «Ero preoccupata per Lily, il gatto che avete appena visto.»

«Quanti anni ha Lily?»

«Scusi?»

«Il gatto, quanti anni ha?»

«Dodici anni e mezzo.»

«Siete nuove della zona?»

Entrambe le donne scossero la testa.

Sharon si sporse in avanti. «Mio marito ed io abbiamo vissuto in questa zona per tutta la vita. Perché?»

«Dove portate Lily di solito quando sta male?»

«Dal veterinario vicino a Downswood.» Sharon corrugò la fronte. «Detective Piper, non capisco perché…»

«Se il veterinario abituale di Lily è a Downswood, perché l'ha portata alla Clinica Veterinaria Turner, Daisy?»

«Quello solito era occupato e ha detto che non avrebbe potuto visitarla fino al mattino... Ho avuto un attacco di panico, così l'ho portata lì nella speranza di riuscire a entrare.»

«Non mi hai detto che Lily stava male.» Il tono di Sharon era accusatorio mentre si rivolgeva alla figlia.

«Ero solo preoccupata per lei mentre tu eri via, mamma… non ha mangiato per ventiquattro ore, e non lo fa mai, vero? Sinceramente, date le sue dimensioni, ti chiedi dove metta tutto quel cibo.» Si voltò verso Gavin e sorrise. «Ecco perché sembrava così fuori dal normale per lei.»

«E perché se n'è andata prima del suo appuntamento?»

Questa volta una scrollata di spalle. «Non lo so. Credo di aver pensato che stavo esagerando, che avevo reagito in modo eccessivo.» Sbuffò. «Ho pensato che avrei finito per pagare un sacco di soldi per niente.»

«Capisco.» Gavin fece una pausa, prendendo un momento per guardare le fotografie di famiglia incorniciate sulla parete opposta prima di riportare la sua attenzione sulla giovane donna. «Solo un'ultima domanda, Daisy: una domanda standard in casi come questo, dov'era tra le quattro del pomeriggio e le sette e mezzo di due giorni fa?»

«Stavo andando a prendere mamma e papà a Gatwick. Il loro volo doveva atterrare alle tre e mezzo…»

«Abbiamo avuto più di un'ora di ritardo,» disse Sharon, «quindi non siamo atterrati fino alle cinque…»

«…e naturalmente, siamo rimasti bloccati nel traffico tornando lungo la M25.» Daisy scrollò le spalle. «Penso che siamo finalmente arrivati a casa verso le nove quella sera.»

«Sì, poco dopo le nove,» aggiunse sua madre. «Morivo dalla voglia di una tazza di tè, ve lo assicuro.»

Laura trattenne un sospiro e ripose il taccuino nella borsa. «Bene, grazie per il vostro tempo.»

«Spero che troviate i responsabili,» disse Sharon, accompagnandoli alla porta. «Eravamo molto turbate quando abbiamo saputo che quel veterinario era stato ferito.»

«Grazie, signora Stiles.»

Laura seguì Gavin fino all'auto e si mise al volante.

Prima di girare la chiave nel cruscotto, lanciò un'occhiata alla casa degli Stiles e si morse il labbro.

«Torniamo alla centrale, allora,» disse Gavin, lasciandosi cadere sul sedile del passeggero e sbattendo la portiera. «Metteremo per iscritto questo caso e chiuderemo la giornata.»

«Va bene.»

«Non essere così avvilito. Sai com'è, continueremo a scavare finché non troveremo qualcosa. Lo facciamo sempre.»

CAPITOLO 18

«Ah, così va meglio».

Adam si leccò le labbra e posò la ciotola vuota della zuppa sul tavolino, poi allungò la mano verso una bottiglia di pillole accanto a un bicchiere d'acqua e lesse il dosaggio sull'etichetta.

«Aspetterei mezz'ora dopo aver mangiato prima di prendere quelle», disse Kay, raccogliendo la sua ciotola insieme alla propria e fermandosi sulla porta del soggiorno.

Lui sorrise e scosse due pillole dalla bottiglia. «Queste vanno bene. Fidati, sono un veterinario».

«Ti serve altro?»

«Sto bene. Forse una bibita. Tu prenderai un bicchiere di vino?»

«Volevo aspettare finché non potrai farlo anche tu. Dovrei perdere qualche chilo prima della nostra vacanza».

«Non hai bisogno di perdere peso, e non preoccuparti per me. Bevine un bicchiere». Le fece l'occhiolino. «Non mi offenderò».

Kay rise, poi si diresse in cucina.

Dopo aver caricato la lavastoviglie e averla accesa, prese le loro bevande e tornò nel soggiorno, accoccolandosi accanto ad Adam mentre lui passava faceva zapping nei canali del televisore.

«Nessuna novità sull'effrazione?» chiese lui.

«Non ancora. Comunque, Gavin sta facendo del suo meglio, e stiamo tutti cercando di aiutare dove possibile».

«E il tuo caso?»

«Siamo solo all'inizio».

Kay si raddrizzò al suono del campanello.

«Aspetti aggiornamenti?» disse Adam.

«No, mi avrebbero telefonato se fosse urgente. Sapevano che ti avrei preso e portato a casa, e Barnes è di turno questa settimana».

Perplessa, posò il bicchiere sul tavolo e mise in muto il televisore prima di affrettarsi nell'ingresso e togliere il chiavistello dalla porta.

Lasciando la catenella, aprì e vide Scott sulla soglia.

Prima che potesse aprire bocca per parlare, lui si portò un dito alle labbra e poi indicò i suoi piedi.

Un grosso Golden Retriever con il muso ingrigito le sorrise, con la lingua penzoloni. Ansimava eccitato mentre la coda sbatteva contro le scarpe di Scott.

«Scott? Va tutto bene?» Kay sganciò la catenella e aprì più ampiamente la porta, incapace di nascondere la confusione nella sua voce.

«Assolutamente tutto bene», disse lui, entrando. «Stephanie mi ha detto che stasera avresti riportato Adam a casa».

«Sì, ma...»

«Da questa parte, amico», chiamò Adam.

Scott le fece l'occhiolino, poi tirò leggermente il guinzaglio di cuoio facendo tintinnare il collare del cane. «Oh, questo è Oscar, a proposito».

«Ciao, Oscar. Accomodati, Scott. Vuoi qualcosa da bere?»

«No, grazie, sto bene. Non mi fermerò a lungo, ho promesso alla mia ragazza che cucinerò stasera».

Kay chiuse la porta mentre lui scompariva verso il soggiorno e scosse la testa, cercando di ricordare se sapesse che Scott avesse un cane, e chiedendosi cosa stesse tramando il socio di Adam.

Quando raggiunse il soggiorno, lui era seduto nella poltrona accanto alla libreria mentre Adam faceva le feste a Oscar, che si era sistemato accanto a lui sul divano.

«Pensiamo che abbia un po' di dolore alle zampe posteriori, vedi», stava dicendo Scott. «Sembra stare bene, ma il suo padrone insiste che non mangia correttamente e che non è in forma. Hanno dovuto precipitarsi in Galles per un'emergenza familiare, quindi ho accettato di occuparmi di lui mentre sono via». Si frugò in tasca ed estrasse una piccola bottiglia di pillole. «Gli sto dando un dosaggio basso di antidolorifici al momento per vedere se aiuta, ma se non funziona, farò altri esami. Con tutto quello che abbiamo da fare, mi chiedevo se ti dispiacerebbe tenerlo d'occhio per qualche giorno per me. Apprezzerei la tua opinione».

«Certo». Adam abbassò il viso verso il cane mentre gli arruffava le orecchie. «Vuoi restare? Eh? Vuoi? Scopriamo cosa c'è che non va?»

Oscar gli leccò il naso, poi prontamente si accasciò sui cuscini e posò le zampe anteriori sulle gambe di Adam.

«Ehm, non sono sicura che sia una buona idea», disse Kay, guardando da Adam a Scott. «Voglio dire, dovresti riposare. L'infermiera che ha compilato tutti i documenti di dimissione prima è stata piuttosto insistente su questo».

«Dovrò solo dargli da mangiare e tenerlo d'occhio mentre finisce questa cura», disse Adam. «Abbiamo un sacco di cibo per cani di scorta in quella scatola sotto le scale da quando l'ultimo cane è stato da noi, quindi non è un disturbo. E ha il giardino in cui passeggiare, quindi non dovrò portarlo fuori se non me la sento».

Lei percepì la nota di disperazione nelle sue parole e sospirò. «Va bene, vediamo come va. Vado a cercare la cuccia e le altre cose che teniamo in garage».

Quando tornò, Scott stava aggiornando Adam sulla lista degli appuntamenti che avevano avuto nell'ambulatorio veterinario durante la sua assenza, e il suo compagno stava ascoltando con interesse, offrendo la sua opinione su alcune delle procedure più complicate che Scott aveva pianificato per il resto della settimana.

«Ecco, qui c'è un cuscino che penso sia abbastanza grande», disse Kay, lasciando cadere il morbido tappetino sul pavimento accanto alle librerie. «Ho trovato alcune ciotole per cibo e acqua che ho messo in cucina, e anche un paio di giocattoli morbidi».

Fece stridere una tartaruga verde di peluche, e Oscar scivolò dal divano e si avvicinò, strappandole il giocattolo dalla mano prima di portarlo sulla cuccia.

«Beh, si è sistemato allora», disse Adam. «È un buon segno».

«Lo è». Scott controllò l'orologio, poi si alzò in piedi. «Bene, è meglio che vada o sarò nei guai».

«Grazie per essere passato e per l'aggiornamento».

«Nessun problema. Spero che ti senta meglio presto».

Adam sorrise, si avvicinò alla cuccia e si accovacciò accanto a Oscar prima di iniziare un gioco di tira e molla con la tartaruga. «Sono sicuro che tornerò la prossima settimana».

«No, non ci andrai proprio», disse Kay. «Due settimane ha detto il dottore. Non una».

«E su questa nota...» Scott sorrise, «è meglio che vada».

«Ti accompagno», disse Kay. Controllò dietro di sé che Adam fosse occupato a fare le feste al cane, poi accompagnò il giovane veterinario nell'ingresso, chiuse la porta del soggiorno e incrociò le braccia sul petto.

«Scott, so che siete impegnati all'ambulatorio, ma non credo che questo sia il momento di pensare che Adam si prenda cura di un cane malato. Dovrebbe riposare».

«Non è come pensi».

«Cosa intendi? Cos'ha che non va?»

«Niente.» Scott fece l'occhiolino. «Ho preso in prestito Oscar da un mio amico per qualche giorno. Ho pensato che potrebbe aiutare Adam a distrarsi un po'. Diciamocelo, altrimenti ci farà impazzire entrambi mentre è bloccato in casa, no?»

«E le medicine?»

«Sono false. Stephanie le ha preparate a casa questo pomeriggio tritando dei biscotti per cani e poi ricuocendoli. Fidati, Adam non avrà alcun problema a far prendere quelli a Oscar.»

«Sei un uomo terribile, Scott Mildenhall.» Kay trattenne una risata prima di infilare il braccio sotto il suo e accompagnarlo alla porta d'ingresso. «Se lui lo dovesse mai scoprire...»

CAPITOLO 19

Laura raccolse i suoi lunghi capelli in uno chignon alla base del collo, sistemò la giacca e si affrettò lungo lo stretto marciapiede che costeggiava il prato del villaggio.

Una nebbia mattutina avvolgeva i bordi, ammorbidendo i contorni di un pub e di una fila di case a schiera dall'altro lato.

La casa che cercava era nascosta dietro un alto muro di pietra e separata dalla strada da un pesante cancello di legno con un allarme di sicurezza accanto.

Premette il pulsante sotto il citofono e fece un passo indietro sorpresa quando una voce femminile gridò dall'altoparlante.

«Chi è?»

«Detective Laura Hanway», disse. «Vorrei parlare con Angela Tasker riguardo a Felicity Gregor, se possibile».

Le sue parole furono seguite da una pausa. «Va bene. Spingi il cancello. Segui il sentiero fino al retro della casa».

Dopo aver fatto come le aveva detto la donna, Laura

percorse a zig-zag un sentiero di ardesia e alzò lo sguardo verso la casa, classificata come edificio di interesse nazionale.

I rami spogli di un glicine si attorcigliavano intorno al portico sopra la porta d'ingresso e una delle finestre, e un filo di fumo sfuggiva da un comignolo di mattoni rossi.

Laura rabbrividì e si strinse la giacca sulle spalle mentre un vento freddo sferzava il fianco della proprietà, poi si affrettò verso la porta sul retro.

Una donna sulla sessantina teneva la mano sullo stipite, con un'espressione impaziente.

Laura si sforzò di sorridere. «Grazie per avermi ricevuta con così poco preavviso, signora Tasker».

«Forza, sbrigati. Farai uscire tutto il calore. E chiamami Angela».

«Scusi. Grazie».

Laura passò accanto alla donna, sorpresa dalla sua altezza, e si ritrovò in un'enorme cucina.

Una stufa occupava gran parte del fondo della stanza, creando un'atmosfera accogliente che le riscaldò immediatamente le guance. Un grande tavolo rotondo di pino posizionato su un lato era ricoperto di giornali disseminati di pezzi di porcellana rotta.

«Ha interrotto il mio lavoro, detective. Venga in salotto».

Laura seguì la donna lungo uno stretto corridoio, lasciando vagare lo sguardo sui vasi antichi e i vecchi dipinti a olio mentre cercava di evitare di urtare qualcosa, per poi entrare in una delle stanze anteriori.

Un enorme caminetto a legna era il punto focale del

grande spazio, e Angela indicò uno dei due divani posti ai lati del focolare.

Si sedette, e sentì un miagolio indignato prima che un gatto nero scivolasse da sotto un tavolino basso carico di riviste patinate.

Angela lo prese in braccio e si accomodò sui cuscini. «Chieda pure, allora».

Dopo aver fatto alla donna le domande preliminari di un interrogatorio, Laura stabilì una routine familiare, mentre la fiducia tornava nella sua voce.

Angela sembrava apprezzare il processo, mentre la sua iniziale spigolosità si attenuava mentre considerava ogni domanda prima di rispondere.

«Come hai scoperto l'attività di design di interni di Felicity Gregor?»

«Non tramite quell'Insta-coso, come avrai immaginato. No, ho saputo cosa stava facendo tramite sua madre, Isobel. Una volta ho fatto l'errore di chiedere come andava la nuova attività di Felicity, e quello è bastato. Stavo solo cercando di essere gentile».

«Hai chiesto a Felicity di fare alcuni lavori di design di interni per te?»

«Sì, e quello è stato un errore. Non era davvero così brava». Il naso della donna si arricciò. «Non per quello che faceva pagare».

«Oh?»

«Delirio di onnipotenza, quella là». Angela scrollò le spalle. «Ma cosa potevo fare? Sua madre mi ha chiesto di ordinarle il lavoro per aiutarla. Suppongo pensasse che, se Felicity avesse potuto scattare alcune foto di quello che aveva fatto qui, avrebbe potuto aiutare la sua attività a decollare. Anche se penso che le mancasse un po' di talento naturale».

«Da quanto tempo conoscevi sua madre?»

«Siamo andate all'università insieme. Abbiamo studiato inglese a Oxford». Angela sospirò, lo sguardo che vagava verso il camino acceso. «Sembra una vita fa ormai. Povera Izzy. Perdere una figlia in quel modo».

«Quando ha eseguito i lavori per lei Felicity?»

«Ha finito due settimane fa».

Laura si prese un momento per guardarsi intorno nella stanza, poi aggrottò la fronte.

Angela alzò la mano prima che potesse parlare. «Ho rimesso a posto la stanza com'era non appena è uscita dalla porta. Ha usato colori orribili. Terribili». Sospirò. «Comunque, purché sia servito a qualcosa, spero. Anche se avrei fatto a meno della fattura successiva».

«Si aspettava che la pagassi per averla aiutata?»

«Beh, non ha mai saputo che sua madre mi aveva chiesto di farlo». Angela fece un verso di disapprovazione. «No, quella è stata tutta un'idea di Isobel. Ho telefonato a Felicity per fissare l'appuntamento. Prima che me ne rendessi conto, la ragazza si è presentata con cuscini nuovi e ninnoli vari, e naturalmente dovrò pagare, specialmente ora».

Laura aggiornò i suoi appunti prima di guardare nuovamente la donna. «Sarebbe giusto dire, quindi, che forse Felicity era più brava a vendere che a eseguire un progetto di design di interni?»

Angela ridacchiò. «Questo è un modo molto diplomatico di rendere le cose, detective, ma sì, devo concordare. Sembrerà terribile date le circostanze, ma non riuscivo a immaginare che la sua attività potesse durare a lungo. Mi sembrava più un capriccio passeggero. Qualcosa da fare per sembrare occupata, piuttosto che esserlo realmente».

«Quando hai visto Felicity l'ultima volta?»

«Mmh. Direi che sia stato lunedì della scorsa settimana. Ha portato un altro orribile plaid da mettere sul divano su cui è seduta ora». Angela sbuffò. «Grazie al cielo non avevo ancora tolto tutto quello che aveva fatto il venerdì precedente, e questo solo perché ero occupata con il mio lavoro durante il fine settimana. Non oso pensare cosa avrebbe detto».

«E che tipo di lavoro fa?»

«Adesso restauro porcellane antiche per proprietari maldestri, detective. E ho gestito l'attività di restauro di mobili di mio marito per trent'anni prima della sua morte». Un sorriso malizioso attraversò le labbra della donna. «Vede, detective, ho un certo occhio per il design di interni. So quando vengo presa in giro».

CAPITOLO 20

Kay agganciò la cintura di sicurezza mentre la barriera del parcheggio si alzava e Barnes guidava lentamente l'auto nel traffico che si trascinava lungo Palace Avenue.

Tirando fuori il taccuino dalla borsa, trovò la pagina con i dettagli della cliente di Felicity che dovevano incontrare e li lesse al suo collega.

«Meglio prendere l'autostrada, Ian, sarà più veloce che affrontare la tangenziale stamattina».

«D'accordo». Mise la freccia a sinistra, e Kay guardò il parcheggio multipiano mentre lo superavano in auto.

La squadra investigativa della scena del crimine aveva smontato la tenda e l'attrezzatura nelle prime ore di giovedì mattina, e non era rimasto nulla a indicare che una giovane donna fosse caduta trovando la morte. I pedoni si affrettavano lungo il marciapiede accanto a loro mentre aspettavano al semaforo, ignari di ciò che era accaduto.

«Come sta Adam?» disse Barnes, cambiando marcia mentre il traffico riprendeva a muoversi e seguendo le indicazioni per l'autostrada.

«Bene, grazie. Sembra che si stia riprendendo bene dal colpo alla testa. Ha un controllo in ospedale martedì prossimo, e poi deve solo riposare». Kay rimise il taccuino nella borsa. «Anche se Scott è passato ieri sera e ha portato un paziente con sé».

Quando gli raccontò cosa aveva detto il responsabile della clinica di Adam riguardo a Oscar, Barnes scosse la testa. «Quando lo scoprirà...»

«Non lo scoprirà, e tu non glielo devi dire. Per molto tempo». Sospirò. «Però vorrei che Scott non ci avesse portato qualcosa che scoreggia così tanto».

Barnes scoppiò a ridere. «Puzza tanto?»

«Oh, mio Dio, non hai idea. Solo Dio sa cosa gli ha dato da mangiare l'amico di Scott. Dovrò dirgli due parole quando tornerà a prenderlo».

«E fa troppo freddo per aprire i finestrini...»

«Almeno a questo punto, passerò più tempo a correre la sera che seduta davanti alla TV».

«Vedi? C'è sempre un lato positivo».

Kay alzò gli occhi al cielo e si sistemò per il breve viaggio verso Leybourne. «A quanto pare questa cliente di Felicity possiede una casa vacanze vicino al castello e le aveva chiesto di rinnovare la veranda».

«Cosa c'è di male in una nuova mano di vernice sulle pareti?» brontolò Barnes, azionando l'indicatore e rallentando per affrontare l'incrocio. «Stavo guardando i suoi social media ieri pomeriggio e giuro che c'erano così tanti cuscini sui divani che non avresti mai trovato un posto dove sederti».

«Non sei un fan degli arredi morbidi, vero?»

«Se compri una poltrona comoda, non dovresti aver bisogno di cuscini».

Kay rise. «Prendi la prossima a destra, e forse è meglio non suggerire questo alla signora Daniels quando le parleremo. Ha pagato un sacco di soldi per quei cuscini».

Barnes scosse la testa incredulo e rallentò fino a fermarsi davanti a una grande casa indipendente con alti camini.

«Accidenti» disse, guardando oltre Kay attraverso il finestrino del passeggero. «Non c'è da meravigliarsi che potesse permettersi di pagare Felicity».

«Vediamo cosa ha da dire su di lei, allora».

Una donna sulla quarantina aprì la porta pochi istanti dopo che Kay aveva suonato il campanello, con una massa disordinata di capelli biondi raccolta in una coda di cavallo morbida che le ricadeva sulla spalla.

«Bene, siete puntuali». Chiuse la porta dietro di loro e fece un sorriso di scuse. «Mi dispiace, sto aspettando un elettricista quindi non mi dispiacerebbe se poteste fare le vostre domande prima che arrivi. La gente qui ha la tendenza a spettegolare. Comunque, sono Beverley Daniels».

Kay fece le presentazioni prima che Beverley li conducesse in un'ampia veranda sul retro della proprietà.

Lungo diversi metri, l'ambiente era diviso in due zone living con gruppi di divani disposti attorno a bassi tavolini in legno. Eleganti soprammobili riempivano le nicchie e raffinati dipinti astratti erano stati appesi alle pareti, e Kay scosse leggermente la testa quando Barnes sollevò un sopracciglio alla vista della fila di cuscini sparsi sui vari posti a sedere.

Un radiatore correva lungo una delle pareti basse, ma faceva poco per contrastare il freddo nella stanza.

La donna indicò il soffitto dove due stufe a infrarossi pendevano da staffe nella struttura. «Di solito sarebbero accese anche queste, ma hanno smesso di funzionare. Da qui l'elettricista. Ho pensato che avreste voluto vedere cosa ha fatto Felicity per me qui, tutto questo è stata una sua idea».

«Quanto tempo fa ha completato i lavori?» chiese Kay.

«Il mese scorso». Beverley si lasciò cadere in una poltrona accanto al radiatore e con un gesto li invitò a sedersi su un divano di fronte mentre si stringeva un cardigan pesante sulle spalle. «Questa stanza è sempre apprezzata dagli ospiti nei mesi più caldi ma stava iniziando a sembrare vecchia, e mio marito e io volevamo renderla confortevole anche per i mesi più freddi. Il soggiorno nella parte anteriore della proprietà può diventare piuttosto buio in inverno, e affollato se abbiamo molte persone che soggiornano».

«Ha avuto problemi con il lavoro di Felicity o con la sua puntualità?»

«In effetti, sì». Beverley sospirò. «Sembrerà terribile, visto che è morta in quel modo, ma abbiamo dovuto riprogrammare l'intervento degli imbianchini perché lei si è dimenticata di presentarsi per supervisionarli. Non erano contenti, e alla fine hanno addebitato un extra per tornare la settimana successiva. Siamo stati fortunati che potessero, sono tra i più richiesti della zona».

«Ha detto perché se n'era dimenticata?» disse Barnes.

Beverley scrollò le spalle. «Oh, ho ricevuto una scusa poco convincente sul fatto che si stava destreggiando tra gli impegni di lavoro, ma so riconoscere quando qualcuno mente. Per cominciare, non riusciva a guardarmi negli occhi, e poi la settimana seguente l'ho trovata che vomitava nel bagno al piano terra. Sembrava disorientata. Mi sono chiesta allora se avesse un problema di alcolismo o qualcosa del genere».

«Le ha detto qualcosa in quel momento?» Kay alzò lo sguardo dai suoi appunti. «Qualcosa che faccia pensare a questo?»

«No, solo che non si sentiva bene e si chiedeva se stesse per ammalarsi». Beverley emise uno sbuffo di scherno. «Un'ora dopo, l'ho sentita mentre prendeva accordi per uscire a cena con degli amici quella sera, quindi non poteva essere così malata. Come ho detto, mi sono chiesta se stesse bruciando le tappe».

«Ha avuto altri problemi dopo quello, prima che finisse il lavoro qui?»

«No. Era quasi come se sapesse di dover stare attenta dopo quella mattina con la nausea. Voglio dire, si aspettava ancora che le facessi una recensione dopo aver finito il lavoro e mi ha mandato una fattura».

«Una volta completato il progetto, ha più avuto sue notizie?» disse Kay.

«Solo per sollecitare il pagamento. Ero un po' infastidita da questo. Ero in ritardo di soli due giorni e, considerando il suo atteggiamento quando era qui con il ritardo e tutto il resto, ho pensato che fosse un po' sfacciato da parte sua». Beverley sospirò. «L'ho semplicemente attribuito al fatto che stesse iniziando e avesse bisogno di liquidità».

Kay chiuse di scatto il suo taccuino. «Grazie per il suo tempo, signora Daniels».

CAPITOLO 21

Kay prese una mela dal cestino della frutta sulla scrivania di Debbie e sorrise mentre l'agente in uniforme tornava dalla fotocopiatrice con le mani piene di ordini del giorno spillati, pronti per il briefing pomeridiano.

«Che cos'è questo? Stai cercando di farci diventare sani?»

«Magari.» Debbie sorrise. «No, è stato lasciato alla reception per noi da una coppia di anziani che ha subito un furto con scasso la settimana scorsa. Dave è riuscito a rintracciare e arrestare gli adolescenti responsabili prima che riuscissero a vendere la refurtiva, compresi alcuni cimeli di famiglia. Non ho avuto il coraggio di dire loro che voi funzionate a pizza. Avrebbero dovuto semplicemente lasciare dei buoni per il take-away locale.»

Lo stomaco di Kay brontolò e lei rise. «Prenderò quello che posso avere.»

«Lo immaginavo, capo.»

«Ok, mettiamoci al lavoro.» La voce di Barnes risuonò attraverso la sala operativa mentre faceva cenno alla squadra di avvicinarsi alla lavagna. «Prima finiamo, prima Debbie potrà darvi il turno per il fine settimana.»

Kay si avvicinò e prese posto ai margini del gruppo riunito, notando la sicurezza che emanava dal suo collega mentre camminava sulla moquette raccogliendo i suoi pensieri mentre tre ritardatari prendevano posto.

«Bene, Gav, vuoi darci un rapido aggiornamento sulla rapina dal veterinario per cominciare?» disse Barnes.

«Non c'è molto da segnalare ancora, mi dispiace.» Gavin lanciò uno sguardo di scuse a Kay. «Abbiamo parlato ieri sera con una donna che è stata vista uscire dall'ambulatorio prima che venisse chiamato il suo appuntamento, sarebbe stata l'ultima persona a vedere Adam prima dell'aggressione, ma ci ha detto che aveva cambiato idea riguardo al costo della visita. Non c'è niente nel sistema su di lei, e ha un alibi per l'ora della rapina, stava andando a prendere i suoi genitori all'aeroporto. Abbiamo ancora alcune immagini delle telecamere di videosorveglianza dei veicoli della compagnia di consegne da esaminare nei prossimi giorni, quindi potrebbero emergere qualcosa.»

«Facci sapere se scopri qualcosa, e se vuoi discutere di qualsiasi cosa, chiedi pure,» disse Barnes. «Bene, passiamo a Felicity Gregor. Laura, come ti è andata oggi? Stamattina hai parlato con Angela Tasker, vero?»

Kay ascoltò mentre la detective condivideva le sue scoperte, aspettando che riprendesse il suo posto in prima fila prima di fornire il proprio aggiornamento alla squadra.

«Abbiamo parlato con Beverley Daniels, che ha commissionato a Felicity l'arredamento d'interni per una veranda nel suo bed and breakfast. Sembra che abbia avuto alcuni problemi: Felicity non si è presentata una mattina, e un'altra mattina si è sentita male.» Kay puntò la mela verso gli appunti sulla lavagna. «Questo ci ha fatto pensare che potesse aver assunto droghe e non fosse in grado di gestirne le conseguenze.»

«Per non parlare del fatto che avrebbe guidato sotto l'effetto di sostanze per arrivare a Leybourne,» aggiunse Barnes. «E per quanto riguarda il secondo cliente che dovevi intervistare oggi, Laura?»

La giovane detective sfogliò il suo taccuino. «Si trattava del signor e della signora Starling, a Pembury. Patricia, la moglie, ha detto di aver chiesto a Felicity di ristrutturare una camera singola per la loro figlia di cinque anni. Ha detto che era soddisfatta dei risultati e stava pianificando di chiederle di lavorare a un progetto di casa estiva tra qualche settimana.»

«Ci sono stati problemi mentre lavorava per loro?» chiese Barnes.

«Nessuno di cui fossero a conoscenza. Patricia ha detto che Felicity si presentava puntuale alle dieci ogni mattina e rimaneva lì fino alle sei quasi ogni sera. L'intero progetto è stato completato in due settimane, c'è stato un periodo di sei giorni nel mezzo durante il quale hanno discusso di materiali e colori via e-mail, e poi Felicity ha ordinato tutto e ha installato tutto nell'arco di due giorni all'inizio di questo mese. Non avrebbe potuto parlarne meglio.»

«Beh, questo fa una media con le recensioni online,» considerò Gavin.

«Patricia Starling ha confermato di aver ricevuto una fattura da Felicity?» chiese Barnes.

«Sì, e il pagamento era previsto per la prossima

settimana.» Laura chiuse il suo taccuino. «Angela Tasker ha detto che la sua era scaduta, ma che prevedeva di pagare anche lei la prossima settimana.»

«Quindi Felicity non aveva entrate mentre era tra un lavoro e l'altro,» disse Barnes.

Kay finì la mela mentre ascoltava, scorrendo con lo sguardo le note aggiuntive che Barnes aveva apposto alla lavagna. Deglutì e agitò il torsolo in aria per attirare l'attenzione del collega mentre lui si girava di nuovo verso la squadra riunita.

«Ian? Ho parlato con Isobel Gregor prima, e ha confermato che Felicity non doveva pagare nulla per le bollette domestiche e altre spese mentre viveva con i genitori. Secondo Isobel, lei e Peter erano d'accordo che, non dovendo pagare le tasse universitarie, potevano permettersi di sostenerla mentre cercava di avviare la sua attività. Potrebbe spiegare come Felicity riuscisse a cavarsela.»

«Grazie, capo. Laura, i clienti che hai intervistato hanno notato se Felicity sembrasse fuori posto quando lavorava per loro, o sotto l'effetto di sostanze?»

«No, sergente, ma se Felicity aveva fatto uso di sostanze per il periodo che suggerisce il rapporto dell'autopsia, potrebbe essere stata brava a nasconderlo ai suoi clienti,» disse Laura. «I suoi genitori non ne avevano idea, vero?»

«Vero.» Barnes lasciò cadere la penna su un ripiano sotto la lavagna e si mise le mani sui fianchi mentre fissava i suoi appunti. «Qualcuno ha aggiornamenti da Andy Grey sui tabulati telefonici?»

«Pensa che arriveranno entro lunedì,» disse Dave

Morrison dal fondo della stanza. «Ha avuto due persone malate questa settimana, quindi è in ritardo.»

«Va bene, grazie a tutti. Assicuratevi di parlare con Debbie all'uscita per prendere i vostri turni.»

Barnes chiuse la riunione, poi si avvicinò a dove era seduta Kay e fece un sorriso ironico mentre si appoggiava alla scrivania accanto a lei.

«È andata bene come ci si poteva aspettare,» disse.

«A volte queste cose richiedono tempo, Ian. Lo sai.»

«Speriamo solo di avere una svolta in uno di questi casi durante il fine settimana, capo. Altrimenti ci aspetta un lungo percorso.»

CAPITOLO 22

Jack Moreton prese il cartone del latte dal frigorifero, sollevò il tappo e fece una smorfia di disgusto.

«Gesù, questo è andato a male.»

Sbatté la porta del frigorifero, attraversò la cucina fino al lavandino in ceramica ingombro di stoviglie e versò il liquido incriminato nello scarico, aprendo l'acqua fredda per farlo scorrere via.

La cassetta delle lettere sbatté nell'ingresso e, mentre sbirciava attraverso le tendine ingiallite della finestra, intravide il ragazzino che consegnava il giornale gratuito del sabato allontanarsi in fretta lungo il vialetto.

Voltandosi verso il piano di lavoro, arricciò il labbro superiore.

«Caffè nero, allora.»

Si passò una mano tra i capelli troppo lunghi e allungò il braccio verso un armadietto, aprendo lo sportello e frugando all'interno finché non trovò un barattolo di caffè mezzo vuoto e un contenitore Tupperware riempito a metà di zucchero.

«Spero che non stia rubando il mio.»

Si girò al suono della voce, incapace di nascondere il sorriso colpevole che gli si formò sul viso. «Scusa, Tina. È un'emergenza.»

La sua coinquilina attraversò la cucina ciabattando in pantofole pelose troppo larghe e si servì una fetta di pizza fredda dalla scatola aperta sul piano di lavoro.

«Che ore sono?» sbadigliò.

«Le undici e mezza.»

«A che ora sei rientrato?»

«Alle due, credo.»

«Devo essere crollata. Non ho sentito niente. Gary non c'è? Di solito a quest'ora è già in piedi.»

Jack accese il bollitore e si strinse nelle spalle.

«Non l'ho visto. Deve essere in casa, perché il suo telefono è lì. Ha già squillato una volta, è quello che mi ha svegliato.»

«C'è altra pizza?»

«No... perché, vuoi ordinarne?»

«No, non importa. Probabilmente andrò dai miei dopo aver preso un paio di antidolorifici, mamma ha detto che per pranzo fa gli spaghetti al ragù, e non me li voglio perdere.»

Lui sorrise. «Pensavo che stessi cercando di ridurre l'alcol.»

«Anche io.» Tina fece una smorfia. «Vuoi che prenda altro latte quando torno?»

«Sì, grazie.»

«A dopo.»

Jack la osservò uscire dalla stanza, sorridendo mentre lei tirava il pigiama sgualcito e sbadigliava di nuovo prima di scomparire nella sala da pranzo che il loro padrone di casa pubblicizzava come terza camera da letto.

C'era stata un'attrazione reciproca una volta, forse un anno fa quando si era trasferito, ma si era esaurita rapidamente dopo aver trascorso del tempo nello stesso spazio abitativo e aver capito che erano completamente opposti per carattere.

Il cellulare sul piano di lavoro squillò, strappandolo dai suoi pensieri, e lui si sporse per leggere il display.

Mamma.

«Potrebbe essere urgente» mormorò, e afferrò il telefono.

I genitori di Gary vivevano da qualche parte vicino a Sevenoaks, non riusciva mai a ricordare il nome del paesino e non li aveva mai incontrati, ma sapeva dalle conversazioni con il suo coinquilino che era molto legato a loro.

Lasciò la cucina e salì di corsa le scale prima di bussare con forza a una porta sul retro della casa a schiera, poi abbassò lo sguardo quando il telefono smise di squillare.

«Gary? Ha squillato il tuo telefono, amico. Sembra essere il numero di tua madre.»

Bussò di nuovo con le nocche sulla porta.

«Gary? Sei lì dentro?»

Trattenendo il respiro, Jack tese le orecchie per sentire oltre la superficie di legno, sovrastando il suono della voce di Tina che parlava al telefono, la cui voce arrivava fino alle scale dove si trovava.

«Cazzo» mormorò. «Non riesco a sentire niente. Amico, spero che tu sia presentabile perché sto entrando.»

Il puzzo acre di vomito gli assalì le narici non appena aprì la porta, e si ritrasse all'indietro, coprendosi il naso con la mano mentre i suoi occhi si abituavano all'interno buio.

Attraversò la stanza, scostò le tende e spalancò una finestra prima di fare dei respiri profondi.

Voltandosi, osservò la forma addormentata rannicchiata sotto un sottile piumone, con una ciocca di capelli scuri e ricci che spuntava dalla sommità.

«Gary? Svegliati. Tua madre ti sta chiamando.»

Nessuna risposta.

Sospirò, girò attorno ai piedi del letto fino all'altro lato e notò un braccio pallido che si allungava da sotto il piumone, penzolante lungo il materasso.

Il viso del suo coinquilino era coperto dalle lenzuola che si era tirato sopra la testa.

Sorridendo, Jack allungò la mano verso il piumone.

«Alzati e risplendi» canticchiò, strappandolo via.

Barcollando all'indietro, Jack fissò la figura immobile.

Gli occhi pallidi di Gary lo fissavano, le guance, le narici e le labbra coperte di vomito che si era raccolto sul lenzuolo ed era penetrato nel materasso. La sua pelle era di un blu chiazzato, e anche prima che Jack allungasse la mano per toccarlo, lo sapeva.

Le sue viscere si contorsero, e poi scappò dalla stanza.

CAPITOLO 23

Barnes si abbottonò la giacca e si fermò davanti al cancello metallico aperto che separava il viale alberato dalla casa.

Gettò uno sguardo dietro di sé dove Kay stava firmando il registro con un giovane agente di polizia al cordone e represse un picco di adrenalina che gli colpì il petto.

Gli unici dettagli che erano arrivati via radio erano che un uomo sui vent'anni era stato scoperto dai suoi coinquilini, morto per una sospetta overdose.

«Sono pronta quando vuoi, Ian».

Kay si avvicinò con l'agente al seguito e fece un cenno verso la porta d'ingresso. «La casa non sembra in cattive condizioni, considerando che è condivisa».

L'agente sbuffò. «Aspetti di vedere l'interno, capo».

«Cosa puoi dirci dei coinquilini del deceduto?» disse Barnes, spostandosi di lato mentre due uomini gli passavano accanto con una barella vuota. «Chi l'ha trovato?»

«Jack Moreton, sergente. Lavora a tempo pieno in

un'azienda di assicurazioni in centro». L'agente, Walker, secondo il suo distintivo, recitò i dettagli a memoria. «Ha ventidue anni, nessuna condanna. Ci ha detto che Gary, il deceduto, sergente, aveva lasciato il cellulare in cucina e c'era una chiamata persa da sua madre, quindi quando ha squillato di nuovo, è corso di sopra con il telefono. Quando ha bussato alla porta della camera da letto non ha ricevuto risposta, così è entrato. È stato allora che l'ha trovato».

«Chi altro vive qui?» disse Kay.

«Una ragazza di ventuno anni di nome Tina Lewis. Anche lei con fedina penale pulita. Il nome di Gary è sul contratto d'affitto, e Jack e Tina subaffittano da lui. Ho parlato con l'agente del proprietario e mi ha detto che non ci sono mai stati problemi o segnalazioni da quando i tre vivono qui».

«Hai avuto modo di prendere le loro dichiarazioni?» disse Barnes.

«Sì, sergente. Sono entrambi seduti in cucina se volete scambiare due parole». Walker chinò il capo mentre si faceva da parte. «Inserirò queste dichiarazioni nel sistema quando avremo finito qui, se per lei va bene. Ah, e Lucas Anderson è dentro. Ha dichiarato la fine della vita ma stava aspettando che arrivassero quelli del coroner con la barella, se voleva parlargli».

«Grazie».

Barnes fece cenno a Kay di precederlo e la seguì attraverso un vialetto di cemento crepato e pieno di buche fino alla porta d'ingresso dove il collega di Walker attendeva.

«Capo, sergente». Indicò la cucina sulla destra e

abbassò la voce. «Sono qui, a meno che non vogliate vedere la vittima prima che la squadra di Lucas lo sposti?»

Barnes guardò su per la stretta scala, passi pesanti echeggiavano da qualche parte verso il retro della casa. «Non ci metteremo molto».

Kay gli fece cenno di aprire la strada, e lui salì seguendo il suono di voci maschili che parlavano a bassa voce.

Il più basso degli uomini del coroner lanciò uno sguardo dietro di sé a Barnes quando questi si fermò sulla soglia, e fece una smorfia.

«Non è un bello spettacolo».

«Non lo è mai».

Barnes indossò guanti protettivi, ne porse un paio di scorta a Kay, poi si schiarì la gola per contrastare il fetore persistente che riempiva la stanza nonostante la brezza che gonfiava le tende dalla finestra aperta.

«Buongiorno, Lucas».

Il patologo si era chinato sul corpo prono disteso sulle lenzuola e ora si raddrizzò, facendo una smorfia quando la schiena protestò con una fitta. «Detective. Farò programmare a Simon l'autopsia per l'inizio della prossima settimana e vi darò i dettagli una volta che avrà fissato data e ora».

«C'è la possibilità che lei possa azzardare un...»

«Non in modo conclusivo, ma suggerirei che sia morto soffocato dal proprio vomito. Questo potrebbe aiutare le vostre indagini». Lucas si voltò e indicò un piccolo pacchetto appoggiato contro una lampada sul comodino. «Al mio occhio inesperto, sembra sorprendentemente simile per dimensioni a quello che abbiamo trovato su Felicity Gregor la settimana scorsa».

«È vero. Lo metteremo tra le prove».

«Vi lascio al vostro lavoro».

Barnes si avvicinò al letto matrimoniale mentre il patologo usciva dalla stanza.

Un filo di debole luce diurna filtrava attraverso le tende tirate, illuminando il pallido braccio dell'uomo contorto in una posizione innaturale, il viso girato lontano dalla finestra.

Il vomito copriva le lenzuola, l'odore amaro riempiva l'aria umida mescolandosi con gli altri fluidi corporei che erano filtrati attraverso le coperte.

Barnes sospirò mentre si allontanava e rivolgeva la sua attenzione alla stanza.

Una vasta serie di schermi di computer e server occupava una lunga scrivania contro la parete opposta, una bacheca di sughero sopra di essa mostrava post-it con vari promemoria scarabocchiati, e un taccuino era stato spinto a destra della tastiera del computer.

Kay passò il dito guantato sugli scarabocchi attraverso la pagina, con la fronte corrugata. «Cosa sono tutti questi codici di tre lettere?»

«Azioni».

Barnes si voltò al suono della voce di Walker per vedere il giovane agente che indugiava sulla porta.

«L'ho chiesto a Tina», disse, arrossendo un po'. «Spero non le dispiaccia, capo. Ha detto che Gary faceva trading giornaliero, sa, azioni. Secondo lei, ci stava guadagnando parecchio».

«Interessante. Dov'è il suo cellulare adesso?»

In risposta, Walker sollevò un sacchetto di plastica per le prove. «Qui dentro. Registreremo anche questi server prima di andarcene».

Frugando nella tasca della giacca, Barnes tirò fuori un biglietto da visita. «Mi fai un favore? Passa alla sala operativa quando torni e sistemerò la catena di custodia. Voglio che questi vadano alla scientifica digitale il prima possibile».

«Lo farò, sergente».

«Bene, capo, parliamo con i coinquilini?»

CAPITOLO 24

Kay poteva percepire lo shock che emanava dall'uomo e dalla donna seduti al tavolo della cucina quando entrò nella stanza.

La donna, Tina, teneva stretta tra le dita sottili una tazza mezza vuota, il viso pallido e malaticcio e i capelli arruffati.

L'uomo, Jack, sembrava spaventato.

Kay si appoggiò al lavello mentre Barnes estraeva una sedia accanto ai coinquilini e posava il braccio sul tavolo.

«Come state reggendo?» cominciò. «Avete parenti o amici nelle vicinanze con cui potreste stare oggi quando avremo finito qui?»

«Mia madre abita a West Farleigh» disse Tina, con la voce tremante. «Conosce Jack, e ha già detto che possiamo stare entrambi da lei per un po'. N…non posso credere che se ne sia andato. Non in quel modo.»

Barnes rivolse la sua attenzione a Jack. «Mi risulta che lei abbia trovato Gary e abbia chiamato il numero di emergenza, è corretto?»

«Sì.» Il giovane si schiarì la gola, il suo sguardo seguiva i rumori dei dipendenti del medico legale che affrontavano le scale con la barella carica. «Anche se sapevo che non aveva molto senso chiedere un'ambulanza.»

Kay attraversò la cucina e chiuse la porta, prima di fare una smorfia di comprensione. «Sappiamo che questo è un momento molto difficile per entrambi, ma dobbiamo fare delle domande per scoprire come è morto il vostro amico.»

«Lo so.» Jack scrollò le spalle. «L'ho visto in TV abbastanza volte.»

«Non è proprio lo stesso nella vita reale, vero?» disse Barnes con tono comprensivo. «Faremo il più velocemente possibile. Quando è stata l'ultima volta che ha visto Gary vivo?»

«Ieri. Verso le sette di sera. Stavo uscendo per incontrare degli amici in città, e lui era qui.»

«Tina? E lei?»

«Poco dopo le sette e mezza, credo. Avevo bisogno di un caricabatterie per il telefono e lui mi ha prestato il suo. D...dovrei probabilmente restituirlo o qualcosa del genere...» La sua mano tremò mentre si scostava i capelli biondi dal viso. «Mi stavo affrettando a prepararmi prima che un'amica venisse a prendermi, e tutto ciò che ricordo è che lui era in piedi vicino al lavello lì a dirmi di non dimenticare di bere un bicchiere d'acqua quando fossi tornata a casa per non svegliarmi con i postumi della sbornia. Era... è stato... gentile a farlo.»

«Sapete dove avesse intenzione di andare Gary ieri sera?» disse Barnes.

«Non credo avesse grandi progetti» disse Jack.

«L'ultima volta che ci siamo parlati, ha detto che probabilmente avrebbe bevuto un paio di birre al pub qui giù in strada. Credo che dovesse incontrare degli amici stamattina da qualche parte.»

«A che ora era programmato questo incontro?»

«Non lo so.»

«Sa chi doveva incontrare?»

«No, mi dispiace. Insomma, viviamo tutti qui ma non ficchiamo il naso in ciò che fanno gli altri. Non proprio.»

«Gary era più assennato di noi… meno incline a finire dovendo smaltire una serata…» La voce di Tina vacillò, e si asciugò gli occhi. «Merda.»

«Abbiamo trovato una piccola bustina di polvere sul comodino di Gary» disse Kay, osservando attentamente le reazioni dei due coinquilini. «Avete idea da dove venisse?»

Tina impallidì. «No… certamente non da me…»

«Nemmeno da me.» Jack abbassò lo sguardo. «Non sapevo che facesse ancora uso di droghe.»

«Oh?» Barnes incrociò lo sguardo di Kay e si raddrizzò sulla sedia. «Ha dei precedenti, vero?»

«La situazione era un po' fuori controllo un anno fa» mormorò Jack. «Si era spaventato. Credo abbia preso qualcosa che era stato tagliato male.»

«Lui non era qui quando è successo.» Tina guardò da Barnes a Kay, con gli occhi supplichevoli. «Non lo sapevamo finché non è tornato.»

«Tornato da dove?» disse Kay.

«Non so con chi fosse, ma credo fosse un gruppo di amici a una festa in città…»

«Sosteneva che dopo quell'esperienza, non avrebbe

mai più toccato nulla» aggiunse Jack. «Lo aveva terrorizzato. Allucinazioni, di tutto.»

«Avete notato qualcosa di diverso nel comportamento di Gary ultimamente?» disse Barnes. «Qualcosa di insolito, per esempio?»

Tina scosse la testa. «Non proprio, ma non usciamo insieme. Cioè, a parte vederci qui forse una o due volte al giorno, tendiamo a essere fuori a fare le nostre cose. Non ho mai socializzato con lui.»

«Nemmeno io, a parte l'occasionale bevuta al pub con lui… e questo non accadeva mai più di una volta al mese, di solito se trasmettevano una partita di calcio che volevamo vedere entrambi» aggiunse Jack. «Non potevamo permetterci il servizio di abbonamento per guardare qui, quindi il pub era la seconda scelta migliore.»

«Va bene.» Kay si allontanò dal piano di lavoro mentre Barnes si univa a lei. «Vi contatteremo se avremo ulteriori domande. Nel frattempo, potete parlare con l'agente Walker o il suo collega se avete bisogno di qualcosa.»

Seguì Barnes fino alla macchina, fermandosi a guardare mentre la barella che portava Gary Lovell veniva caricata sul retro di un'ambulanza privata senza contrassegni.

«Va tutto bene, capo?»

La voce del suo collega la strappò dai suoi pensieri, e lo scrutò dall'altra parte dell'auto.

«Ho un bruttissimo presentimento su tutto questo, Ian.»

CAPITOLO 25

Quando Kay spalancò la porta della sala operativa, venne assalita da una cacofonia di telefoni che squillavano.

«Gesù», disse Barnes. «Che è successo? Li abbiamo lasciati solo per un paio d'ore».

Gavin si affrettò verso di loro, con il cellulare all'orecchio. «Sei persone sono state portate d'urgenza negli ospedali di Maidstone e Ashford dalle tre di stamattina. Tre sono in condizioni critiche, e non sembra promettente nemmeno per altri due. La più giovane ha solo sedici anni. Sono tutti vittime di overdose da droga».

Kay diede un'occhiata al volto affannato del detective e lo guidò verso la sua scrivania. «Dimmi quello che sai. La versione breve».

«D'accordo». Si lasciò cadere su una sedia libera accanto alla sua e fece un respiro profondo prima di raddrizzare le spalle. «Si pensa che tutti e sei siano stati in quel nuovo night club qui vicino ieri sera...»

«Inclusa la sedicenne?»

«Aveva un documento falso... inutile dire che i

proprietari del locale stanno parlando con i loro responsabili della sicurezza. Il club ha chiuso alle tre di stamattina, ma le chiamate al 112 hanno iniziato ad arrivare alle due e mezza, con i primi due casi portati all'ospedale di Maidstone alle tre e un quarto».

«E tutti i casi provengono dallo stesso locale?»

«Finora, sì». Gavin aggrottò la fronte. «E voi, capo? Laura ha detto che c'è stato un altro decesso stamattina».

Kay sospirò. «Lucas pensa che il tizio sia soffocato con il proprio vomito dopo un'overdose, ma abbiamo trovato altra di quella che sembra la stessa polvere trovata in possesso di Felicity Gregor. Stessa confezione, tutto uguale».

«Capo?»

Kay si girò sulla sedia quando Laura si avvicinò, con il volto afflitto. «Che c'è?»

«Era l'ospedale di Maidstone, capo. La sedicenne non ce l'ha fatta».

«Gesù».

Kay si passò la mano sulla bocca mentre incrociava lo sguardo di Gavin.

I suoi occhi erano turbati. «Siamo arrivati troppo tardi, vero? Quella roba che è stata presa dalla clinica veterinaria è già in circolazione».

«Quello che non capisco è perché stiamo vedendo così tante overdosi», disse Kay. «Voglio dire, la gente usa la chetamina continuamente, ha sostituito la cocaina qui intorno tra i ventenni e trentenni negli ultimi sei anni, quindi perché questo improvviso aumento di morti?»

«Forse è stata tagliata diversamente». Laura fece una pausa mentre Barnes si avvicinava per unirsi a loro.

«Potremmo avere a che fare con qualcuno che è nuovo in questo campo e non se ne rende conto».

Kay corrugò la fronte. «Qualcuno della direzione centrale anticrimine di Northfleet ha menzionato qualcosa riguardo a una nuova banda nella zona, o un'operazione del confine della contea?»

Barnes scosse la testa. «Ho appena parlato con Paul Solomon e dice che nessuna delle loro informazioni indica che ci sia un nuovo sistema in atto».

«Ci sono state altre zone che hanno registrato un afflusso di casi di overdose questa settimana?»

«No, qualunque cosa stia succedendo, è limitata a Maidstone».

Kay strinse il pugno e lo batté sulla scrivania, fissando lo schermo del computer mentre apparivano altre due e-mail, nessuna delle quali aiutava la loro indagine. «Cristo, abbiamo bisogno dei risultati dei test di laboratorio. Dobbiamo sapere cosa sia questa roba e avere la conferma se sono le scorte rubate dalla clinica di Adam, o qualcos'altro».

«Ancora niente da Harriet?» disse Gavin.

«No, e secondo lei ci vorranno due settimane con i livelli di personale attuali». Kay spinse indietro la sedia e si diresse a grandi passi verso la lavagna, guardando con rabbia le varie note e fotografie. «Ian, puoi chiamare Jack Moreton e chiedergli se lui o Tina sanno se Gary Lovell sia mai stato in quel night club? Se ci è stato, possiamo andare avanti sulla base che lui fosse lì ieri sera e richiedere le immagini delle telecamere di sicurezza per escluderlo o trovarlo».

«Lo faccio subito, capo».

«Dato che i risultati dei test non ci arriveranno fino a venerdì, se dessimo un'occhiata più attenta al night club per vedere chi sta spacciando questo particolare mix di chetamina?» disse Laura. «Voglio dire, se chi la vende ha fatto dei soldi ieri sera, sarà troppo tentato per non riprovarci stasera, no?»

Kay scosse la testa. «È una buona idea, Laura, ma non abbiamo abbastanza personale per sorvegliare tutti i locali in città, non tutti contemporaneamente».

«Potremmo se facessimo intervenire gli istruttori cinofili», disse Barnes.

«Non riuscirò mai a far approvare la documentazione in tempo per far uscire i cani antidroga stasera».

«Chi ha parlato di quelli specializzati?» Il suo collega sorrise. «Parla con l'unità cinofila e chiedi loro di mettere i giubbotti ad alta visibilità ai loro cani. Abbiamo solo bisogno di creare l'illusione negli altri locali che ci siano cani antidroga alle porte per costringere lo spacciatore a tornare in questo particolare posto, no?»

Kay lasciò sfuggire uno sbuffo. «Ian, è subdolo, persino per te. Mi piace».

«Penso che dovrei entrare anch'io», disse Laura. «Se qualcuno sta spacciando chetamina rubata, posso fungere da occhi e orecchie sul campo per supportare ciò che vediamo sulle telecamere di sicurezza».

«Non sono d'accordo. Non sappiamo chi sia questa persona, o se lavori da sola. Potrebbe essere pericoloso», disse Gavin, appoggiandosi alla scrivania. La sua fronte si corrugò. «Penso che dovrei andare io invece».

Laura gli lanciò un sorrisetto sfacciato e allungò la mano per dargli una pacca sul braccio.

«Non puoi, Gav. Sei troppo vecchio per andare in discoteca».

«Nessuno di voi due andrà», disse Kay mentre le risate si placavano. «Questa è Maidstone, non il selvaggio West. Contatterò Northfleet e otterrò un po' di aiuto da Sharp. Avremo bisogno di agenti appositamente addestrati per svolgere il lavoro sotto copertura. Il resto di voi può rimanere in standby nelle vicinanze nel caso in cui debbano effettuare arresti».

Vide la delusione nei volti dei suoi colleghi e alzò la mano prima che potessero protestare.

«Dobbiamo fermare chiunque stia fornendo queste droghe prima che uccidano qualcun altro: o hanno commesso un errore nella produzione, o hanno deliberatamente cercato di danneggiare chiunque le assuma. Non sono disposta a correre rischi».

CAPITOLO 26

Laura tirò la manica della felpa sulla mano e strofinò la condensa che rivestiva l'interno della finestra a pannello singolo.

Tre piani più in basso, un basso pulsante rimbombava mentre una porta rinforzata si apriva verso l'esterno sul marciapiede e quattro donne uscivano barcollando dalla discoteca.

Traballando su tacchi di dieci centimetri, ridacchiarono e si scambiarono battute mentre si diressero verso un posteggio di taxi e si tuffarono in un'auto in testa alla fila.

Osservò mentre il veicolo si allontanava dal bordo del marciapiede, con l'autista che scuoteva la testa sorridendo.

La radio sull'archivio abbandonato accanto a lei gracchiò e sibilò prima che una voce emettesse uno dei nominativi concordati per l'operazione e qualcuno al controllo della centrale rispondesse.

«Novità?»

Laura lanciò un'occhiata dietro di sé sentendo la voce di Gavin. «Niente che possa aiutarci. Le perquisizioni in

High Street hanno rivelato le solite pillole e marijuana. Piccole quantità però, nessuno spacciatore per ora».

«E nessuna traccia di quella polvere?»

«Niente che le somigli lontanamente. Voglio dire, se trovano qualcosa dovrà comunque essere analizzata, ma finora...»

Gavin spinse una sedia verso la finestra e controllò l'orologio alla luce proveniente dalla strada. «Solo un'ora da fare. Speriamo salti fuori qualcosa».

«Non mi siederei lì se fossi in te... hai visto lo stato dello schienale?»

Lui socchiuse gli occhi nella scarsa illuminazione, poi allontanò la sedia con disgusto. «Da quanto tempo è vuoto questo ufficio?»

«Diciotto mesi o giù di lì». Laura osservò la vista sotto mentre la porta della discoteca si apriva nuovamente. «Dave Morrison diceva che il proprietario sta cercando di ottenere il permesso per trasformare il posto in appartamenti: ha rinunciato agli affitti commerciali. Il negozio di sotto è vuoto da due anni».

«Questo spiega molto». Gavin passò la mano su uno strato di polvere che ricopriva il davanzale. «Mi era sembrato di sentire qualcosa grattare in quell'angolo laggiù prima».

Laura impallidì, scrutando nelle ombre dell'ufficio. «Cosa?»

Quando lo guardò, lui stava sorridendo, già con le mani alzate in finta difesa.

«Sei uno stronzo a volte, Piper». Si voltò di nuovo verso la finestra trattenendo il sorriso che minacciava di apparire. «Non so come Leanne ti sopporti».

«Perché mi ama».

«Qualcuno deve pur farlo, immagino». Laura osservava un gruppo di cinque adulti più anziani che vagavano lungo il marciapiede, tutti vestiti con giubbotti ad alta visibilità.

Un uomo del gruppo si fermò accanto a due giovani donne, una delle quali sembrava piuttosto malmessa.

«Non so come facciano», mormorò. «Tutti gli insulti che ricevono da alcune persone, oltre a stare fuori con ogni condizione meteo».

«Ma grazie al cielo lo fanno», disse Gavin, mentre il volontario fermava un taxi e accompagnava entrambe le ragazze al sicuro sul sedile posteriore.

Mentre l'auto si allontanava, Laura allungò le braccia sopra la testa e si scrocchiò il collo. Stava iniziando a sentire freddo nell'ufficio abbandonato e cominciò a camminare avanti e indietro per la stanza per scaldarsi mentre lui continuava a monitorare la strada.

«Altre novità sull'aggressione ad Adam?» chiese, girando in tondo nella parte centrale dello spazio cavernoso, con le mani infilate nelle tasche del giubbotto in pile.

«Non ancora. Sono stato troppo impegnato negli ultimi giorni su questo fronte, tanto per cominciare».

Sentì la frustrazione nella voce del collega e tornò verso di lui. «C'è qualcosa che posso fare per aiutare?»

Gavin distolse lo sguardo dalla finestra e forzò un sorriso. «Non proprio, ma grazie. Ho solo bisogno di qualche ora per riflettere su quello che ho raccolto finora e vedere se mi è sfuggito qualcosa. Voglio anche provare a parlare di nuovo con Stephanie all'inizio della prossima settimana. Dato che è stata la prima ad arrivare dopo l'aggressione, potrebbe ricordare qualcosa ora che non ha menzionato quando l'abbiamo interrogata la prima volta. Succede, no?»

«Sì, succede».

La radio sul davanzale accanto al suo gomito li interruppe, un comando secco riempì l'aria.

«Potrebbe essere un altro arresto», disse Gavin, regolando il volume mentre le risposte venivano scambiate avanti e indietro con la centrale. «Sembra Bank Street».

«Incrociamo le dita».

Laura affondò il mento nel colletto spesso e morbido della giacca, le spalle curve mentre ascoltava lo scambio che seguiva tra la coppia di giovani agenti per strada e l'operatore.

Sembrava abbastanza amichevole: venne emesso un avvertimento e l'uomo fu mandato via senza problemi prima che uno degli agenti terminasse la chiamata.

Sotto la sua posizione alla finestra, un ultimo gruppetto di festaioli usciva dal locale, sei uomini che cantavano a squarciagola prima di sparire dietro l'angolo, e Laura controllò l'orologio.

«Le tre. È tutto, allora».

Mentre la musica svaniva, Laura prese la radio e azionò gli interruttori prima di trasmettere il suo nominativo. «È stata trovata traccia della polvere di chetamina da qualche parte?»

«Negativo», fu la risposta. «Confermiamo due arresti per spaccio di pillole, e altri tre per possesso di cannabis, ma è tutto. Il vostro spacciatore di chetamina non c'era stasera».

Laura abbassò la radio, il suo sguardo incontrò quello di Gavin.

Sembrava demoralizzato quanto lei, teneva le spalle abbassate mentre sbuffava gonfiando le guance.

«Meglio chiuderla qui per stasera», disse, infilandosi la giacca di pelle sulle spalle. «Ho la sensazione che ci aspetti una lunga giornata».

CAPITOLO 27

CAPITOLO 27

Kay arruffò le orecchie di Oscar mentre entrava in cucina e riempiva un bicchiere con acqua dalla caraffa filtrante, con gli occhi ancora assonnati.

Dopo aver trascorso gran parte della notte di sabato a gestire una serie di messaggi contenenti aggiornamenti dalla sua squadra, era caduta in un sonno inquieto che era stato interrotto dalla sveglia dieci minuti prima.

Rabbrividì, stringendosi la vestaglia al petto, e sentì la caldaia accendersi con un clic, un leggero brontolio proveniente dall'armadio vicino alla porta sul retro e il sottile *tic tic* del radiatore accanto al letto di Oscar che prometteva calore in pochi minuti.

Sbadigliando, accese la macchina del caffè e inspirò l'aroma rilassante dei chicchi appena macinati, poi riempì la ciotola dell'acqua di Oscar. Misurò una tazza di croccantini in una seconda ciotola prima di metterla davanti al Golden Retriever, arricciando il naso.

«Lo so che probabilmente non puoi farci niente, ma Scott deve davvero dire al suo amico di smettere di darti qualunque cosa ti stia sconvolgendo lo stomaco», mormorò, consapevole dei passi provenienti dalla camera da letto al piano di sopra.

Oscar allontanò la sua mano con il muso e affondò la faccia nel cibo, riempiendo la cucina di felici rumori di leccate mentre Kay prendeva una tazza fumante di caffè e tornava al bancone centrale.

Un nuovo messaggio apparve sullo schermo del suo telefono, e si sedette su uno sgabello mentre leggeva il messaggio di Barnes.

Saremo tutti qui dalle 8 per il briefing … a presto.

«Caffè...»

Guardò oltre la spalla mentre Adam entrava in cucina, le braccia tese davanti a sé come uno zombie mentre strisciava i piedi sulle piastrelle.

Kay nascose il telefono sotto un menu da asporto e si sforzò di sorridere. «Pensavo di andare a scoprire come sono andate le cose ieri sera».

«Nessuna telefonata?»

«Qualche messaggio, niente di più. Mi avrebbero chiamato solo se fosse successo qualcosa di urgente».

Adam si trascinò verso la macchina del caffè e inserì una capsula. «Nessuna notizia è una buona notizia, allora».

Il suo sorriso vacillò quando lui si girò.

I lividi sull'orbita oculare e sullo zigomo stavano iniziando a diventare gialli e viola, il colore profondo della sua pelle stava cambiando mentre guariva. Il rossore nell'occhio stava svanendo, e lei notò che la confezione di antidolorifici sul piano di lavoro accanto a lei non era stata toccata da un paio di giorni.

Eppure...

«Che c'è?» disse lui, portando la sua tazza di caffè vicino a dove lei era seduta e mettendole un braccio intorno alle spalle. Le baciò i capelli. «A cosa stai pensando?»

Attese che lui posasse la tazza, poi si girò sulla sedia e lo abbracciò, appoggiando la testa contro il suo petto. «Sono preoccupata per te».

«Sono fuori pericolo. Aspetta e vedrai... quando torneremo in ospedale martedì, mi daranno il via libera». Le sollevò il viso verso il suo e le baciò il naso. «Quindi non c'è niente di cui preoccuparsi».

Allontanandosi mentre lui prendeva il caffè, Kay sospirò. «Adam, sai bene quanto me che chiunque sia entrato nell'ambulatorio potrebbe tornare. L'abbiamo già visto succedere con altre attività. Ora che sanno cosa c'è in quell'armadietto, sarà troppo allettante per loro. Se Gavin non scopre chi ha fatto questo...»

«Senti, non ho avuto l'occasione di dirtelo ieri... eri troppo stanca quando sei tornata a casa...ma Scott ha ordinato un nuovo armadietto di sicurezza per quei farmaci venerdì». Adam si lasciò cadere sullo sgabello accanto a lei. «È migliore di quello che avevamo prima. Nessuno dovrebbe essere in grado di forzarlo».

«Non sono i farmaci che mi preoccupano. Beh, sì, ovviamente». Kay allungò la mano e strinse la sua. «Sono preoccupata per te. E per Scott, e Stephanie. Chiunque abbia fatto questo non ha esitato ad aggredire te per arrivare ai farmaci. È un altro livello di disperazione... non abbiamo mai avuto un veterinario aggredito prima. Non qui intorno».

«Metteremo in atto nuove misure di sicurezza, allora.

Aggiungeremo telecamere all'esterno dell'edificio, cose del genere».

Lei sospirò e abbassò lo sguardo sulle proprie gambe. «Fantastico, così la prossima volta che ti aggrediscono possiamo guardarlo in alta risoluzione».

«Cosa vorresti che facessi? Chiudere l'ambulatorio? Licenziarmi?»

La testa di lei scattò verso l'alto. «No. No, certo che no».

«Allora smettila di preoccuparti per ciò che potrebbe accadere». Sorrise, le baciò le dita e poi prese la sua tazza di caffè e scivolò giù dallo sgabello. «Inoltre, ti conosco. Non ti arrenderai finché non scoprirai chi mi ha fatto questo e lo fermerai. Giusto?»

«Non lo farò».

Un sibilo sottile ruppe l'atmosfera, e Kay si voltò vedendo Oscar alzare la testa dal suo letto, con gli occhi marroni turbati.

«Oh, Cristo… non di nuovo!»

Inciampò verso la porta sul retro, la spalancò e prese uno strofinaccio dallo scolapiatti, agitandolo per contrastare l'odore nauseabondo che impregnava l'aria.

«Quel maledetto cane», disse, fulminando con lo sguardo il Golden Retriever mentre Adam si chinava per accarezzargli le orecchie. «Prima Scott se lo riprende, meglio è».

«Dai, non può farne a meno. È malato».

Kay strinse le labbra, trattenendo la verità e promettendo a sé stessa di telefonare al collega di Adam quando sarebbe arrivata al lavoro per dirgliene quattro.

«Vado a fare una doccia». Adam si raddrizzò, poi le

fece l'occhiolino. «Se ti va di aiutarmi a sprecare un po' di acqua calda...»

Nonostante tutto, nonostante tutte le sue preoccupazioni, Kay rise.

«Come potrei resistere a un'offerta del genere?»

CAPITOLO 28

Dopo aver alzato il colletto della giacca, Kay allungò la mano per prendere il pasticcio caldo ai funghi che Barnes le porgeva e lasciò che il calore le penetrasse nelle dita per un momento.

Un vento gelido soffiava sul fiume Medway creando increspature sull'acqua che facevano ondeggiare una coppia di cigni mentre risalivano la corrente.

La panchina di legno era riparata contro un muro di pietra calcarea che la proteggeva dal peggio delle intemperie, ma Kay rabbrividì comunque quando Barnes si sedette accanto a lei e scartò il pasticcio della Cornovaglia più grande che avesse mai visto.

«Hai dormito molto ieri notte?» disse lui.

«Non molto. Tu?»

Lo stomaco le brontolò e diede un morso al pasticcio, trasalendo quando il cibo caldo le bruciò la lingua ma incapace di resistere a un secondo boccone.

«Qua e là.» Barnes si leccò le briciole dalle dita, poi

mise la mano nella tasca del cappotto, tirò fuori il telefono e socchiuse gli occhi guardando lo schermo.

«Novità?»

«Solo Parker che conferma di aver inserito nel sistema le dichiarazioni degli arresti di ieri sera. Nessuno di loro sa niente di una nuova polvere a base di chetamina in circolazione.»

«Questa è la loro versione.» Kay finì il pasticcio, poi accartocciò il tovagliolo di carta e si tamponò le labbra. «Dio, ne avevo proprio bisogno.»

«Anch'io.» Barnes trattenne un rutto, poi prese i loro rifiuti e li portò in un cestino metallico sul sentiero prima di tornare. «Stamattina ho parlato con Kyle Walker, l'agente che era a casa di Gary Lovell ieri. Ha confermato di avere portato il cellulare di Gary e i server del computer ad Andy Grey ieri pomeriggio. A quanto pare, Grey ha detto che darà priorità al telefono... questo fine settimana sta lavorando a un altro caso per la Divisione Est e il suo altro esperto informatico non torna fino a domani.»

«Va bene. Non c'è molto altro che possiamo fare al riguardo.» Kay sospirò. «Quindi anche la pista del night club è un vicolo cieco?»

«Sembra di sì. Gavin finalmente ha avuto notizie da Jack Moreton questa mattina, che ha confermato che né lui né Tina ricordano che Gary sia andato lì.» La fronte del suo collega si corrugò. «O se c'è stato, l'ha tenuto per sé.»

«E Chantelle Evans, la sedicenne che è morta? Dave Morrison doveva parlare con i suoi genitori ieri, giusto?»

«L'ha fatto, e non è una storia felice.» Si rannicchiò nel cappotto. «Il suo padre adottivo ha detto che negli ultimi otto mesi circa ha frequentato una compagnia più adulta, e né lui né sua moglie conoscono i loro nomi. Quando hanno adottato Chantelle, hanno detto che era una bambina adorabile, ma era diventata riservata, scortese...»

Kay sospirò. «Forse stava provando le droghe da un po', allora.»

«È quello che pensava Dave. Ha intenzione di mettersi in contatto con la sua scuola domani e organizzare un incontro con alcuni dei suoi compagni di classe.»

Il telefono di Barnes emise un altro suono, e lui ridacchiò dopo aver letto il messaggio prima di mostrarlo a Kay.

«Emma dice che si sta divertendo un mondo e di salutarti.»

Lei allungò la mano per inclinare lo schermo e sorrise alla foto della figlia di lui, con un famoso monumento di Sydney sullo sfondo. «Tornerà?»

«È meglio che lo faccia.» Barnes rimise il telefono in tasca. «Sharp ha approvato il mio periodo di ferie il mese prossimo… grazie per avergli dato una spinta a riguardo.»

«Nessun problema. Devo ammettere che quattro settimane al sole sono piuttosto allettanti al momento.»

«Tu e Adam state ancora progettando di andare via in un qualche momento?»

«Assolutamente. Mancano un paio di mesi alla nostra vacanza, quindi ci darà il tempo di assicurarci che non ci siano contraccolpi dalle sue ferite. Per sicurezza.»

«Quando riceverà il via libera dal medico?»

«Ha l'appuntamento martedì pomeriggio, quindi lo sapremo allora. Comunque, non sembra avere effetti collaterali.»

«È un uomo fortunato. Devi essere sollevata.»

«Sì, lo sono.» Kay osservò i cigni per un momento, poi incrociò le braccia sul petto mentre il vento cambiava direzione e le scompigliava i capelli. «Sono preoccupata che Gavin non abbia fatto progressi con l'indagine sul furto, però.»

Barnes arricciò il naso. «Tu ed io sappiamo entrambi che è un caso difficile. Ha bisogno di una svolta...»

«Vorrei...» Sospirò e si voltò verso di lui. «E se fosse sopraffatto dalla situazione?»

«Non lo è, capo. Ci vorrà solo tempo.» Barnes sorrise. «Dopotutto, questa settimana gli ho fatto perdere molto tempo mandandolo qui e là cercando di capire se la morte di Felicity fosse collegata al furto, o se possiamo scoprire chi le ha fornito quelle droghe... e ora anche a Gary. Sta facendo del suo meglio, come sempre.»

«Immagino che tu abbia ragione.» Kay scosse la testa e batté i palmi contro la panchina. «Certo che ce l'hai. È solo che...»

«È solo che vuoi assicurarti che chiunque abbia fornito la droga a Felicity e Gary, e chiunque sia entrato nella clinica di Adam e lo abbia colpito, riceva ciò che merita.» Gli occhi di Barnes si addolcirono. «Come tutti noi.»

Kay si scostò i capelli dagli occhi mentre il vento cambiava direzione e la investiva. «Sai una cosa, andrò a parlare di nuovo con Isobel Gregor questa mattina... forse può dirci se Felicity conosceva Gary.»

«Vale la pena provare, suppongo.» Barnes aggrottò la fronte. «Da quello che sappiamo finora, però, sembrerebbe strano che frequentassero gli stessi ambienti. Niente li collegava sui social media, ricordi?»

«È un tentativo azzardato, lo so, ma forse c'è qualcosa che non vediamo ancora.» Kay si alzò in piedi, reprimendo il senso di frustrazione che minacciava di emergere. «Guarda, se non altro, potrebbe darci un vantaggio mentre aspettiamo quei maledetti tabulati telefonici.»

CAPITOLO 29

Un cielo grigio pallido abbracciava le tegole della grande casa indipendente quando Kay manovrò l'auto di servizio nella piazzola ghiaiosa in cima a Windmill Hill.

Una sottile foschia ancora si aggrappava agli avvallamenti e alle valli che poteva vedere in lontananza, mentre le siepi spoglie si piegavano nella rigida brezza che soffiava attraverso i campi spogli oltre la stradina.

Si strinse il cappotto intorno alle spalle e si fermò per lasciar passare un trattore infangato prima di attraversare la strada verso il cancello d'ingresso.

L'intero posto sembrava desolato, senza speranza, e mentre Kay si affrettava verso la porta d'ingresso, notò che il vialetto accanto alla casa era privo di veicoli.

Imprecò a bassa voce.

Nella sua fretta di parlare ancora una volta con i genitori di Felicity, aveva dato per scontato che sarebbero stati in casa di domenica mattina, e ora rimpiangeva di non aver pensato di telefonare in anticipo.

Suonando il campanello, voltò le spalle alla porta e

osservò una coppia di escursionisti dai vestiti vivaci che passeggiavano, l'uomo più alto che alzava la mano in segno di saluto prima che la donna al suo fianco indicasse un sentiero segnalato vicino all'auto di Kay.

Scomparvero dalla vista mentre un chiavistello scattava, e lei si girò sui tacchi in tempo per vedere Isobel Gregor sbirciare da dietro la porta.

«Ispettrice Hunter... non la aspettavo».

«Mi scusi, signora Gregor. Avrei dovuto chiamare». Kay represse l'imbarazzo. «Mi chiedevo... potrei entrare? Ho ancora qualche domanda».

«Va bene». Isobel aprì di più la porta e indicò il soggiorno mentre Kay entrava nel calore della casa. «Peter non c'è, mi dispiace. È uscito presto questa mattina».

«Oh?»

Il labbro superiore dell'altra donna si arricciò. «Questioni del Consiglio Parrocchiale. Gli ho detto che pensavo potessero arrangiarsi senza di lui per qualche altro giorno, date le circostanze...»

«Immagino sia molto richiesto di questi tempi», disse Kay, mantenendo un tono uniforme. «Soprattutto con i suoi piani futuri».

«È proprio a causa di quei piani futuri che ha insistito per andare in chiesa questa mattina, e poi a questa riunione improvvisata».

Mentre Isobel si lasciava cadere sul divano a due posti e le faceva cenno di accomodarsi su una poltrona coordinata, Kay vide l'esaurimento e il dolore negli occhi della donna.

Era ancora pallida e sembrava che potesse svanire da un momento all'altro.

«Ha qualcuno con cui può parlare, o qualcuno che può starle vicino?» disse Kay.

Lo sguardo di Isobel si spostò sul caminetto acceso mentre un ceppo si spostava e lanciava scintille sulla grata. «Non proprio. Temo, ispettore, che il tipo di persone con cui ci siamo trovati ad associarci ultimamente a causa delle ambizioni di Peter non siano il genere a cui affideresti le tue opinioni personali o le tue difficoltà».

Diede un leggero scuotimento della testa mentre la sua attenzione tornava a Kay. «Mi scusi... ha detto che voleva farmi altre domande?»

Kay intrecciò le mani in grembo. «Sì, e mi dispiace causarle ulteriore angoscia, signora Gregor. C'è stato un incidente ieri mattina: un giovane sui vent'anni è morto per una sospetta overdose, e crediamo possa aver assunto lo stesso tipo di polvere trovata tra gli abiti di Felicity».

Isobel trasalì. «Non pensa che mia figlia spacciasse droga?»

«Non abbiamo prove che suggeriscano questo». Kay alzò la mano per placare la donna. «Quello che sto cercando di scoprire è se Felicity potesse conoscerlo, ma non siamo riusciti a collegarli sui social media. Mi chiedevo se lei l'avesse mai sentito menzionarlo. Si chiama Gary Lovell».

La fronte di Isobel si corrugò. «Conosceva un Gary, ma non sono certa del cognome. Ha... ha una fotografia?»

Kay aprì la zip della sua borsa e tirò fuori il telefono, scorrendo fino a una fotografia recente che Dave Morrison aveva copiato da uno dei profili social di Gary prima di passargliela.

Gli occhi della madre di Felicity si spalancarono. «Oh, sì, lo ricordo».

«Davvero?»

«Sì». Isobel restituì il telefono. «Circa un anno fa, forse più, stavamo cenando e Felicity menzionò di sfuggita che le era stato chiesto se volesse unirsi a un gruppo di giovani imprenditori. Era molto esclusivo, c'erano solo una mezza dozzina di membri in qualsiasi momento, e l'adesione era solo su invito».

«Sa chi l'ha invitata al gruppo di imprenditori?»

«Non mi viene in mente, no. Non è stato Gary; mi sembra di ricordare che Felicity ce l'abbia menzionato solo dopo un paio di mesi. Più tardi ce lo presentò quando lo incontrammo un sabato pomeriggio a Maidstone mentre facevamo shopping». Isobel aggrottò la fronte, poi sospirò. «Non riesco a ricordare chi disse che le avesse fatto l'invito, né come avesse saputo del gruppo».

Kay sfogliò i suoi appunti, perplessa. «Non ho annotazioni di un gruppo del genere sui social media di sua figlia...»

«Oh, non era un gruppo online». Isobel alzò un sopracciglio. «Sorprendente di questi tempi, lo so. No, questo gruppo si incontrava di persona. Una volta a settimana, il venerdì per colazione. Felicity usciva sempre presto di casa per questo, alle sei e mezza. Si incontravano in una sala riunioni di uno degli hotel più piccoli di Maidstone alle sette, diceva che due o tre dei membri avevano ancora un lavoro mentre costruivano le proprie attività, così potevano partecipare al club per la colazione e poi andare al lavoro».

«Non suppongo che lei conosca i nomi di qualcun altro che vi partecipasse?»

«No, mi dispiace. Ricordo che lei diceva che uno di loro era uno sviluppatore di giochi, sa, videogiochi. C'era solo un'altra donna che era membro. Credo gestisse un'azienda di design o qualcosa del genere».

Kay passò a una pagina nuova del suo taccuino. «Non abbiamo trovato nulla su questo gruppo tra le cose di Felicity, e stiamo ancora aspettando i tabulati telefonici per il contratto del cellulare che aveva. Non c'era menzione del gruppo nemmeno tra le sue e-mail».

«Credo che ci fosse una sorta di codice che erano tenuti a seguire... sa, per proteggere la riservatezza di alcune delle questioni di cui discutevano. Felicity diceva che ci si aspettava fossero molto aperti riguardo ai guadagni, alle strategie di marketing e cose del genere. Penso che sia per questo che tenevano tutto lontano dai social media, nel caso in cui qualcosa trapelasse». Le spalle di Isobel si afflosciarono. «Vorrei che non si fosse mai iscritta, per essere sincera».

«Oh? Perché?»

«Spesso tornava a casa sentendosi... ansiosa. Credo che fosse un caso in cui lei pensava di non essere all'altezza rispetto agli altri membri del gruppo. Immagino fosse perché li vedeva avere molto più successo di lei. Cercava con tutte le sue forze di rendere la sua piccola attività online un successo, ma ogni settimana frequentava persone che guadagnavano facilmente a sei cifre».

«Sa dove si incontravano di solito? Lei ha detto che era in un hotel locale?»

«Sì... quel boutique hotel vicino a Jubilee Square.

L'edificio era di proprietà di una banca, ma, a quanto pare, si sono trasferiti in nuovi uffici».

«E non riesce proprio a ricordare i nomi di nessuno degli altri membri?»

«No. Mi dispiace. Pensa che uno di loro avrebbe potuto aiutare Felicity, o avrebbe potuto avvertirci che stava usando droghe se non fossero stati vincolati alla segretezza?»

«Non ne sono sicura, signora Gregor. Ma le prometto che lo scoprirò».

CAPITOLO 30

Il giorno successivo, un velo di malinconia avvolgeva la sala operativa mentre Kay ascoltava il briefing mattutino.

I suoi colleghi si muovevano a disagio sulle sedie mentre coloro che erano stati fuori servizio venivano aggiornati da Barnes sulla mancanza di progressi durante il fine settimana e si valutavano i risultati finali dell'operazione sotto copertura nel night club.

Il suo sergente detective incrociò il suo sguardo mentre finiva di parlare e alzò la voce sopra i mormorii e i sospiri di frustrazione.

«Capo? Le piacerebbe darci un rapido aggiornamento sulla sua conversazione con Isobel Gregor ieri?»

«Grazie, Ian.» Kay scivolò oltre Laura, poi si fermò accanto alla lavagna e si assicurò di avere l'attenzione di tutti. «Bene, speriamo di avere tutti i tabulati telefonici di Felicity più tardi oggi, forse domani, ma nel frattempo, dobbiamo parlare con il proprietario di questo hotel appena fuori Jubilee Square.» Fece una pausa per scrivere il nome dell'edificio sulla lavagna. «Secondo Isobel, Felicity fu invitata a unirsi a un esclusivo club di colazione per giovani imprenditori un anno fa, e si incontrano qui ogni venerdì mattina. Isobel ha inoltre confermato che Gary Lovell era un membro...»

Una cacofonia di voci riempì l'aria, e lei lasciò che il rumore si placasse prima di continuare.

«Ho anche parlato con i genitori di Gary che hanno detto di essere a conoscenza del breakfast club. Purtroppo, nessuno dei genitori ha saputo indicare gli altri membri.»

«Non c'era nulla sui loro profili social a riguardo», disse Laura, tamburellando con la punta della penna sul mento. «Quindi perché tanta segretezza?»

«Beh, questo spetterà a te e Gavin scoprirlo», rispose Kay. «Vorrei che vi organizzaste per intervistare il direttore di questo hotel il prima possibile e chiedere chi fosse nella lista degli ospiti. Presumo che abbiano un registro dei nomi, visti tutti i requisiti di salute e sicurezza che questi tipi di locali sono tenuti a rispettare al giorno d'oggi.»

«Ci dirigeremo là dopo questo incontro», disse Gavin, con la testa china mentre scorreva le pagine dei motori di ricerca sul suo cellulare. «Se il direttore non è disponibile, ci informeremo alla reception su chi gestisce la sala riunioni e parleremo con quella persona.»

«Sembra interessante, grazie.»

«Bene, le altre azioni di oggi», disse Barnes, sfogliando l'agenda che teneva in mano.

Entrambi alzarono lo sguardo quando la porta della sala operativa si spalancò, con la maniglia che sbatté contro un archivio alle sue spalle.

Sharp avanzò verso di loro, con il volto furioso.

«Capo...», iniziò Barnes, «c'è un problema?»

«Una parola con l'Ispettrice Hunter, se posso», abbaiò l'Ispettore capo investigativo. «Scusa l'interruzione, Ian.»

Kay diede un'occhiata al volto di Sharp e deglutì. «Certo, capo. Forse nel suo vecchio ufficio?»

Il calore le salì al viso mentre si scusava con il gruppo radunato attorno alla lavagna e si affrettava verso il punto in cui Sharp era in piedi accanto alla porta aperta dell'ufficio abbandonato.

Entrando, fece un respiro profondo, con il battito cardiaco alle stelle mentre la sua mente lavorava, cercando di capire cosa potesse essere successo, cosa potesse essere andato storto, e perché Sharp fosse in un così evidente cattivo umore.

La porta si chiuse con un tonfo, e lei si voltò per affrontarlo.

«Cosa c'è che non va, capo?»

«Quella maledetta Suzi Chambers, ecco cosa non va», sputò lui, mettendole sotto il naso la copia di un articolo di notizie online.

Kay aggrottò la fronte, prese il foglio stampato e guardò il titolo.

Detective implora i genitori della vittima dopo il furto in uno studio veterinario.

«Ma che...?» I suoi occhi caddero sulla fotografia sottostante, il respiro che si faceva superficiale mentre riconosceva sé stessa mentre usciva dalla casa di Isobel Gregor il giorno precedente. «Le persone che ho visto di fronte alla casa dei Gregor ieri, devono aver scattato questa.»

«Suzi ha contatti in luoghi poco raccomandabili», disse

Sharp. «Devono aver aspettato qualcosa del genere, specialmente con le ambizioni politiche di Peter.»

Kay lesse velocemente l'articolo, con la voce tremante di rabbia.

«"Una investigatrice senior della polizia del Kent è stata avvistata mentre parlava con la madre della vittima suicida Felicity Gregor, pochi giorni dopo un furto di chetamina dalla Clinica Veterinaria Turner di Maidstone. La clinica è di proprietà e gestita dal compagno dell'Ispettrice Kay Hunter, Adam Turner..."» Abbassò la pagina e fulminò Sharp con lo sguardo. «Questa è una stronzata.»

«Purtroppo, è una stronzata che ha attirato l'attenzione di Peter Gregor e del Commissario Capo», disse Sharp, controllando l'orologio. «Questo è il motivo per cui avremo un incontro con loro a Northfleet domattina prima di tutto.»

«Merda.»

«So che non è giusto, Kay, ma era da aspettarselo nelle circostanze attuali. Faresti lo stesso.»

Kay si soffiò la frangia dagli occhi. «Immagino di sì. Cosa vuole che faccia?»

«Torna a casa per ora. Passa tutto il tuo lavoro a Barnes prima di andare.» Sharp sospirò. «Mi dispiace, Kay, ma dobbiamo affrontare la possibilità che il Commissario Capo possa volerti sospendere fino a quando tutto questo non sarà finito. Sia per la tua protezione che per quella delle forze dell'ordine.»

Battendo le palpebre per allontanare la sensazione di bruciore all'angolo degli occhi e trattenendo la sua frustrazione, Kay sospirò.

«Non ho molta scelta, vero?»

CAPITOLO 31

Gavin allungò la mano verso la maniglia di ottone lucido della porta a vetri che conduceva al boutique hotel e lasciò entrare Laura nell'edificio prima di lui, con i tacchi della sua collega che ticchettavano sulle piastrelle smaltate.

Una scala finemente intagliata si snodava verso l'alto alla sua destra e, alzando lo sguardo, la sua bocca si aprì meravigliata davanti all'enorme lampadario appeso sopra la sua testa.

Sbatté le palpebre per contrastare l'effetto accecante di tutte le lampadine e rivolse la sua attenzione all'uomo in giacca e cravatta dietro una solida scrivania di quercia che sorrise quando Laura si avvicinò.

Il sorriso vacillò un po' quando lei mostrò il suo tesserino, ma la sua professionalità ebbe la meglio e lui sollevò un telefono accanto a un computer portatile, facendo loro cenno di dirigersi verso un gruppo di poltrone morbide alla sinistra dell'ingresso.

«Il signor Knight sarà da voi a breve», li chiamò mentre prendevano posto. «Non ci vorrà molto».

«Grazie». Laura incrociò le gambe, poi si sporse in avanti e selezionò una delle riviste patinate disposte su un basso tavolino di legno davanti a loro.

«Sembri a tuo agio qui», disse Gavin con un sorriso.

«È carino, vero?» Alzò gli occhi al soffitto, poi aggrottò la fronte. «Però non vorrei spolverare quel maledetto lampadario, tu?»

«Fortunatamente, detective, abbiamo un talentuoso team di addetti alle pulizie che lo fa per noi».

Gavin alzò lo sguardo verso la voce e vide un uomo alto, sulla trentina, che attraversava a passi disinvolti l'atrio della reception verso di loro, con la mano tesa quando li raggiunse.

«Sono Lee Knight, direttore di questo raffinato edificio. In cosa posso esservi utile?»

Dopo aver fatto le presentazioni, Gavin infilò il tesserino nella tasca della giacca e indicò con un cenno del capo il retro dell'edificio. «Ci risulta che abbiate una sala riunioni là dietro che viene utilizzata per un regolare incontro di un club della colazione il venerdì mattina. Vorremmo farle alcune domande sui partecipanti».

La fronte di Knight si corrugò prima che si riprendesse, poi indicò una porta aperta che conduceva oltre la reception. «Volete venire da questa parte? Posso mostrarvi dove si trova la sala riunioni mentre parliamo, se vi va».

«Grazie».

Gavin seguì Laura mentre Knight li conduceva lungo un corridoio, i loro passi attutiti dal folto tappeto che ricopriva il pavimento. Stampe incorniciate di paesaggi della campagna locale erano appese alle pareti, e antichi apparecchi di illuminazione in ottone emettevano un bagliore soffuso che contrastava con la tinteggiatura di colore chiaro.

Una ripida scala si diramava alla sua destra e, notando un aspirapolvere abbandonato sul gradino più alto, si rese conto che era così che gli addetti alle pulizie raggiungevano i piani superiori.

Knight lanciò uno sguardo dietro di sé e sorrise. «Questa era originariamente la residenza di un mercante e quando abbiamo rilevato l'edificio dalla banca, i nostri sviluppatori hanno ripristinato la vecchia scala di servizio. I nostri ospiti naturalmente usano le scale principali dalla reception, o l'ascensore».

Si fermò e aprì una porta alla sua sinistra prima di farli entrare e attivare una serie di interruttori su un pannello a parete.

Gavin sbatté le palpebre mentre i suoi occhi si adattavano ai faretti luminosi nel soffitto che illuminavano una formazione a U di tavoli al centro della stanza. Una lavagna simile a quella che usava nella sala operativa si trovava a un'estremità accanto a uno schermo pieghevole, e un proiettore si mise automaticamente in funzione dalla sua posizione nel soffitto.

Il lieve odore di chicchi di caffè bruciati persisteva nell'aria, e Knight allungò la mano per regolare i controlli dell'aria condizionata mentre indicava le sedie intorno ai tavoli.

«Abbiamo un gruppo di dentisti che arriverà per la propria riunione annuale alle due, quindi possiamo parlare qui in privato. Come potete vedere, adattiamo la disposizione dei posti a sedere per soddisfare le esigenze dei nostri clienti. Il club della colazione a cui avete fatto riferimento tende a preferire una disposizione stile sala del consiglio».

Gavin appoggiò le mani sullo schienale di una delle sedie mentre Knight circolava attorno al tavolo e sistemava bicchieri d'acqua, penne omaggio e taccuini.

«Cosa può dirci di questo club della colazione del venerdì?»

Knight fece una pausa nelle sue frenetiche attività e sospirò. «Sono stato terribilmente dispiaciuto di apprendere di Felicity Gregor la settimana scorsa. Era così gentile con tutti quando era qui».

«Quanto bene la conosceva?» disse Laura, indugiando vicino alla porta mentre prendeva appunti.

«Non socialmente, ovviamente, solo qui, di passaggio. I suicidi sono sempre un tale shock da sentire, non è vero?»

«Conosceva Gary Lovell?» disse Gavin.

«Il nome mi suona familiare».

«Era un altro membro del gruppo, è stato trovato morto sabato mattina».

Knight impallidì. «Morto? Come?»

«Non siamo liberi di dirlo al momento, ma posso dirle che fa parte di un'indagine in corso. Ha un elenco dei partecipanti al club della colazione che potrebbe darci?»

«Certamente». Recuperando la sua compostezza, la voce del direttore diventò energica mentre estraeva un telefono cellulare dalla tasca e scorreva lo schermo. «La bellezza della tecnologia, detective… ora abbiamo tutte le informazioni sui nostri ospiti a portata di mano».

«In tal caso, signor Knight, potrebbe inviarci anche un'e-mail?» Gavin fece scivolare uno dei suoi biglietti da visita attraverso il tavolo lucido.

«Subito». Il direttore toccò lo schermo con l'indice diverse volte, e poi alzò lo sguardo quando il telefono del detective emise un suono. «Ecco fatto».

«Grazie». Gavin inclinò lo schermo quando Laura lo raggiunse in modo che potesse vedere i nomi.

«Damian Beech è la persona con la quale di solito ho a che fare», continuò Knight. «Penso che debba essere il leader del gruppo, o almeno, questa è l'impressione che ho. Poi avete Felicity e Gary elencati lì».

«Cosa può dirci delle altre tre persone elencate qui?» disse Laura.

«Mi dispiace, non so molto di loro, eccetto i loro nomi e le preferenze alimentari annotate nel sistema». Knight completò la sua ispezione della stanza e congiunse le mani. «C'era qualcos'altro di cui avevate bisogno, detective? È solo che ci piace testare l'attrezzatura audiovisiva prima che i nostri clienti usino la sala, e...»

«Saremo in contatto se avremo bisogno di altro», disse Gavin.

«Vi prego di farlo». Il direttore dell'hotel indicò la porta e li accompagnò verso l'area della reception. «Se non ci sono io, uno dei miei collaboratori sarà in grado di assistervi».

«Grazie».

Una volta che fu in piedi sul marciapiede esterno, Gavin attese che la porta si chiudesse con un sibilo, poi alzò un sopracciglio verso Laura.

«Immagino che sia meglio iniziare a fare controlli su questo gruppo, allora».

«Mi sembra corretto». Laura guidò il cammino verso la centrale di polizia e fece un sospiro. «Incrociamo le dita che troviamo qualcosa per aiutare Kay».

CAPITOLO 32

Kay appoggiò la borsa sul piano di lavoro della cucina e si avvicinò al bollitore, accendendolo e tirando fuori una tazza di porcellana dall'armadietto sospeso.

Aveva incrociato Adam sulla strada di casa, la sua dolce metà che aveva alzato la mano mentre portava a spasso Oscar lungo la strada dal supermercato, con una borsa di iuta rigonfia sulla spalla.

Strofinandosi gli occhi stanchi, affaticati per gli orari che stava facendo e lo stress dell'ultima settimana, sbadigliò mentre il bollitore arrivava a ebollizione e versò l'acqua calda su una bustina di tè prima di schiacciarla contro il bordo.

La porta d'ingresso si aprì, e Oscar entrò di corsa in cucina, scodinzolando mentre la trovava e affondava il muso nelle sue mani.

«Non ho biscotti, no», rise, e indicò le ciotole di acciaio inox accanto alla porta sul retro. «Vai a bere qualcosa».

«Ciao». Adam entrò e posò la borsa della spesa

accanto alla sua prima di iniziare a svuotarla. «Ho comprato del pesce per stasera, per cambiare un po', ti va bene?»

«Meraviglioso», disse, e si avvicinò per baciarlo. «Possiamo mangiarlo con delle verdure al vapore».

«Sei tornata presto». Aggrottò la fronte. «Cosa c'è che non va?»

«Sono fuori dal caso. Suzie Chambers è riuscita a procurarsi delle fotografie di me che uscivo dalla casa dei Gregor ieri, e sono finite in prima pagina su quel sito di notizie per cui lavora adesso». Kay fece un respiro profondo. «Ho un incontro con Sharp e il Commissario Capo a Northfleet domattina. Sarà presente anche Peter Gregor. Sharp dice che farà del suo meglio, ma potrebbe esserci un'indagine degli standard professionali sul mio coinvolgimento nel caso».

Adam le avvolse le braccia intorno alla vita e appoggiò il mento sui suoi capelli. «Mi dispiace molto sentirlo. Immagino che Isobel Gregor non abbia fatto alcuna denuncia? Voglio dire, hai fatto tutto il possibile per dare loro delle risposte sulla morte di Felicity».

«No, non credo. Isobel sembrava sollevata di avere qualcuno con cui parlare ieri. È tutta opera di Suzie, era solo questione di tempo prima che causasse problemi. Dopotutto, sta cercando di pubblicare una storia su di me da anni». Si allontanò e gli strinse le mani. «Mi dispiace, Adam. Ha incluso il tuo nome e quello dello studio nello stesso articolo. Ha capito che pensiamo che queste morti possano essere collegate al furto di chetamina».

Lui fece una smorfia, e poi le rivolse un sorriso ironico. «Guarda, dubito fortemente che qualsiasi cosa dica Suzie possa danneggiare la mia attività. I giornali locali hanno già riportato il furto e il fatto che sono stato aggredito. Tutti i nostri clienti attuali sono stati incredibilmente solidali. Stephanie è passata prima e ha detto che non sono mai stati così occupati. Suzie non può distruggere questo. Mi dispiace solo che tu venga messa sulla graticola a causa sua».

«Almeno Sharp sarà con me domani. Non mi piacerebbe affrontare questa conversazione senza di lui. Vorrei solo che Peter fosse venuto prima da noi invece di andare direttamente ai vertici». Kay sospirò e si spostò verso il piano di lavoro, passando la mano sulla superficie. «Sembra che le sue ambizioni politiche superino il buon senso, è quasi come se stesse usando questa situazione per ottenere un punto d'appoggio al quartier generale e ingraziarsi i piani alti prima ancora di aver formalmente annunciato la sua intenzione di candidarsi al ruolo di Questore di polizia».

Adam si spostò al lavello, si lavò le mani, e poi aprì la porta del frigorifero e tirò fuori una birra fredda e una bibita analcolica, porgendole la birra.

«Com'è stato trattare con lui finora?»

«Abbastanza bene, date le circostanze, suppongo. Anche se», disse Kay, aggrottando la fronte, «Isobel ha detto ieri che lui insisteva già per partecipare alle riunioni del consiglio parrocchiale e simili. Credo che fosse scioccata, considerando che Felicity è morta solo da una settimana».

Adam fece tintinnare il suo bicchiere contro il suo. «Beh, speriamo che domani vada il meglio possibile».

«Sì».

Kay bevve un sorso e contemplò l'etichetta sul lato mentre passava il pollice sulla condensa.

«Guarda il lato positivo», disse Adam, allungandosi per stringerle il braccio. «Hai una squadra che lavora su questo caso più che capace, e hai Sharp dalla tua parte. Se potesse essere di consolazione, ti farebbe bene una pausa comunque. Quando è stata l'ultima volta che hai preso un giorno di riposo programmato?»

«Vero». Sospirò e guardò le pareti della cucina. «Suppongo che stessi cercando una scusa per dipingere qui dentro».

CAPITOLO 33

La mattina seguente, Kay strofinò un ostinato frammento di pittura a emulsione attaccato alla sua cuticola mentre osservava il parcheggio fuori dal quartier generale della polizia del Kent.

Il traffico sulla strada a doppia corsia oltre l'ingresso rombava mentre altri veicoli entravano nel complesso e occupavano i posti rimanenti al di là della finestra.

Abbassò la mano quando un'auto sportiva di lusso azzurro chiaro sfrecciò sotto di lei, il volto del conducente le fece stringere dolorosamente lo stomaco.

«È arrivato» chiamò alle sue spalle.

Sharp alzò lo sguardo dal telefono e attraversò le piastrelle di moquette da dove era stato in piedi accanto a un distributore automatico, con la mascella contratta.

Kay non disse nulla mentre lui si avvicinava alla finestra; invece, rivolse lo sguardo alla piazza sottostante dove Peter Gregor si dirigeva a passo deciso verso l'ingresso principale, con la testa china.

Istintivamente, fece un passo indietro nel caso in cui

lui alzasse lo sguardo, anche se sapeva che non sarebbe stato in grado di vederla attraverso il vetro oscurato.

Deglutì, con la gola secca, e si costrinse a respirare profondamente.

«Andiamo». Sharp le toccò il gomito. «Dovremmo far sapere al Commissario Capo che siamo qui prima che Peter salga. Non farebbe una bella impressione se arrivassimo dopo di lui».

«D'accordo».

Kay lo seguì docilmente verso i due ascensori accanto al distributore automatico, grata che le porte di quello a destra si aprissero non appena Sharp premette il pulsante.

Salirono al piano superiore in silenzio, e Kay si concentrò sul contare i secondi mentre fissava le sue scarpe, riluttante a vedere i suoi lineamenti pallidi riflessi nelle pareti a specchio.

Le porte si aprirono con un fruscio ed uscirono in un'area open space piena di scrivanie e conversazioni sussurrate.

Quassù regnava un'atmosfera diversa.

Anziché il caos che Kay associava a una sala operativa affollata, qui c'era un costante ronzio di attività calma.

Nessuno correva avanti e indietro verso le fotocopiatrici, o gridava agli altri che qualcuno doveva rispondere al telefono, o cose simili...

Invece, avrebbe potuto entrare in uno studio di commercialisti, tale era il contrasto.

«Da questa parte».

Sharp inclinò la testa verso sinistra e lei si sistemò la giacca.

Guidandola oltre una fila di scaffali ordinatamente

organizzati con cartelle di cartoncino e manuali di politiche e procedure ben sfogliati e rilegati a spirale, indicò una donna a una scrivania in fondo, la porta accanto al suo schermo del computer saldamente chiusa.

«Denise, è bello vederti», disse Sharp con tono cordiale. «Io e l'Ispettrice Hunter abbiamo un appuntamento con il Commissario Capo alle nove e trenta, e ho appena visto Peter Gregor arrivare di sotto».

«Ispettore capo investigativo Sharp, grazie». Denise fece un cenno a Kay, e poi indicò quattro sedie per visitatori su un lato dietro un separé a griglia. «Se volete attendere là, vi chiamerò quando il Commissario Capo ore sarà pronto per voi».

Kay scelse un posto accanto alla finestra e appoggiò il gomito sul davanzale mentre guardava attraverso il vetro.

Osservando le persone che entravano e uscivano dall'edificio, notò due giovani donne che si fermavano accanto a uno dei paletti d'acciaio che fiancheggiavano il sentiero anteriore mentre accendevano sigarette, la loro postura era rilassata mentre chiacchieravano.

Un uomo in uniforme da sergente si fermò a parlare con loro mentre usciva, ed evidentemente ci fu qualche leggero scherzo prima che se ne andasse con una risata.

Sembrava tutto così normale, così simile alla sua vita alla centrale di polizia di Maidstone.

Adam aveva ragione, le spettava del tempo libero, era per questo che stavano facendo progetti per le vacanze prima che lui fosse aggredito, dopo tutto, ma alle sue condizioni.

Non così.

Un nodo le si formò in gola mentre guardava le due

donne spegnere le sigarette sulle suole delle scarpe prima di lasciare cadere i mozziconi in un bicchiere d'acqua da distributore automatico che una di loro teneva in mano.

«Kay?»

La voce di Sharp interruppe le sue riflessioni nervose.

Lei tirò su col naso e si girò verso la sala d'attesa per vederlo chinarsi in avanti e appoggiare i gomiti sulle ginocchia.

I suoi occhi grigi erano penetranti mentre scrutavano i suoi.

«Supereremo questa cosa», disse, con voce bassa. «Qualunque cosa accada là dentro nella prossima ora, l'affronteremo e andremo avanti. Niente è permanente in questo genere di situazioni, lo sai bene quanto me».

Kay annuì, poi deglutì. «Lo so, capo. Ma lasciami i miei due minuti per crogiolarmi, va bene?»

Lui lasciò sfuggire una risata soffocata prima di alzare lo sguardo, irrigidendo la schiena in attenzione quando un'altra voce giunse fino a loro.

«Signor Gregor, è stato gentile a venire».

Kay guardò attraverso il separé a griglia per vedere il Commissario Capo Susan Greensmith accompagnare il padre di Felicity nel suo ufficio, poi fermarsi sulla soglia.

«Denise, faccia entrare l'Ispettore capo investigativo Sharp e l'Ispettrice Hunter, per favore».

Mentre lo stomaco di Kay precipitava, Sharp le posò una mano sul braccio e fece un cenno verso la porta aperta.

«Andiamo», disse. «Concludiamo questa faccenda».

CAPITOLO 34

Pochi minuti dopo, le presentazioni formali erano state fatte, e tutte e quattro le parti erano radunate intorno alla scrivania di Susan Greensmith, con la porta ben chiusa.

La lussuosa moquette blu navy avvolgeva le loro voci, attenuava i rumori dell'ufficio open space oltre la porta, e faceva sentire Kay come se fosse stata isolata dal mondo esterno.

Tutto ciò che esisteva ora erano le tre persone nella stanza con lei che decidevano del suo futuro immediato.

«Signor Gregor», iniziò Greensmith, «La ringrazio per aver portato alla mia attenzione le sue preoccupazioni in seguito all'articolo pubblicato ieri. Vorrebbe condividere queste preoccupazioni con l'Ispettore capo investigativo Sharp e l'Ispettrice Hunter, così che possiamo decidere al meglio su come procedere?»

Peter Gregor spazzò via un'immaginaria traccia di polvere dalla gamba dei suoi pantaloni e annuì. «Grazie, Susan».

Kay si trattenne dal gemere.

Se lui e il Commissario Capo erano in confidenza, non era un buon segno né per lei né per l'esito dell'incontro.

«Come può immaginare», disse Gregor, «siamo rimasti completamente scioccati nello scoprire, da un giornale scandalistico, per giunta, che la detective che indaga sulla tragica morte di nostra figlia è imparentata con il veterinario il cui studio è stato svaligiato la settimana scorsa, e ancor di più che i farmaci rubati in quel raid possano essere responsabili del suicidio di Felicity».

Kay abbassò lo sguardo verso il suo grembo mentre lui parlava.

Provare empatia per quell'uomo era per lei una seconda natura, aveva perso una figlia una volta, molto tempo fa, e il dolore ancora la straziava mentre ascoltava, ma sentire le sue parole le infliggeva un colpo amaro.

«Mia moglie ha parlato con l'Ispettrice Hunter domenica in buona fede, credendo che la conversazione avrebbe aiutato l'indagine sul perché nostra figlia fosse morta nel modo in cui è morta, e su chi sia responsabile di averle fornito i farmaci con i quali ha avuto un'overdose», continuò Gregor, con la voce che si spezzava. «Scoprire che ha usato quella conversazione per i suoi scopi personali, che è più preoccupata di catturare le persone che hanno rubato i farmaci dalla Clinica Veterinaria del suo compagno, è davvero troppo. Non le si può permettere di continuare a lavorare a questa indagine. Ritengo che continuerà a lasciare che il suo coinvolgimento personale metta in ombra un buon lavoro di polizia».

Quando finì, si appoggiò allo schienale della sedia ed emise un respiro profondo.

Kay si sentì come se avesse ricevuto un pugno allo stomaco.

Con i pensieri che si accavallavano, si rese conto che le sue mani tremavano e le strinse forte in grembo, sperando che nessun altro potesse vederlo.

Rabbia, frustrazione e un opprimente senso di colpa erodevano la sua sicurezza.

Tutto ciò che stava facendo, tutto ciò che aveva sempre fatto, era cercare di scoprire perché Felicity Gregor fosse morta… e chi ne era stato la causa.

Aveva ragione Gregor?

Il suo coinvolgimento personale aveva offuscato il suo giudizio, nonostante i suoi migliori tentativi di rimanere concentrata?

Susan Greensmith la scrutò da sopra gli occhiali da lettura. «Ispettrice Hunter, c'è qualcosa che vorrebbe dire prima che continuiamo?»

«In realtà, se posso...» Sharp si voltò verso Kay e alzò un sopracciglio. «Ti dispiace?»

Confusa, si morse il labbro.

Il detective era stato il suo mentore per tutta la sua carriera come detective, e provava imbarazzo per averlo deluso dopo la sua insistenza per essere coinvolta nell'indagine.

Aveva spinto troppo oltre il loro rapporto questa volta?

Abbassò gli occhi e incrociò le dita in grembo. «No, capo. Vada avanti».

Greensmith rivolse la sua attenzione all'Ispettore Capo detective mentre lui si rivolgeva al padre di Felicity.

«Peter, non posso nemmeno immaginare cosa stiate passando tu e Isobel», disse. «Devo ringraziarti per essere qui oggi e per aver avuto la cortesia di invitare anche l'Ispettrice Hunter al nostro incontro».

Lo sguardo di Gregor scivolò verso Kay, poi tornò all'Ispettore Capo detective mentre si sistemava la cravatta. «Naturalmente, e grazie a te, Sharp. Apprezzo che la tua squadra stia facendo tutto il possibile per aiutare a trovare chi forniva le droghe a Felicity. È stato un tale shock per me e Isobel scoprire che stesse immischiandosi in cose del genere».

«Ne sono sicuro». Sharp fece una pausa, come se stesse raccogliendo i propri pensieri prima di continuare. «Il problema che ho, Peter, è che, se rimuovo l'Ispettrice Hunter dall'indagine, non abbiamo nessuno per sostituirla. Semplicemente non abbiamo le risorse, e certamente non ho a disposizione qualcuno del suo calibro con breve preavviso».

Kay osservò mentre Susan Greensmith si appoggiava allo schienale della sedia accanto a Gregor, con gli occhi attenti su Sharp mentre esponeva il suo caso.

«La mia squadra sta già dividendo le sue limitate risorse tra la morte di Felicity e quella di Gary Lovell, cercando di accertare se ci sia un collegamento tra loro e il furto di cloridrato di chetamina dalla Clinica Veterinaria di Adam Turner», continuò Sharp. «L'Ispettrice Hunter finora si è tenuta in disparte da tutto questo, mentre il sergente Barnes e il detective Piper agiscono come agenti investigativi principali. Il suo contributo è stato prezioso sia per loro che per il resto della squadra, prestando la sua esperienza e dedizione a tutte e tre le indagini. Le chiederei rispettosamente di riconsiderare la sua richiesta di rimuoverla da esse. L'Ispettrice Hunter non dovrebbe essere messa da parte a causa del grossolano tentativo di un giornalista da due soldi di fare un reportage sensazionalistico usando la morte di sua figlia come modo per perseguire una vendetta personale contro di lei».

«Ho parlato con il direttore di Suzi Chambers questa mattina», disse Greensmith, con tono freddo, «e conferma che il giornale pubblicherà delle scuse formali sia nell'edizione online che in quella cartacea domattina. Dubito molto che la signorina Chambers avrà ancora un lavoro entro la fine della settimana, visti i suoi precedenti nel prendere di mira l'Ispettrice Hunter. Non credo che alcun direttore rispettabile approverebbe una vendetta personale giocata sulle prime pagine».

Kay trattenne il respiro quando il Commissario Capo finì di parlare, sicura che tutti al tavolo delle conferenze potessero sentire il battito del suo cuore pulsare.

Gregor congiunse le mani davanti a sé e abbassò la testa per un momento. Quando alzò gli occhi, guardò direttamente lei.

«Ispettrice Hunter, mi scusi. Credo di aver agito con troppa fretta e spero che mi perdonerà».

«La prego, non si preoccupi». Kay riuscì a fare un piccolo sorriso ed un profondo respiro. «Voglio solo tornare al lavoro e trovare chi ha fatto questo. Voglio aiutarla a trovare risposte, mi creda».

«Lo so. E Sharp, grazie. Apprezzo ciò contro cui stai combattendo». Gregor sospirò. «È per questo che spero di poter contribuire con un approccio più pratico nei prossimi anni».

«Preso nota. Devo dire che grazie al suo intervento di ieri, Peter, siamo stati in grado di ricevere i risultati dei test sulla chetamina trovata negli abiti di Felicity prima del previsto.»

«Sono lieto di aver potuto aiutare, anche se in minima parte.»

Greensmith si tolse gli occhiali e guardò Kay. «Ispettrice Hunter, devo dire che trovo la situazione attuale non usuale. Tipicamente, come lei sa, chiunque abbia anche la più remota connessione con un'indagine verrebbe rimosso.» Alzò la mano mentre Kay apriva la bocca. «Mi lasci finire. Mi è dispiaciuto molto sentire che il suo compagno, Adam, sia stato aggredito. So che è stato un punto fermo per lei nel corso degli anni, e qualsiasi aggressione a un uomo innocente è inquietante. Dato che Sharp mi assicura che lei non ha un coinvolgimento diretto nell'indagine sul furto e sull'aggressione, e sta semplicemente assistendo con i decessi legati alla droga, sono disposta a permetterle di continuare in quella veste. Tuttavia, deve assicurarsi che tutto ciò che fa sia documentato. Data la sua propensione alla meticolosità, sono sicura che questo non sarà un problema per lei.»

«Grazie, Commissario Capo.»

Greensmith annuì, poi rivolse la sua attenzione a Gregor. «Peter, se è soddisfatto dell'esito di questo incontro, forse potremmo lasciare che i miei detective la tengano informato mentre portano avanti le loro indagini.»

«Certamente.» Peter Gregor si alzò dal suo posto e tese la mano a Kay. «Scriverò all'editore della signora Chambers non appena torno a casa, Ispettrice.»

Dopo aver accompagnato Gregor all'uscita, Greensmith tornò e chiuse la porta prima di ritornare alla sua scrivania. Si sbottonò la giacca dell'uniforme mentre si sedeva, con un sorriso ironico sulle labbra mentre la appendeva allo schienale della sedia e si arrotolava le maniche della camicia.

«Faremo di te un politico, Devon.»

«Signora.»

«Bene. Quali sono i vostri prossimi passi con questa indagine? Hai menzionato che avete ricevuto i risultati dei test questa mattina.»

«Sì, e sono molto inquietanti.» Sharp mise la mano nella tasca della giacca e dispiegò un foglio riassuntivo dei tecnici prima di farlo scivolare sulla scrivania verso Greensmith. «Questo è un riepilogo dell'analisi effettuata. La conclusione alla fine è ciò che mi preoccupa particolarmente.»

Greensmith aggrottò la fronte quando finì di leggere. «Chiunque abbia fabbricato la droga che Felicity ha preso ha sbagliato il dosaggio... Era troppo forte.»

«Esattamente. Questo mi porta a credere che stiamo cercando qualcuno di nuovo, piuttosto che uno spacciatore con esperienza. In tal caso, penso che la mia squadra possa parlare con i consumatori noti e forse scoprire chi potrebbe essere.»

«Vale la pena provare,» concordò Greensmith. «Tutti sappiamo che i consumatori di droga tendono a rimanere fedeli agli spacciatori che conoscono e di cui si fidano. Se c'è qualcuno di nuovo nella zona, che cerca di farsi un nome offrendo una nuova variante di una sostanza conosciuta, allora non ci vorrà molto perché i pettegolezzi si diffondano.»

«È mia opinione che tre morti, quella di Felicity poche ore dopo il furto, e ora Gary Lovell e Chantelle Evans, siano un'indicazione che questo nuovo spacciatore potrebbe essere nel panico ormai.» Sharp ripiegò i risultati dei test, con un sorriso predatorio che gli attraversava le labbra.

«E quando le persone sono nel panico, ci rendono più facile trovarle.»

CAPITOLO 35

Kay accese il computer e fece un respiro profondo mentre questo si attivava, lasciando che parte della tensione delle ultime ventiquattro ore scivolasse via dai suoi muscoli stanchi.

Una rinnovata determinazione la pervase mentre effettuava l'accesso, con le informazioni del laboratorio e le parole di Sharp che le risuonavano nelle orecchie.

«Bello rivederti, capo», disse Gavin, posando una tazza di tè accanto alla sua tastiera. «Porterai Adam in ospedale più tardi?»

«Grazie, e sì. Speriamo che lo specialista gli dia il via libera. Non sembra avere mal di testa così spesso ormai.»

«Questa è un'ottima notizia.» Gavin controllò alle sue spalle, poi abbassò la voce. «Capo? Potresti fargli sapere che sto facendo tutto il possibile per scoprire chi l'ha aggredito e ha rubato quei farmaci? Non voglio che pensi che mi sia dimenticato di lui con tutto questo altro lavoro in corso.»

Un'ondata di orgoglio attraversò Kay alle parole del

suo protetto. «Non preoccuparti, sappiamo entrambi che stai facendo del tuo meglio in circostanze difficili. Tu ed io sappiamo che questo tipo di raid spesso resta impunito; quindi, non farti prendere dal panico e non dubitare delle tue capacità se arrivi a un punto morto, d'accordo?»

Un debole sorriso attraversò il suo volto. «Comunque sia, capo. Non ho ancora mollato.»

«Ottimo. Ora, andiamo a trovare gli altri così puoi aggiornarmi su cosa altro mi sono persa?»

Barnes si voltò mentre si avvicinavano alla lavagna alla fine della stanza, e indicò quattro nuove fotografie che erano state appese alla bacheca di sughero accanto ad essa durante l'assenza di Kay.

«Bentornata, capo. Ti presento gli altri membri del gruppo di imprenditori a cui appartenevano Felicity e Gary.»

«Cosa avete scoperto su di loro?» disse Kay avvicinandosi e osservando attentamente ciascuna delle immagini.

«Questo tizio a sinistra è Damian Beech: milionario tecnologico self-made a quanto pare, anche se lui lo nega», disse Laura. «Non ha attività recenti sui social media, in effetti, l'ultimo post che abbiamo trovato è su un vecchio account di circa quattro anni fa. Secondo Lee Knight, il manager dell'hotel dove tengono il loro club della colazione ogni venerdì, Damian sembra essere il leader del gruppo. Il signor Knight dice che è con lui che di solito tratta se ci sono cancellazioni o variazioni alle disposizioni che il gruppo fa di tanto in tanto.»

«La donna accanto a lui è Helene Becker», aggiunse Barnes. «Ha iniziato la sua attività come graphic designer ma ora guadagna attraverso commissioni per installazioni artistiche. Trentatré anni, e se la cava piuttosto bene, da quanto abbiamo potuto accertare dai bilanci della sua azienda.»

«E questo tipo dall'altro lato di lei è Tom Weston», disse Gavin. «Si è unito al gruppo solo quattro mesi fa, in base ai registri delle disposizioni di catering dell'hotel per loro, e gestisce un'attività di motociclette personalizzate vicino a Thanet. Lee Knight dice che si parla di una serie televisiva in fase di ordinazione sul suo lavoro, apparentemente ha sentito Damian parlarne con uno degli altri tre settimane fa.»

«Infine, questo all'estremità è Sebastian Groves.» Barnes toccò la fotografia. «Il signor Groves ha ereditato molti soldi dai suoi genitori quando sono morti in un incidente in elicottero mentre sciavano due anni fa e sembra passare il tempo spendendoli. Non abbiamo ancora accertato cosa faccia effettivamente per vivere, ma ha la fedina penale pulita e sembra piuttosto introverso.»

«Avete organizzato colloqui con qualcuno di loro?» disse Kay, sfogliando le pagine che Laura le aveva consegnato con i riassunti per ciascun membro del club della colazione.

«Li abbiamo programmati per questo pomeriggio. Abbiamo pensato che date le circostanze saremmo arrivati a loro il prima possibile, piuttosto che dar loro la possibilità di incontrarsi prima», rispose Barnes. «Nel caso abbiano qualcosa da nascondere.»

«Ottimo lavoro, tutti voi.» Kay restituì le pagine di riepilogo a Laura. «Come è andata a Dave parlando con i compagni di classe di Chantelle Evans?»

«Ha finito ieri», disse Barnes. «Sembra che si fosse allontanata dai tre o quattro amici che aveva a scuola già da un po'. Due di loro hanno detto che pensavano potesse aver sperimentato con le droghe qua e là, ma non hanno saputo dirgli da dove potesse averle prese Chantelle. Non siamo ancora riusciti a rintracciare le persone con cui i genitori affidatari hanno detto che aveva iniziato a frequentarsi.»

«Sembra che siano spariti nel momento in cui hanno saputo che era morta», disse Laura. «Povera ragazza.»

«Ringrazia Dave da parte mia quando lo vedi, Ian. Con un po' di fortuna, avremo alcune risposte per i suoi genitori seguendo le piste che abbiamo ottenuto dalle altre due morti.» Kay sospirò. «E i tabulati telefonici di Felicity? Andy Grey ha mandato qualcosa?»

«Sì, e abbiamo esaminato quelli che ci ha evidenziato», disse Gavin. «Nonostante non ci siano contatti sui social media o e-mail tra loro che compaiono nell'app email sul telefono di Felicity, i registri mostrano che cinque dei numeri telefonici sulla lista corrispondono a queste quattro persone, e un altro corrisponde a Gary Lovell.»

«Quindi comunicavano solo per telefono?» Kay aggrottò la fronte. «È un po' insolito, no?»

«Forse erano semplicemente molto attenti alla privacy», suggerì Laura. «Voglio dire, dato il patrimonio netto di questo gruppo, non vorrebbero che queste informazioni diventassero di dominio pubblico, giusto? E immagino che non vorrebbero che qualcuno inviasse loro lettere di supplica o simili. Ogni sorta di persone può uscire allo scoperto quando qualcuno inizia ad avere successo, non è vero?»

«Non c'erano messaggini sul telefono di Felicity quando è stato recuperato dalla scena della sua morte», disse Barnes. «Ho incaricato Andy di far sì che uno dei suoi esperti veda se possono recuperarne alcuni cancellati nel caso ci aiuti.»

«Cristo, è una possibilità remota.» Kay fece una smorfia. «Ok, bene dopo l'incontro con il Commissario Capo questa mattina, Sharp ha condiviso la notizia che i risultati tossicologici sono arrivati dal laboratorio oggi di prima mattina. Mi hanno inviato una copia via e-mail, quindi mi assicurerò che venga inserita in HOLMES2 così potrete leggerla, ma essenzialmente stanno dicendo che la polvere di chetamina in possesso di Felicity era tagliata male.»

Le sue parole furono accolte con mormorii di sorpresa.

«Lo so», continuò. «Quindi stiamo cercando un nuovo spacciatore, credo. Qualcuno che ha poca o nessuna esperienza con questa droga o su come produrla. Barnes, sei ancora responsabile delle indagini su questo caso quindi lascio a te l'organizzazione affinché gli agenti in uniforme raccolgano i soliti sospetti per vedere se hanno sentito qualcosa. Immagino non ci sia nulla di nuovo da segnalare dopo gli arresti di sabato notte in discoteca?»

«Niente che possa aiutarci, capo.» Barnes abbassò la testa e scrisse un promemoria nel suo taccuino prima di guardare nuovamente la lavagna. «Quindi è meglio sperare che i colloqui di questo pomeriggio ci diano una svolta.»

CAPITOLO 36

Kay scorreva un lungo elenco di risultati dei motori di ricerca sul suo telefono mentre Barnes guidava l'auto di servizio fuori dal centro di Maidstone verso uno dei sobborghi più benestanti.

Da quando aveva ripreso a lavorare con la sua squadra, era ansiosa di partecipare ad almeno uno dei colloqui programmati per quel pomeriggio prima di accompagnare Adam alla sua visita in ospedale, ed era determinata a scoprire di più su Sebastian Groves.

Barnes aveva ragione, l'uomo si era rivelato sfuggente, nelle stringhe di ricerca che aveva digitato apparivano solo articoli di giornale di due anni prima sulla tragica morte dei suoi genitori.

«Vorrei tanto essere una mosca sul muro mentre Gavin e Laura parlano con lui», disse, infilando il telefono nella borsa con un sospiro rassegnato.

«Non puoi fare tutto, capo», ridacchiò il suo collega.

«Lo so. Ok, dimmi di più su chi stiamo andando a vedere».

«Secondo i controlli che abbiamo fatto, questo Damian Beech che incontreremo ha la fedina pulita, nessuna infrazione al codice della strada o cose del genere. Ha ventisette anni e gestisce un'azienda di sviluppo di videogiochi. A differenza di Felicity, sta andando bene, la sua società è stata costituita due anni fa e dai rapporti che Debbie mi ha inviato via e-mail, si parla di un potenziale acquisto da parte di una finanziaria americana. Questa è la voce, comunque. Il signor Beech, ovviamente, l'ha smentita».

«Il che a sua volta alimenterà ancora di più le voci».

«E questo non gli farà male in termini di pubblicità».

Tamburellando con le dita sul bracciolo, Kay fissò fuori dal finestrino per un momento prima di rivolgersi di nuovo al collega. «Voglio vedere cosa rivela su questo suo gruppo e sui suoi membri, Ian. Almeno in questo modo, scopriremo se la nostra ricerca corrisponde all'elenco attuale dei membri, o se ci sono altri con cui dobbiamo parlare di Felicity e Gary».

«Mi sembra una buona idea, capo».

Quindici minuti dopo, Barnes si fermò davanti a una modesta casa bifamiliare circondata da cinque proprietà identiche disposte attorno a una strada senza uscita.

Un basso muretto di pietra separava il giardino anteriore dal marciapiede, e mentre Kay scendeva dall'auto e si dirigeva lungo il breve vialetto verso la porta d'ingresso, notò che il prato era stato sostituito con ghiaia decorativa. Vasi di terracotta erano disposti lungo i bordi, alcuni con contenuti stentati e abbandonati durante i mesi più freddi, mentre in altri spuntavano germogli tentennanti dalla superficie del terreno.

Una porta di garage singola dava sulla strada, adiacente al lato della casa, e quando alzò la mano per proteggersi gli occhi dal riflesso della finestra anteriore, vide la figura di un uomo che si aggirava nell'ombra come se li stesse aspettando.

Si avvicinò alla finestra, alzò la mano e poi scomparve dalla vista.

Poco dopo, la porta d'ingresso si aprì.

«Salve», disse lui, con occhi curiosi. «Vi ho visti arrivare».

Kay osservò la sua maglietta sgualcita, i jeans sbiaditi e la barba di qualche giorno, poi mostrò il suo tesserino.

«Damian Beech? Ispettrice Kay Hunter, e il mio collega, il detective Ian Barnes. Volevamo farle qualche domanda su Felicity Gregor».

Lui esalò. «Povera Flick. Non potevo crederci quando ho visto la notizia la settimana scorsa. Entrate».

Kay entrò in un ingresso scarsamente arredato e attese mentre Damian chiudeva la porta e faceva loro cenno di seguirlo in un ampio soggiorno con zona pranzo.

Si fermò sulla soglia, sorpresa dai tavoli con cavalletti pieni di schermi lucidi ed enormi computer da scrivania, il ronzio delle ventole e dei macchinari che creava un rumore bianco che le penetrava nel cranio.

Barnes si tirò la cravatta e sbottonò la giacca.

«Un attimo, apro la porta del patio», disse Damian, con un timido sorriso sulle labbra. «Fa davvero caldo qui con tutte queste apparecchiature. Tendo a dimenticarlo, ci sono abituato dopo tutti questi anni».

Camminò verso l'estremità della stanza, spalancò la finestra a tutt'altezza e spostò un grande fossile di ammonite con la punta della scarpa da ginnastica per tenerla aperta.

Kay sentì immediatamente una brezza fredda invadere la stanza e tirò un sospiro di sollievo.

«È da qui che gestisce la sua attività?» disse, passando lo sguardo sugli schermi dei computer.

«È meglio che pagare per un ufficio». Damian attraversò la stanza fino a dove si trovava lei e indicò i vari display. «Qui è dove faccio tutto il mio sviluppo e test».

«E per quanto riguarda il personale?»

«Sono sparsi in tutto il mondo. Alcuni dei miei migliori programmatori vivono in Bangladesh e nelle Filippine». Scrollò le spalle e incrociò le braccia. «Gestisco il loro carico di lavoro a distanza e ci aggiorniamo tramite collegamento video ogni settimana circa, a seconda di cosa succede con un progetto».

Kay incrociò lo sguardo di Barnes mentre girava per la stanza osservando diversi certificati e fotografie incorniciati alle pareti.

«Non ha mai pensato di comprare un posto più grande?» disse lui da sopra la spalla.

«Non davvero. Vado d'accordo con i vicini, ed è sicuro qui, non ho mai subito furti, e nessuno sa davvero cosa faccio». Beech abbassò le braccia. «Sentite, al momento sono nel bel mezzo di una correzione complessa per uno degli aggiornamenti su cui sto lavorando. Volevate chiedermi qualcosa di specifico?»

«Da quanto tempo conosceva Felicity Gregor?» chiese Kay.

«Circa un anno. L'ho conosciuta in una banca, tra tutti i posti, una di quelle sulla High Street a Maidstone. Stava cercando di negoziare uno scoperto… male, devo dire. Mi dispiaceva per lei». Abbassò la testa e fissò i motivi del tappeto per un momento. «Era tutta entusiasmo e nessun senso degli affari all'epoca. Comunque, ho avuto pietà di lei dopo che il direttore della banca l'ha mandata via con un risonante "no". L'ho raggiunta fuori e le ho detto che pensavo di poterla aiutare».

«In che modo? Ha finanziato la sua attività?»

Alzò di scatto la testa. «No, niente del genere. No, le ho proposto di andare a prendere un caffè, e le ho parlato di questo piccolo gruppo di imprenditori che avevo formato con alcuni amici. Ci aiutiamo a vicenda, non c'è denaro di mezzo, è solo condivisione di informazioni. Migliori procedure e cose del genere. Se uno di noi ha un problema, facciamo un brainstorming e cerchiamo di trovare una soluzione». Fece una pausa e indicò con un gesto della mano i computer. «Voglio dire, dopo tutto, la maggior parte di noi lavora da sola. Non abbiamo il supporto di colleghi con cui parlare o confrontarci. Essere un imprenditore va benissimo, ma può essere un'esistenza solitaria, detective. Non è come se si potesse parlare di queste cose con la famiglia».

«Perché no?»

«Perché non capirebbero».

«È a conoscenza che Gary Lovell è stato trovato morto durante il fine settimana?»

«Me l'ha detto Sebastian, sì».

«Che tipo di rapporto aveva con Gary Lovell?»

Damian aggrottò la fronte. «Non c'era nessun *rapporto*. Lui faceva le sue cose, io faccio le mie. Tutto qui. Non l'ho mai incontrato al di fuori del gruppo».

«Sapeva che lui e Felicity erano consumatori abituali di droga?»

«No, non lo sapevo».

«Dove vi incontrate, questo vostro gruppo?»

«Usiamo una sala riunioni in uno dei piccoli boutique hotel di Maidstone. È un incontro a colazione quindi cerchiamo tutti di essere lì per le sette, chiacchieriamo per circa un'ora e di solito finiamo verso le nove». Si infilò le mani nelle tasche dei jeans. «Funziona bene per me perché a quell'ora il peggio del traffico pendolare è passato. È una rottura di palle attraversare Larkfield anche nei momenti migliori».

Barnes aprì il suo taccuino. «Può confermare i nomi e i dettagli di contatto degli altri partecipanti?»

«Perché?»

«È procedura standard in un'indagine di questa natura parlare con tutti», disse Kay.

La confusione si dipinse sul volto di Damian. «Ma pensavo che Flick si fosse suicidata».

«Di nuovo, è solo procedura standard. I nomi, per favore».

«Aspetti». Damian tirò fuori un telefono cellulare dalla tasca e scorse l'elenco dei contatti, recitando una lista di sei nomi e numeri.

«È tutto?»

«Ci piace mantenere il gruppo piccolo. Mio fratello si presenta di tanto in tanto, ma non è un membro a tempo pieno».

«Ha mai incontrato Felicity Gregor?»

«Una o due volte forse».

«Come si chiama suo fratello?»

«Xander Beech».

«Non è in questa lista». Barnes alzò lo sguardo dal taccuino e sollevò un sopracciglio verso Damian.

«Come ho detto, non è un membro effettivo».

«Ci servirà anche il suo numero». Kay attese mentre lo sviluppatore di videogiochi leggeva i dettagli. «Altri?»

«No. È tutto».

«Qualcuno di voi socializzava al di fuori dei vostri incontri a colazione?»

«Molto raramente. Non ne vedevo la necessità».

«Ha idea del perché Felicity si sarebbe suicidata?»

Damian sbatté le palpebre. «Non ne ho la minima idea. Ancora non riesco a credere che l'abbia fatto».

«Grazie per il suo tempo, signor Beech». Kay fece cenno a Barnes e si diresse verso la porta. «La contatteremo se avremo altre domande».

CAPITOLO 37

«Come stava Kay quando siete usciti insieme prima?»

Laura controllò lo specchietto retrovisore e svoltò in una stradina stretta, poi lanciò un'occhiata a Barnes.

Lui si strinse nelle spalle. «Bene, date le circostanze, suppongo. Non sono sicuro che sarei così stoico riguardo a tutto questo».

«Neanch'io».

Diede un'occhiata al navigatore e frenò quando apparve un alto muro di pietra sul lato sinistro.

«Cristo, questo posto è enorme».

«Immagino che l'eredità che ha ricevuto il signor Groves fosse più grande di quanto pensassimo», disse Barnes.

Laura scosse la testa e svoltò in un ampio vialetto di ghiaia situato tra due pilastri di pietra, con cancelli in ferro battuto spalancati.

Un ampio prato si estendeva fino a un boschetto di alberi alla sua destra, e lei sbatté le palpebre prima di riportare l'attenzione sul vialetto mentre una grande casa padronale georgiana appariva alla vista, incastonata tra arbusti di rododendro che la fiancheggiavano.

L'edera si attorcigliava intorno alla finestra frontale e sopra un portico che riparava la porta d'ingresso dagli elementi. Un garage grande come un fienile alla destra dell'edificio era aperto, con un fuoristrada di alta categoria parcheggiato all'esterno e il cofano di un'auto sportiva che faceva capolino dall'interno buio.

Laura parcheggiò l'auto di servizio accanto al fuoristrada e seguì Barnes fino alla porta d'ingresso.

Un pannello di sicurezza con un altoparlante era fissato al lato della porta, e quando il suo collega premette il pulsante sottostante, sentì un campanello suonare dalle profondità della casa.

Rispose una donna, con tono affannato. «Chi è?»

Barnes fece le presentazioni e gli fu prontamente detto di aspettare mentre lei cercava Sebastian Groves.

«Avrebbe potuto invitarci a entrare», disse Laura.

Si voltò al suono di passi sulla ghiaia e vide un uomo sui vent'anni girare l'angolo della casa, con uno Springer Spaniel nero alle calcagna.

«Charlotte ha detto che siete della polizia», disse, con un'espressione perplessa sul viso. «È per Felicity?»

«E per Gary Lovell», disse Barnes.

Laura osservò le sopracciglia di Sebastian sollevarsi bruscamente.

«Gary?»

«Nessuno le ha detto nulla?» Ora era il turno di Barnes di sembrare sorpreso. «Mi dispiace, signor Groves, Gary è stato trovato morto sabato mattina per una sospetta overdose. Speravamo di parlare con lei del club della colazione di cui fate parte».

«Certamente». Guardò il cane ai suoi piedi e poi rivolse loro un sorriso. «Vi dispiacerebbe se parlassimo qui fuori? Vedendo lo stato di questo qui, Charlotte non sarebbe molto contenta se calpestassimo i pavimenti che ha appena passato le ultime due ore a lucidare».

«Qui va benissimo. Da quanto tempo conosce Felicity e Gary?» disse Barnes mentre Laura apriva una nuova pagina nel suo taccuino.

«Felicity, probabilmente da circa un anno, non ricordo esattamente quando si è unita a noi. Gary, un po' di più».

«Frequentava socialmente loro al di fuori dei vostri regolari incontri del venerdì mattina?»

«Dio, no». Sebastian sbuffò, poi si trattenne ed ebbe la decenza di apparire un po' in imbarazzo. «Voglio dire... quello che intendo dire è che non sono esattamente il tipo di persone che frequento. Non a livello sociale, comunque, ovviamente. Li vedo solo al club della colazione, e solo perché Damian mi ha invitato inizialmente perché sapeva che ero interessato a investire in una nuova start-up».

«Perché incontrarsi in un hotel? Cosa c'è di sbagliato nella camera di commercio locale o qualcosa del genere?» disse Barnes, aggrottando la fronte.

Sebastian ridacchiò. «Beh, diciamo solo che le persone che partecipano sono un po' più dinamiche nei loro affari rispetto ad alcuni dei membri più anziani che incontreremmo in gruppi più consolidati, nuova generazione, capisce? Ci vediamo come la forza trainante dietro le tendenze piuttosto che come seguaci».

«Capisco».

«Felicity o Gary le hanno mai dato motivo di preoccupazione?» disse Laura. «Qualcuno di loro sembrava depresso nelle ultime settimane?»

«Non che abbia notato. Anzi, Felicity era sempre allegra. Un po' volgare, ma con buone intenzioni. Non parlavo molto con Gary... dopotutto, sono un investitore, e lui non gestiva il tipo di attività che mi interessa, quindi non parlavamo molto».

«Come andava con il resto del gruppo?» disse Barnes.

«Abbastanza bene, suppongo. Damian ha alcune idee interessanti, e l'altro uomo...» Sebastian s'interruppe, fissò il vuoto, poi schioccò le dita. «Ecco, Tom, quello delle motociclette. Lui. Può essere un po' riservato. Non ho molto a che fare con Helene, non posso davvero fare soldi con l'arte perché non è qualcosa che mi interessa e non mi piace molto quello che disegna. Felicity aveva qualcosa di promettente. Era tutta entusiasmo e mancanza di direzione, ma era brava nel marketing di contenuti».

«Le ha mai chiesto di fare un po' di design d'interni qui?» disse Laura, scrutando le finestre.

«Santo cielo. Certamente no. I suoi gusti erano, ehm, un po' troppo avant-garde per un posto come questo. Mamma e papà si sarebbero rivoltati nella tomba se l'avessi lasciata libera qui».

Laura rabbrividì interiormente mentre lui rideva sguaiatamente.

«Signor Groves, fatico a capire cosa spera di ottenere da questo gruppo». Barnes si prese un momento per guardarsi intorno, poi accennò con il mento verso l'auto sportiva nel garage. «Voglio dire, non ha mai temuto che potessero approfittarsi di lei e dei suoi soldi?»

Sebastian sospirò. «Suppongo che li trovi divertenti. Mi dà qualcosa da fare, voglio dire, non devo lavorare o altro, quindi è divertente avere un hobby, no? Inoltre, quando trovo qualcosa in cui investire mi assicuro sempre di ottenere la parte migliore dell'affare, quindi quando iniziano a fare soldi, li faccio anch'io. È solo questione di tempo prima che Damian o qualcun altro sfondino. Suppongo che abbia sentito parlare del suo presunto acquirente?» Guardò dall'alto in basso. «Speravo di poter investire nella sua attività, ma nemmeno io posso permettermi quel tipo di prezzi. Non da quello che ho sentito dall'interno comunque».

«Ha mai frequentato il nuovo night club di Maidstone?» disse Laura.

La sua bocca si spalancò. «Spero proprio di no. Che tipo di uomo pensate che sia? Non è davvero il tipo di locale dove si vuole essere visti».

«Aveva idea che sia Felicity che Gary avessero problemi di dipendenza da droghe?» disse Barnes.

Sebastian si portò la mano al petto, con un'espressione addolorata. «Assolutamente no. Se l'avessi saputo, avrei voluto aiutarli. Tutto questo è stato un vero shock. Sono sicuro che possiate capire. Ora, se mi scusate, la mia decapottabile ha la revisione alle quattro. C'era altro?»

Laura chiuse di scatto il suo taccuino mentre Barnes sforzò un sorriso e gli porse un biglietto da visita.

«Per ora è tutto, signor Groves. Magari potrebbe chiamarmi se le venisse in mente qualcosa che potrebbe aiutare con le nostre indagini.»

«Certamente, detective. Lo farò.»

Girando sui tacchi, Laura marciò attraverso la ghiaia e

attese vicino all'auto di servizio che Barnes la raggiungesse.

Osservò mentre Sebastian chiamava il suo cane, che stava annusando intorno allo pneumatico anteriore con troppo entusiasmo per i suoi gusti, e scomparve nei confini del garage.

Barnes aveva un'espressione tempestosa quando la raggiunse.

«Ai miei tempi, l'avremmo definito un bamboccione», disse accigliato, e aprì la portiera del passeggero.

Laura sorrise. «Io penso che sia uno stron…»

«Sali in macchina, Hanway.»

CAPITOLO 38

Gavin si girò e sorrise mentre cercava di liberare un angolo del piumone da sotto la sua ragazza addormentata.

Il suo respiro leggero gli solleticava la pelle mentre delicatamente sfilava il braccio da sotto di lei e si strofinava gli occhi assonnati.

Era ancora buio oltre le tende della camera da letto, un merlo entusiasta stava scaldando le corde vocali nel giardino sottostante grande quanto un francobollo. Il traffico mattutino iniziava a farsi strada oltre la svolta per la strada chiusa, le sottili finestre della sua minuscola casa a schiera moderna a due camere facevano ben poco per attenuare il suono di una sirena d'ambulanza che sfrecciava via.

Leanne borbottò qualcosa di incomprensibile e poi alzò la testa, i capelli scuri arruffati e crespi. «Gav? Che ore sono?»

«Le cinque. Torna a dormire.»

Lei sbuffò, si girò, portandosi dietro la maggior parte del piumone, e prontamente fece proprio così.

Il suo turno era finito alle nove la sera precedente, e non doveva presentarsi all'unità di ricerca e soccorso dei vigili del fuoco della contea per altri due giorni.

Era esausta.

Gavin allungò la mano e spense la sveglia sul telefono, poi mise le mani dietro la testa e fissò il soffitto.

Dimenticatosi del sonno, i suoi pensieri si volsero al lavoro e alla rapina nell'ambulatorio veterinario di Adam.

Frustrato dalla mancanza di tempo che aveva dedicato all'indagine, e rassegnato ad aiutare Barnes con gli interrogatori associati alle morti di Felicity e Gary, aveva avuto poco tempo per pensare al suo carico di lavoro.

La notizia che Adam sarebbe dovuto tornare al lavoro alla fine della settimana senza progressi da riferire su chi lo avesse aggredito pesava molto su Gavin.

Mentre la luce oltre la fessura delle tende cominciava a diventare di un grigio sbiadito, il dubbio si insinuò e lui sospirò.

Aveva fatto le domande giuste a Scott e Stephanie quando li aveva intervistati?

Gli avevano detto qualcosa di sfuggita che aveva perso?

Chiuse gli occhi, ricordando alcuni dei filmati delle telecamere di videosorveglianza che aveva guardato, sia dai file forniti da Scott, sia da quelli delle telecamere del consiglio comunale.

Il modo in cui tutto nell'ambulatorio era sembrato tranquillo, normale dopo che Stephanie aveva lasciato il lavoro per la giornata.

I minuti che scorrevano nell'angolo destro dello

schermo del suo computer mentre guardava Adam, a testa bassa, seduto curvo sul suo laptop.

L'improvviso terribile momento in cui Adam si era reso conto che qualcosa non andava, ma non aveva avuto tempo di difendersi, e la successiva pausa in cui il suo aggressore forse si era chiesto se fosse andato troppo oltre nella sua ricerca dei farmaci.

La mascella di Gavin si serrò al ricordo del ladro che si chinava sulla figura immobile di Adam e gli toglieva le chiavi una frazione di secondo prima di girarsi e precipitarsi verso l'armadietto di sicurezza, e la fretta con cui i farmaci erano stati poi gettati in una borsa di tela.

«Avanti», mormorò, aprendo gli occhi. «Ci deve essere qualcosa.»

Sospirò, buttò via quel poco delle coperte che era riuscito a trattenere, e guardò lo schermo del telefono.

Le sei.

«Al diavolo. Tanto vale andare», sbuffò.

«Che c'è, Gav?»

Guardò oltre la spalla e vide Leanne seduta, il piumone aggrovigliato intorno a lei, e sorrise alla vista del suo viso assonnato.

«Niente, vado presto in ufficio, tutto qui.» Si avvicinò e la baciò. «Ci vediamo più tardi. Ti va di uscire a cena da qualche parte stasera?»

Lei sbadigliò. «Sembra un'ottima idea. Mi chiami più tardi?»

«Certo.»

Raccolse i suoi vestiti, calcolando di fare una doccia veloce prima di uscire dalla porta, già pianificando cosa avrebbe fatto quando fosse arrivato nella sala operativa.

«Gav?»

Si voltò al suono della voce di Leanne. «Sì?»

«Non lasciare che ti divori, va bene? La svolta arriverà.»

«Lo spero proprio.»

CAPITOLO 39

Gavin corse verso la porta sul retro della centrale di polizia, con i capelli ancora bagnati dalla doccia e il respiro che si condensava davanti al viso.

«Ti prenderai un raffreddore correndo in giro così», disse Teresa, una delle assistenti amministrative. Aspettava con la punta della scarpa che teneva aperta la porta per lui, mentre bilanciava la custodia del laptop e una borsa carica tra le braccia. «Era quello che mi diceva sempre mia madre».

Lui lasciò che la porta si chiudesse con un tonfo alle loro spalle e sorrise. «Anche la mia».

«Come stai procedendo con l'effrazione alla clinica veterinaria?» Posizionò il suo tesserino di sicurezza contro il pannello accanto alla porta interna e poi guidò la strada su per le scale. «Ti piace essere tu a guidare le indagini per una volta?»

«In effetti, sì». Fece un timido sorriso quando intercettò il suo sguardo complice. «Vorrei solo che non stessimo parlando di Adam».

«Da quello che stanno dicendo alcune persone, però, stai facendo un buon lavoro. So che è un caso difficile».

«Grazie, Teresa».

«Non c'è problema... e fammi sapere se hai bisogno di una mano con qualcosa. Sono solo a una telefonata di distanza».

Lei fece un piccolo cenno mentre continuava a salire le scale verso il suo ufficio, e Gavin proseguì lungo il corridoio verso la sala operativa, con una rinnovata sicurezza nel passo.

Una volta davanti al computer, caricò sullo schermo i file delle telecamere di videosorveglianza dell'azienda farmaceutica e trovò il suo punto di partenza per la giornata.

Dave Morrison vagò dal cucinino e agitò la sua tazza di tè verso lo schermo. «Ho già fatto tutti quelli del weekend prima dell'effrazione, quindi salta quelli».

«Davvero? Grazie, questo mi farà risparmiare un po' di tempo, almeno».

«Nessun problema. Avevo un'ora da far passare prima di dover essere in tribunale ieri».

«Qualcosa di rilevante?»

«Non proprio, niente che saltasse all'occhio comunque. Ho appena finito di aggiungere le mie note al database, così potrai consultarle se necessario. Devi fare solo quello di lunedì scorso, e quello è tutto».

«Fantastico, grazie. Stai uscendo di nuovo?»

«Sì. La Procura mi vuole in tribunale per le otto e mezza per una chiacchierata prima di entrare».

«Va bene, ci vediamo dopo».

Gavin chinò la testa verso lo schermo mentre l'agente

in uniforme si allontanava, e avviò la registrazione, con la penna sospesa sopra il taccuino.

Ormai conosceva il percorso del furgone delle consegne quasi quanto il conducente, annotando le fermate fatte in un periodo di quattro ore.

Le soste prima di quella effettuata alla clinica di Adam erano più brevi, con l'autista che estraeva solo piccoli pacchi dal retro del veicolo ogni volta.

Reprimendo uno sbadiglio, Gavin si sedette più dritto quando vide il veicolo prendere una svolta familiare dalla rotonda vicino alla clinica, e rallentò la riproduzione.

Ma non c'erano veicoli sospetti che seguivano l'autista della consegna, né motociclette che si infilavano nel traffico per stargli dietro.

In effetti, il traffico era scarso e il furgone svoltò nella clinica veterinaria senza intoppi.

Gavin gettò giù la penna e sospirò. «Merda».

Tamburellò le dita sulla scrivania per un momento, poi allungò la mano verso il mouse e selezionò il gruppo di file che Scott Mildenhall aveva fornito il mattino dopo la rapina. Ognuno aveva ora una nota corrispondente nel database dell'indagine e, mentre scorreva le osservazioni che lui e Laura avevano fatto la settimana scorsa, si fermò.

«Come ha fatto...?»

«Parli di nuovo da solo?» lo prese in giro Debbie mentre passava con tre risme di carta strette al petto. «Primo segno di...»

«A volte aiuta, Debs».

Si diresse alla scrivania di Laura, frugando nel vassoio della posta in arrivo della collega dove copie di dichiarazioni di testimoni erano impilate ordinatamente pronte per l'archiviazione.

Sfogliò le pagine, i suoi occhi che scorrevano i nomi in cima a ogni fascicolo spillato finché non trovò quello attribuito a Daisy Stiles e tornò al suo schermo.

Sforzandosi di leggere lentamente, Gavin fece scorrere il dito lungo le pagine fino a raggiungere la fine, con il cuore che batteva forte.

«Ci è sfuggito qualcosa», mormorò.

Mettendo da parte la dichiarazione, aprì la cartella contenente la raccolta dei file delle telecamere di videosorveglianza della clinica veterinaria e cercò quelli delle telecamere esterne. Mandando avanti velocemente il file, si avvicinò allo schermo mentre guardava Daisy Stiles affrettarsi fuori dalla porta principale.

Invece di camminare verso un'auto come lui e Laura avevano supposto, la donna continuò lungo il vialetto verso la strada principale, con il trasportino per gatti che oscillava leggermente con il suo passo.

«Dove stai andando?» mormorò Gavin.

Chiuse il file e localizzò rapidamente le registrazioni delle telecamere di videosorveglianza che Andy Grey aveva recuperato dal database del comune per la stessa data e ora, e seguì Daisy mentre si allontanava dalla clinica e vagava un po' più avanti fino a una fermata dell'autobus.

In pochi istanti, una piccola utilitaria accostò al marciapiede e lei salì, posizionando il trasportino sulle ginocchia prima che l'auto accelerasse.

Gavin mise in pausa la registrazione quando l'auto passò sotto un lampione e congelò il fotogramma.

«Ti ho preso».

«Buongiorno, Gav».

Alzò lo sguardo al suono della voce di Barnes e vide il collega in piedi accanto a Kay, entrambi che ora guardavano intensamente la lavagna mentre conversavano a bassa voce.

«Buongiorno».

Abbassando di nuovo la testa al suo lavoro, digitò una stringa di ricerca per la targa dell'auto.

«Mmh. Mi chiedo...»

Aprendo un browser Internet, digitò il nome e iniziò a scorrere i risultati.

Trovò quello che stava cercando a pagina cinque.

Un'altra ricerca, questa volta per verificare i nomi delle persone che erano stati dati alla squadra nel corso della settimana e registrati nel database per seguire con le interviste.

Ed eccolo lì.

Gavin spinse indietro la sedia, le sue lunghe gambe lo portarono attraverso la sala operativa in pochi secondi.

«Capo, credo che dovresti sentire questa».

Kay si girò dalla lavagna, con gli occhi interrogativi. «Che cos'hai trovato?»

«L'ultima cliente a presentarsi allo studio di Adam lunedì sera è stata una donna di nome Daisy Stiles», disse Gavin, cercando di non incespicare sulle parole per l'eccitazione. «Laura ed io le abbiamo parlato giovedì pomeriggio perché era stata vista mentre lasciava l'ambulatorio prima che venisse chiamato il suo appuntamento. Ci ha detto allora che non pensava che il gatto di sua madre fosse così malato dopo tutto e che aveva cambiato idea. Il fatto è, capo, che Daisy non è andata dal veterinario in macchina, e ho commesso un errore perché non ho pensato di chiederle al momento».

«Chiederle cosa?» disse Barnes.

«Chi ce l'ha portata». Gavin fece un respiro profondo. «Ho controllato le registrazioni delle telecamere di videosorveglianza a circuito chiuso del comune, ed è stata prelevata da un tizio alla guida di una utilitaria di sei anni lungo la strada dall'ingresso. Ho controllato il numero di targa proprio adesso. L'auto appartiene a Xander Beech».

Kay sbatté le palpebre. «Non è imparentato con Damian Beech?»

«È il suo fratello minore, ho trovato una vecchia foto di una giornata sportiva scolastica in cui sono insieme, in una newsletter della comunità che è stata archiviata online».

Barnes fece un respiro profondo. «Cazzo, Gav. Questo cambia le cose, non è vero? Voglio dire, abbiamo Felicity Gregor che partecipa a un esclusivo club per piccole imprese gestito da Damian, e ora Daisy Stiles che lascia l'ambulatorio veterinario con suo fratello minore poco prima che Adam venga aggredito e tutti i farmaci vengano rubati».

«Potrei andare a vederlo dopo il briefing di questa mattina», disse Gavin. «Vedere cosa ha da dire per sé stesso».

«Penso che dovresti». Barnes sorrise. «Ottimo lavoro».

«Dieci su dieci per la perseveranza, Gav». Kay si passò una mano tra i capelli mentre il suo sguardo tornava alla lavagna. «Penso che tu sia sulla buona strada».

«Tutti vogliamo aiutare, capo», disse Gavin. «Quando chiunque abbia fatto questo ha aggredito Adam, l'ha resa una questione personale».

CAPITOLO 40

Quando il resto della squadra li raggiunse per il briefing, la notizia della scoperta di Gavin si era già diffusa nella stanza, e i volti che fissavano la lavagna mostravano un rinnovato interesse.

«Capo? Com'è andata ad Adam ieri all'ospedale?» chiese Debbie mentre porgeva a Kay un ordine del giorno.

«Autorizzato a tornare al lavoro lunedì», disse Kay, sorridendo. «Grazie per avermelo chiesto».

«Eravamo tutti preoccupati, capo. È una bellissima notizia».

L'incaricato dei reperti si sedette accanto a Laura in prima fila e passò il resto degli ordini del giorno oltre la sua spalla a un altro agente. Kay rivolse la sua attenzione a Barnes mentre lui aspettava che tutti si fossero sistemati.

«Bene, un rapido aggiornamento prima del briefing principale», iniziò. «Gavin ha scoperto che il fratello minore di Damian Beech, Xander, si trovava nelle vicinanze della clinica veterinaria solo poche ore prima dell'aggressione ad Adam e del furto di chetamina. È stato visto dare un passaggio a una donna, Daisy Stiles, che è fuggita dall'ambulatorio prima che venisse chiamata per l'appuntamento. Lei ci ha già detto di aver semplicemente cambiato idea, ma ovviamente il collegamento con i fratelli Beech deve essere approfondito. Laura, vuoi illustrarci velocemente i colloqui che hai fatto ieri con Helene Becker e Tom Weston?»

«Sergente, Helene era visibilmente sconvolta per le morti di Felicity e Gary», disse Laura. «Non sapeva che entrambi facessero uso di droghe. Ha detto che Felicity era piuttosto riservata quando si è unita al loro club della colazione, ma nel giro di pochi mesi stava diventando… con le sue parole, sia chiaro… una rompiscatole».

Una risatina serpeggiò tra gli agenti riuniti prima che Barnes li fulminasse con lo sguardo.

«In che senso?» chiese.

«Helene pensava che Felicity si stesse sforzando troppo per impressionare gente come Damian e Sebastian Groves». Laura arricciò il naso al nome dell'uomo. «Dopo quello che Sebastian ha detto di lei ieri, penso che stesse combattendo una battaglia persa in partenza».

«Infatti». Barnes fece roteare gli occhiali da lettura tra le dita mentre fissava la lavagna. «Cosa ha detto riguardo a Gary?»

«Solo che era tranquillo, ma stava cercando di usare i soldi che guadagnava col day trading per avviare un'altra attività. Lei pensava che avesse a che fare con investimenti immobiliari, su larga scala, sia chiaro. Posti come magazzini di dimensioni industriali piuttosto che case».

«Questo coincide con quanto hanno detto i suoi genitori agli agenti in uniforme durante il fine settimana,

Sergente», disse Kyle Walker. «Ho letto le loro dichiarazioni, e sostenevano che dovesse visitare un locale la prossima settimana e che potesse aver fatto un'offerta».

«Qualche indicazione da parte loro sulla sua tossicodipendenza?»

«Sospettavano che potesse aver sperimentato di tanto in tanto, queste erano le parole di sua madre», disse Kyle, «ma non pensavano fosse niente di serio».

«Ok. Laura, cosa ci dici di Tom Weston, il tizio delle moto personalizzate. Che ha detto di sé?»

«Non sembrava avere molto interesse per gli altri», disse. «Pensava che Sebastian Groves fosse, e cito testualmente "uno stronzo", e tollerava Damian solo perché assumeva autorità sul gruppo e organizzava i loro incontri. Non aveva interesse per Felicity... ha detto che lei aveva cercato di flirtare con lui quando si era unita al gruppo, e poi si era offesa quando lui le aveva detto che non era interessato perché aveva una moglie e due bambini piccoli; ha detto che Gary era così silenzioso che spesso dimenticava che fosse presente».

«Viene da chiedersi perché si sia preoccupato di rimanere nel gruppo», disse Kay. «Perché si è unito in primo luogo?»

«Ha detto che sperava lo aiutasse a sviluppare la sua presenza online perché, quando ha iniziato non era molto sicuro con i social media e il marketing di contenuti. Tom ha detto che sua moglie da allora sta imparando tutto questo e che comunque stava pensando di lasciare il gruppo il mese prossimo. Sostiene che l'unico motivo per cui è rimasto così a lungo è perché la colazione che l'hotel offre è così buona».

Questa volta, Barnes si unì alle risate. «Un uomo che mi piace molto. C'è motivo di sospettare di lui, Laura? Potrebbe essere il nostro spacciatore?»

Lei scosse la testa. «Ha la fedina penale pulita, capo, e quando ero a casa sua, era chiaramente un padre devoto, sua moglie era fuori, e lui stava giocando con i due bambini mentre parlavamo. Ah, e le motociclette sono stupende…»

«Va bene. Inserisci queste dichiarazioni in HOLMES2 se non l'hai già fatto». Barnes fece un cenno a una donna che si aggirava ai margini del gruppo. «Andiamo avanti. Grazie alle abilità diplomatiche dell'Ispettore capo investigativo Sharp, non solo abbiamo l'Ispettrice Hunter di nuovo con noi, ma abbiamo anche un nuovo responsabile della gestione delle indagini a bordo per aiutare Debbie. Vorrei presentarvi Anna Clifton».

Kay si unì al leggero applauso diretto alla donna, che arrossì per l'attenzione e alzò la mano in segno di saluto.

«Anna è stata distaccata da Northfleet per lavorare su entrambe le indagini, quindi sarà a disposizione per aiutare tutti voi ad assicurarvi che la vostra documentazione sia aggiornata e pronta per essere trasmessa alla Procura della Corona quando saremo pronti». Barnes sorrise. «Si assicurerà anche che i pezzi grossi non possano trovare difetti nel vostro lavoro se dovessero passare a trovarci. A proposito di compiti: tutti voi, controllate con Debbie dopo questo briefing per vedere cosa abbiamo in programma per oggi. Infine, Gav: cos'hai scoperto su Xander Beech mentre noi parlavamo?»

Kay si sporse dietro di sé mentre il detective alzava lo sguardo dallo schermo del telefono.

«Le piacerà, sergente. È un DJ, anche se sta cercando di farsi un nome come produttore, e il suo ritrovo abituale è il nightclub che stavamo sorvegliando sabato sera».

«Bene», disse Barnes, lasciando cadere il pennarello sulla scrivania accanto a lui e abbottonandosi la giacca, «andiamo a fare due chiacchiere con il signor Beech più giovane, va bene?»

CAPITOLO 41

Gavin bussò con le nocche alla porta dell'appartamento e fece un passo indietro, lanciando uno sguardo lungo il corridoio.

Una stretta finestra in fondo lasciava entrare una misera quantità di debole luce solare, con muffa attaccata al davanzale e chiazze di umidità che punteggiavano le piastrelle del soffitto.

Le pareti erano di mattoni a vista anziché intonacate, e notò che diverse lampadine mancavano dai portalampade.

Barnes stava leggendo un avviso di evacuazione antincendio ingiallito in una cornice di vetro appesa al muro accanto alla porta, e sbuffò.

«Cristo, ci vorrebbe un sacco di tempo per navigare in questa tana di coniglio al buio».

Si voltarono quando una catena sbatté contro il retro della porta, e poi il cigolio di una serratura prima che si aprisse leggermente.

Occhi scuri sbirciarono da sotto una frangia spettinata e floscia. «Chi siete?»

Gavin mostrò il suo tesserino. «Agente Piper, e il mio collega detective sergente Ian Barnes. Xander Beech?»

«Sì. Che volete?»

«Una parola. Le dispiace se entriamo?»

«Aspettate. Devo mettermi i pantaloni».

Il volto scomparve, e Gavin si girò verso Barnes.

«Intende nel senso americano, o...»

«Lo spero. Dopo di te».

Gavin sospirò e spinse la porta, resistendo all'impulso di coprirsi il naso con la manica mentre un odore acre e stantio lo assaliva.

Xander Beech apparve da una porta sulla destra, in equilibrio su una gamba mentre si infilava un paio di jeans, la sua pelle pallida quasi traslucida nella scarsa luce.

«Porca miseria, datemi un attimo, volete?» brontolò, poi scomparve di nuovo in quella che Gavin suppose fosse la sua camera da letto, prima di riemergere mentre si tirava una felpa sopra la testa. «Il soggiorno è da questa parte».

Il giovane camminò silenziosamente sul pavimento rivestito di moquette fino a una stanza open space sul retro dell'appartamento che era stata divisa in parte salotto e parte cucina.

Con sollievo di Gavin, Xander spinse aperta una finestra sopra il lavandino e rivolse loro un sorriso contrito.

«Scusate. Non faccio molte pulizie da quando la mia ragazza mi ha lasciato».

Il suo senso dell'umorismo svanì quando Gavin recitò l'avvertimento formale. Si lasciò cadere nella poltrona logora più vicina e iniziò a stuzzicare un buco nei suoi jeans mentre i due detective trovavano un posto dove appoggiarsi piuttosto che rischiare di sedersi sul divano.

Barnes tirò fuori il suo taccuino e fece un rapido cenno a Gavin.

«Xander, stiamo indagando sulle morti di Felicity Gregor e Gary Lovell» iniziò Gavin. «Conosce uno dei due?»

«Sì. Cioè, solo di sfuggita, ecco. Mio fratello usciva con loro per lo più. Un club d'affari che gestisce».

«Li ha mai incontrati lì?»

«Sì. Occasionalmente. Quando Damian diceva che potevo andarci». Xander emise una risata amara. «Non mi considera all'altezza del suo piccolo gruppo».

«Li ha mai incontrati nel club in città dove fa il DJ?»

Il giovane si appoggiò allo schienale della poltrona e si succhiò le guance.

«Forse» disse alla fine. «Difficile ricordare. Di solito sono impegnato a lavorare, capisce, e quando sono tra una sessione e l'altra ci sono molte persone che vogliono parlarmi. Non posso ricordarmi tutti quelli che vedo, sono così tanti».

«Lei spaccia droga, signor Beech?»

«Cosa?»

«Chetamina in polvere, in particolare». Gavin inclinò la testa di lato mentre lo sguardo di Xander scivolava verso la finestra. «Spaccia droga mentre si trova nel night club?»

Xander scosse il capo con veemenza. «No. No, non lo faccio. Faccio il DJ al club, part-time. Sto appena iniziando, quindi accetto quello che posso come lavoro. Sì, va bene, questo posto non sembra granché, ma...»

«Vuole avere successo, come Damian».

«Non mi dispiacerebbe».

«Il night club... è lì che ha incontrato Daisy Stiles?»

Gavin osservò il panico attraversare il volto dell'uomo prima che si riprendesse e tentasse una scrollata di spalle noncurante.

«Non ricordo».

«Ma lei conosce Daisy Stiles».

Xander sospirò, si alzò in piedi e attraversò la stanza fino alla finestra a tutta altezza.

Uno stretto balcone era stato costruito oltre il vetro, e Gavin osservò nervosamente mentre Xander indugiava sulla porta, chiedendosi se stesse per fare qualcosa di drastico, o stupido.

Invece, l'uomo si voltò verso di lui, con gli occhi che si indurivano.

«È una sciocca. La conosco, sì, ma non così bene. Eravamo insieme alle superiori, tutto qui».

«La conosce abbastanza bene da incontrarla fuori dalla clinica veterinaria Turner lunedì scorso. Perché l'ha raccolta fuori, invece che nel parcheggio?»

«Non lo so. È lì che ha detto che dovevo incontrarla».

«Dove siete andati dopo?»

Xander sbatté le palpebre. «L'ho portata a casa».

«E poi?»

«Niente. Sono tornato qui. Ha detto che doveva andare a prendere i suoi genitori all'aeroporto; quindi, non è che sarei potuto andare con lei, no?»

«Perché non è andata in macchina da sola dal veterinario?»

«Ha detto che quel suo gatto non viaggia volentieri.

Non voleva che facesse storie mentre guidava nel caso avesse un incidente».

«Ed è tornato direttamente qui dopo averla portata a casa?»

«Sì».

«C'è qualcuno che può confermarlo?»

«Damian».

«Damian?» Gavin alzò le sopracciglia, poi guardò Barnes. «Cosa stava facendo qui?»

«Giocavamo». Xander indicò una console sotto il televisore, con due controller gettati caoticamente sopra di essa.

«Un attimo fa, ho avuto l'impressione che lei non amasse molto suo fratello».

«Siamo fratelli». Un'altra scrollata di spalle. «Abbiamo giorni buoni e giorni cattivi, come chiunque altro».

«Chi ha vinto?» disse Barnes.

«Cosa?» Xander aggrottò la fronte.

«Ho detto, chi ha vinto?»

«Damian. Vince sempre lui».

Gavin sentì lo sconforto nella voce di Xander, tirò fuori dalla tasca della giacca un biglietto da visita e glielo porse. «La contatteremo se avremo altre domande. Ci accompagniamo da soli all'uscita».

CAPITOLO 42

Quando Kay entrò con la macchina nel parcheggio della Clinica veterinaria quel pomeriggio, trovò un posto vicino al retro dell'ambulatorio e scorse Adam accanto a uno dei recinti esterni mentre scendeva dall'auto.

«Il cancello è aperto», gridò lui. «Vieni pure.»

Complimentandosi mentalmente per aver indossato gli stivaletti alla caviglia al lavoro quella mattina, spinse il cancello di sicurezza nel cortile per aprirlo e camminò tra i recinti, facendo un passo di lato quando un giovane alpaca allungò il collo tra le sbarre di legno di uno di essi e tentò di mordicchiarle la gamba dei pantaloni.

«Ehi, lasciami stare.»

«Smettila di dare da mangiare agli animali.»

«È il contrario.» Kay sorrise mentre Adam la tirava in un abbraccio. «Pensavo che non saresti dovuto tornare qui fino alla fine della settimana? Ti mancano ancora due giorni.»

«Sto solo vedendo cosa mi sono perso.» Le rivolse un

sorriso imbarazzato. «E sì, va bene, forse ho guardato un po' di scartoffie.»

«Avevi detto...»

«Erano solo le pratiche per il rimborso assicurativo», disse, e la baciò prima di prenderla per mano e condurla verso il recinto dove stava lavorando. «Prima riusciamo a recuperare i soldi per i danni, meglio è per la mia liquidità. Ecco, aiutami a dar da mangiare a Casper, e poi entriamo. Si sta facendo freddo qui fuori.»

«Casper?»

Adam indicò il recinto accanto a lei e sorrise. «Casper, la capra amichevole.»

Prendendo il secchio di mangime che lui le porgeva, Kay alzò gli occhi al cielo. «Sapevo che mi sarei pentita di aver chiesto.»

Dieci minuti dopo, si affrettarono attraverso la porta sul retro dell'ambulatorio, e mentre Kay si toglieva la giacca notò i nuovi accessori in ottone che Adam chiuse prima di accendere le luci di sicurezza automatiche per i recinti esterni.

Erano state installate telecamere aggiuntive negli angoli del soffitto, e mentre lo seguiva fuori dal magazzino e lungo il corridoio verso il suo ufficio e le sale per le visite, si fermò un momento per controllare alle sue spalle.

«Scott ha fatto montare anche le serrature alle finestre?»

«Sì, e ora c'è anche un nuovo sistema con tessere magnetiche tra le sale delle visite e l'ufficio sul retro e la sala operatoria.» Adam le fece cenno. «Vieni in reception, lui e Stephanie hanno finito per oggi. Stavano solo aspettando il tecnico del sistema di sicurezza per installare le ultime telecamere.»

Stephanie alzò lo sguardo dal suo schermo del computer quando entrarono nell'area della reception, con il telefono all'orecchio mentre registrava un altro appuntamento per la fine della settimana e Scott frugava nell'archivio accanto a lei.

Lui fece l'occhiolino quando vide Kay. «Pensavo avessimo concordato che l'avresti tenuto lontano dai piedi fino alla prossima settimana?»

«Ho fallito miseramente. Scusa», disse, poi abbassò la voce quando si avvicinò. «E tu hai qualcosa da spiegare riguardo a quel cane. Che diavolo gli ha dato da mangiare il tuo amico?»

«Perché? Qual è il problema?»

«Tutto bene voi due?» disse Stephanie, terminando la chiamata e alzando lo sguardo dal calendario degli appuntamenti.

«Tutto a posto», disse Kay, sforzandosi di sorridere. «Come ve la cavate qui?»

«Quasi tornati alla normalità, ancora meglio ora che abbiamo visto Adam oggi», sorrise la receptionist. «E Terry si è dato da fare per assicurarsi che il nostro sistema di sicurezza fosse completamente aggiornato.»

Indicò un buco nel soffitto dove erano state rimosse quattro piastrelle e scompariva una scala in alluminio.

Due grandi stivali da lavoro apparvero sul gradino più alto, e poi un uomo scese, con la fronte lucida di sudore.

Annuì quando vide Kay, poi rivolse la sua attenzione ad Adam e Scott. «Altri quindici minuti e credo che avrò finito.»

«Grazie, Terry», disse Scott. «Stephanie ha una carta aziendale per occuparsi del pagamento prima che tu vada.»

«Grazie, amico. Apprezzo.»

Terry raccolse delle tenaglie e un cacciavite dalla borsa degli attrezzi sul pavimento piastrellato e tornò al lavoro.

Kay rabbrividì mentre lo guardava salire sulla scala e strisciare nuovamente nella cavità del soffitto. «Non avrei mai pensato che avremmo dovuto fare questo. Non qui.»

«È un segno dei tempi», disse Adam. «Purtroppo, non abbiamo scelta, non ora. È come hai detto tu, non sarà l'ultima volta che qualcuno irrompe, ma con un po' di fortuna la prossima volta avremo maggiori possibilità di catturare chiunque sia.»

«Cosa hai deciso di fare alla fine con il lavoro?» disse lei. «Rientrare gradualmente, o provare a fare un giorno intero per vedere come va?»

«Ho pensato di venire sabato, fare il turno di mattina come al solito, poi prendere domenica libera», disse lui. «Penso che per lunedì starò bene. Oh, questo mi ricorda, vuoi passare a prendere Oscar all'uscita dal lavoro venerdì, Scott, o vuoi passare nel fine settimana?»

«Come preferisci.» Scott si guardò alle spalle e chiuse il cassetto dell'archivio. «Com'è stato?»

«Un po' puzzolente, ma sto provando a dargli cibi diversi. Si è certamente ripreso in questa settimana però», disse Adam. «Non riesco a stabilire che ci sia qualcosa di seriamente sbagliato in lui.»

«Se sta così bene, forse dovrebbe rimanere con te ancora un po'», disse Scott, con un'espressione impassibile.

Kay lo fulminò con lo sguardo, ma fu interrotta dallo squillo del suo telefono nella borsa.

Quando lo tirò fuori, il nome di Barnes era visualizzato sullo schermo, e rispose prima che andasse alla segreteria.

«Ian? Qualcosa che non va?»

«Capo, è Xander Beech. Qualcuno lo ha aggredito a casa sua, ed è stato ricoverato.»

CAPITOLO 43

Kay parcheggiò la sua auto accanto a un veicolo di pattuglia contrassegnato e sbatté la portiera, prendendosi un momento per valutare la scena di fronte a lei.

Aveva superato una volante all'incrocio con la strada residenziale, diversi curiosi dalle proprietà vicine che fissavano a bocca aperta i veicoli di emergenza che affollavano la strada stretta prima di essere allontanati da una coppia di agenti in uniforme.

«Capo? Da questa parte.»

Individuò la sagoma di Gavin contro i fari di un'ambulanza, i suoi caratteristici capelli a punta e l'altezza lo distinguevano dalle altre persone che si aggiravano all'ingresso del condominio, e si avvicinò per raggiungerlo.

«Cosa è successo?»

«Un vicino ha chiamato, capo.» Si voltò e la guidò all'interno del palazzo, prendendo le scale invece dell'ascensore. «Siamo al secondo piano, Xander è stato aggredito nel suo appartamento, sembra che abbia aperto la porta a chiunque lo abbia attaccato perché non ci sono danni alla serratura o segni di effrazione.»

Si fermò quando raggiunsero il pianerottolo del secondo piano e si fece da parte mentre un paramedico usciva da una porta più avanti sulla destra, seguito da vicino dal suo collega che spingeva Xander su una sedia a rotelle verso la porta dell'ascensore aperta.

La porta si chiuse pochi secondi dopo, e presto sentirono i due operatori dell'ambulanza in fondo alla tromba delle scale che accompagnavano il loro paziente fuori dall'edificio.

«Dove lo stanno portando?» disse Kay.

«A Maidstone. Barnes è appena partito, sta andando anche lui lì, così può prendere una dichiarazione quando i medici glielo permetteranno.»

«E il vicino, quello che ha chiamato?»

«Un certo signor Henry Bradley,» disse Gavin, e indicò con il pollice alle sue spalle un uomo in piedi accanto a due agenti in uniforme all'estremità del corridoio, il volto preoccupato mentre parlava con loro. «Dice di aver sentito voci concitate nonostante il televisore, ma quando ha abbassato il volume ed è arrivato alla porta d'ingresso per guardare fuori, non c'era nessuno in giro. È stato allora che ha notato che la porta dell'appartamento di Xander era aperta. Prima che potesse raggiungerla, un uomo si è precipitato fuori e giù per le scale.»

«È riuscito a vederlo bene?»

«No, l'uomo indossava un cappellino da baseball e l'illuminazione qui non è un granché, come può vedere.»

«E le telecamere di videosorveglianza?»

Gavin sbuffò frustrato. «Il signor Bradley dice che lui e

altri membri dell'associazione dei residenti stanno cercando di farle installare qui da più di due anni.»

«Beh, i proprietari potrebbero riconsiderare la cosa dopo questo. Il vicino è entrato nell'appartamento?»

«Sì, e questo lo ha preoccupato ancora di più. Ha trovato Xander per terra accanto al divano. Il signor Bradley ha detto che Xander era confuso quando lo ha trovato, così ha chiamato il numero d'emergenza. Dato l'indirizzo e le nostre indagini in corso, è per questo che hanno chiamato anche noi.»

«Ha avuto modo di parlare con i paramedici prima che arrivassi?»

«Sì. Sembra che abbia il naso rotto e un paio di dita fratturate. Uno dei paramedici che lo ha curato pensa che potrebbe avere anche una costola o due rotte, ma sono più preoccupati che possa soffrire di emorragia interna, è riuscito a dire loro che è stato ripetutamente colpito allo stomaco.»

«C'è ancora qualcuno là dentro?»

«Kyle Walker sta rilevando le impronte sulla porta e su diverse altre superfici nel caso in cui l'aggressore sia nel sistema. Stiamo solo aspettando che arrivi un fabbro. Il signor Bradley dice che va d'accordo con Xander, quindi si è offerto di pagare fino a quando non uscirà dall'ospedale.»

«Va bene, date le circostanze voglio dare un'occhiata.» Kay guidò il cammino verso la porta aperta e si fermò mentre Walker finiva di applicare la polvere sui pannelli frontali.

Si fece da parte e fece un cenno brusco quando ebbe finito. «Ho fatto anche il soggiorno e la zona cucina, capo. Le farò vedere.»

«Grazie.»

Mise le mani in tasca e varcò la soglia, facendo attenzione a non sfiorare la porta e a non sporcarsi la giacca con la polvere di grafite. Fermandosi alla fine di un breve corridoio, esaminò i danni all'appartamento.

I cassetti della cucina erano stati aperti, le posate gettate sul pavimento insieme a logori strofinacci di cotone, e le sue scarpe scricchiolavano su un miscuglio di granelli di sale e chicchi di pepe sparsi sul linoleum economico.

Il soggiorno aveva subito la maggior parte dell'attacco, con una cornice che pendeva precariamente dal suo gancio sopra il televisore, e una console di gioco con i controller rovesciati sotto il grande schermo. I cuscini del divano giacevano sul pavimento accanto a una pila di vecchie riviste di giochi spinte da un lato, ed era visibile del sangue sul tappeto dove Xander era stato steso.

«È riuscito a dire a qualcuno chi gli ha fatto questo, Gav?» chiese.

«Non ancora, i paramedici non ci hanno permesso di parlargli perché erano preoccupati per il suo stato di salute.»

«Che diavolo è successo qui?» mormorò.

Walker scosse la testa perplesso. «Qualcuno ce l'aveva sicuramente con lui, capo.»

«Non è solo questo, guarda tutto. Non è stata solo una rissa. Chiunque abbia aggredito Xander stava cercando qualcosa. Questo posto è stato perquisito.»

Gavin ruotò in mezzo alla stanza e spostò un cuscino del divano con la punta del piede. «Dovremo ottenere un elenco di qualsiasi bene rubato da Xander quando Barnes lo interrogherà.»

«Le sembra che sia stato rubato qualcosa? Voglio dire, ovviamente il televisore è troppo grande per essere portato via e quella console sembra un modello vecchio, quindi probabilmente non vale molto. Ha notato se Xander avesse un portatile o qualcosa del genere quando è stato qui?»

«No, non l'ho notato.»

«Darò un'occhiata veloce in camera da letto, capo,» disse Walker. «Giusto per sicurezza.»

«D'accordo.»

Esaminò con lo sguardo la devastazione nell'appartamento mentre l'agente si allontanava.

«Pensi che sia stato aggredito perché ha parlato con noi prima?» disse Gavin, con gli occhi preoccupati.

Kay sospirò. «Non so cosa pensare al momento.»

Si voltarono a un grido, vedendo Walker che emergeva dalla camera da letto, mentre le sue mani guantate reggevano un assortimento di piccole scatole e fialette di vetro.

«Ho trovato questo sotto un mucchio di vestiti,» disse. «Immagino che l'aggressore di Xander non sia arrivato fin lì prima di essere disturbato. Alcune di queste sembrano forniture mediche, però, non la solita roba per droghe.»

Gavin prese una delle confezioni e la girò nella mano per leggere l'etichetta attaccata sul lato, ed emise un grugnito sorpreso.

«Capo? Queste sono per animali. Penso che sia quello che è stato rubato dallo a clinica di Adam.»

CAPITOLO 44

Kay afferrò il biglietto del parcheggio dalla macchinetta prima di affrettarsi attraverso un passaggio pedonale e varcare le porte principali dell'ospedale di Maidstone.

Barnes alzò la mano dall'altra estremità di un ampio corridoio piastrellato quando la vide, con il telefono all'orecchio.

Lei attese mentre lui terminava la chiamata, passando lo sguardo sui vari reparti e dipartimenti segnalati con scritte coordinate per colore sul muro accanto a lei, un brivido le attraversò le spalle al ricordo dell'aggressione subita da Adam la settimana precedente.

Il tintinnio di vetri e stoviglie le giungeva dalla caffetteria alla sua sinistra, e distolse lo sguardo dagli sguardi preoccupati che incrociavano il suo mentre pazienti, familiari o amici cercavano di trascorrere qualche momento in contemplazione.

«Capo, era Gavin, dice che l'appartamento è stato messo in sicurezza e il vicino ha le chiavi». Barnes si infilò il telefono in tasca e le diede un colpetto sul braccio. «Xander si trova in una stanza da questa parte».

Le loro scarpe echeggiarono sul pavimento lucido mentre si facevano strada attraverso un flusso costante di portantini, ausiliari e infermieri che si incrociavano nei meandri dell'ospedale. Aperture cavernose lungo il labirinto di corridoi conducevano a reparti specializzati: radiologia, patologia, cardiologia.

Tutto questo passò davanti a Kay in modo confuso mentre si domandava se avrebbero ottenuto qualche risposta da Xander quella sera, o se la gravità delle sue ferite avrebbe significato una lunga attesa prima che i medici gli permettessero di parlare con la polizia.

«Su per queste scale», disse Barnes, tenendole aperta una porta tagliafuoco. «Lo hanno trasferito all'unità di terapia intensiva. È un bastardo fortunato per certi versi, nessuna emorragia interna, ma ha delle contusioni e una costola rotta a quanto pare. Lo terranno dentro un paio di giorni per essere sicuri riguardo all'emorragia comunque».

«È in buone mani qui», rispose lei. «E almeno sappiamo dove si trova, giusto?»

«Gavin ha accennato che avete trovato i farmaci rubati dalla clinica di Adam nell'appartamento di Xander?»

«Stavamo cercando di capire se chi gli ha fatto questo gli avesse rubato qualcosa, tipo un portatile o altro». Kay si fermò, con la mano sulla porta che conduceva fuori dal pianerottolo del primo piano. «Devo dire che non mi aspettavo i farmaci».

Barnes la seguì nel corridoio, scuotendo la testa.

Lei notò che l'atmosfera qui era diversa, più calma.

Nonostante una sottocorrente di efficienza professionale, dopo tutto, la maggior parte dei pazienti in questi reparti era in condizioni critiche, la sensazione generale che Kay percepiva era di tranquilla determinazione.

Il volume delle voci era più basso, tanto che poteva sentire il rumore persistente delle bocchette dell'aria condizionata sopra la sua testa.

«È da questa parte», disse Barnes, indicando una postazione degli infermieri.

La caposala alzò lo sguardo da una cartella clinica mentre si avvicinavano e fece un sorriso stanco.

«Di nuovo qui così presto, Detective Barnes?»

«La mia Ispettrice, Kay Hunter», disse lui a mo' di presentazione. «Ci chiedevamo se ci fosse stato qualche miglioramento nel vostro paziente, e se potessimo già parlargli».

L'infermiera strinse le labbra. «Temo che non possiate parlare con Xander stasera, detective. Il suo medico è appena stato qui per controllarlo, e gli è stato somministrato un leggero sedativo. Dopodiché, da domani sarà consentito l'accesso solo ai familiari fino a quando non riceverà il via libera».

«Va bene», disse Kay, ringraziando l'infermiera e allontanandosi dalla scrivania. «Chiederò a Sharp di autorizzare un agente a rimanere di guardia qui finché Xander non parlerà con uno di noi. Considerando che abbiamo due morti per chetamina e il furto, credo che il giovane signor Beech potrebbe rappresentare un rischio di fuga in queste circostanze».

«Mi sembra un buon piano, capo. Mi assicurerò che venga interrogato non appena si sveglia».

«Sarà una discussione interessante...» Il telefono di Kay vibrò e lei lesse il nuovo messaggio. «Bene. Laura dice che ha parlato con il laboratorio, ha citato il nome di Peter Gregor e ha organizzato i test per domani sui farmaci trovati nell'appartamento di Xander».

Barnes sorrise. «Impara in fretta».

«Beh, fintanto che non prevede quel tipo di rapidità in ogni caso su cui lavora, andrà benissimo».

Il sorriso di Barnes svanì, la sua espressione divenne preoccupata mentre lei sentiva passi pesanti alle sue spalle.

Guardando dietro di sé, vide un uomo che riconobbe come Damian Beech affrettarsi verso di loro. Indossava una giacca da motociclista e teneva un casco integrale sotto un braccio mentre si passava una mano guantata di pelle tra i capelli.

«Detective Barnes?» Strinse la mano al detective più anziano, che presentò Kay prima di fare un gesto verso le porte chiuse.

«L'infermiera ci dice che hanno sistemato Xander per la notte, ma sono sicuro che potrà dirle di più».

«Grazie. Sapete chi gli ha fatto questo?»

«Siamo solo all'inizio, Damian, ma abbiamo agenti che stanno raccogliendo testimonianze dai vicini e controlleremo qualsiasi telecamera di videosorveglianza nella zona».

«Appena l'ho saputo, sono dovuto venire qui. È tutto quello che ho».

«E il resto della vostra famiglia?» disse Barnes.

Damian fece una smorfia. «Nostro padre è morto circa

dieci anni fa, e non parliamo con nostra madre, ci ha abbandonato quando avevo sei anni».

Kay gli posò una mano sul braccio. «Abbiamo alcune domande che vorremmo farle. Parli con la caposala e si informi sulle condizioni di suo fratello, poi andremo a prendere un caffè di sotto».

CAPITOLO 45

«Ecco qui. Nero, due bustine di zucchero... e ho chiesto di metterci un po' d'acqua fredda, così puoi berlo subito».

Barnes spinse un bicchiere di caffè da asporto attraverso il tavolo di formica verso Damian e si sedette accanto a Kay, poi osservò mentre l'uomo si toglieva i guanti di pelle spessa, lasciando le fodere di lana, e avvolgeva le mani intorno alla bevanda calda.

«Grazie. Fa un freddo dannato là fuori stasera, e per di più piove. Non sento più le mani».

«Non è proprio la serata ideale per uscire in moto».

«Non dirlo a me».

«Damian, date le circostanze, dobbiamo rendere questa conversazione formale». Kay tirò fuori il suo taccuino dalla borsa e tolse il cappuccio a una penna, con movimenti efficienti mentre liberava la superficie del tavolo dai resti delle bustine di zucchero e li lasciava cadere sul vassoio di plastica al suo fianco.

Barnes guardò dietro di sé, ma le persone più vicine erano a tre tavoli di distanza: un inserviente e una donna in tuta azzurra che aprivano in silenzio dei sandwich preconfezionati prima di voltarsi a guardare uno schermo televisivo nell'angolo più lontano della caffetteria.

Bevve un sorso del suo caffè mentre Kay leggeva l'avvertimento formale e contemplava il fratello maggiore.

Aveva i capelli più scuri rispetto a Xander ed era leggermente più basso, già con un po' troppo peso attorno alla vita.

Si chiese se Damian si preoccupasse di fare esercizio mentre lavorava da casa, o se fosse il tipo di imprenditore che riversava tutte le sue energie nell'attività senza pensare troppo alla propria salute.

Le fodere dei guanti che indossava ancora iniziarono a emanare un odore di lana umida mentre il bicchiere di caffè si raffreddava, e Barnes volse per un momento l'attenzione alla finestra della caffetteria accanto a lui, osservando come una pioggerellina costante creasse una foschia sotto le luci del parcheggio e un'ambulanza si allontanasse velocemente da un posto auto più avanti, con le luci lampeggianti mentre raggiungeva l'uscita sulla strada principale.

Il suo sguardo tornò al tavolo quando Kay si schiarì la gola.

«Quando siamo andati nell'appartamento di Xander stasera, è stata trovata una certa quantità di droga nella sua camera da letto», disse lei. «Era un consumatore?»

«Cristo, no».

Lo shock di Damian era palpabile. Si ritrasse all'indietro, con le sopracciglia alzate prima di arrossire, forse rendendosi conto che il suo sfogo aveva echeggiato sulle pareti della caffetteria.

«No, non lo sapevo. Sono sicuro che non lo sia. Insomma, è mio fratello. Lo saprei. Ne sono certo».

«Si trattava di una quantità significativa», disse Kay. «Ha qualche sospetto che suo fratello spacciasse?»

La mascella di Damian si contrasse e abbassò il bicchiere sul tavolo, poi chiuse gli occhi. «No, non ne ho. Che tipo di droga?»

«Riteniamo che sia identica alla droga rubata da una clinica veterinaria locale lo scorso lunedì notte, disse Barnes. «Il proprietario della clinica era ancora lì quando è entrato un intruso, è stato successivamente aggredito e ricoverato in ospedale».

«Gesù». Damian scosse la testa e incontrò il suo sguardo. «Come... come sta? Sta bene?»

«Ha ricevuto il via libera dall'équipe medica ieri», disse Kay, con il viso impassibile. «Ha avuto una fortuna sfacciata. Quando è arrivata l'ambulanza, era privo di sensi».

«Ha una chiave dell'appartamento di suo fratello?» disse Barnes.

«No, perché dovrei averla?»

«Le risulta se qualcun altro abbia accesso all'appartamento?»

«No, non mi risulta».

«Dov'era lo scorso lunedì notte, Damian?» disse lui.

«Come?»

«Risponda alla domanda, per favore».

«A casa di Xander. Aveva scaricato un nuovo videogioco che stavamo aspettando entrambi». Portò il bicchiere di caffè alle labbra, poi si fermò mentre un sorriso triste gli attraversava il volto. «Mi ha quasi fatto il culo. Vorrei che ci fosse riuscito».

«Ha qualche idea di come sia entrato in possesso della droga?» chiese Kay.

«Non usciamo molto insieme», disse Damian. «Cioè, cerchiamo di vederci una volta al mese se possibile, ci piacciono gli stessi videogiochi come ho detto, o a volte guardiamo un film. Xander ha una malsana dipendenza da diversi universi di fumetti; quindi, di solito finiamo per vedere uno di quelli».

Barnes sorrise per la rassegnazione nella voce dell'uomo. «Non è un fan di quelli, dunque?»

«Non proprio. Non mi dispiacerebbe vedere qualcosa con un po' più di sostanza ogni tanto».

«*Lei* sa chi potrebbe avergli fatto questo?» disse Kay.

«Non lo so. Tendiamo a frequentare ambienti diversi, detective. Voglio dire, ci aggiorniamo di tanto in tanto, come la settimana scorsa, se c'è qualcosa che uno di noi sta facendo che interessa all'altro, ma non siamo vicini come alcuni. Ha parlato con qualcuno nel locale notturno dove fa il DJ? So che a volte ha problemi perché i ragazzi che ci vanno pensano che scapperà con le loro ragazze. Tutte sciocchezze, ovviamente. È troppo concentrato sulla sua musica».

Kay posò la penna e Barnes notò le ombre scure sotto i suoi occhi mentre tratteneva uno sbadiglio e cercava di mantenere la sua professionalità.

Controllò l'orologio, poi finì il suo caffè, facendo una smorfia per il sapore.

«D'accordo, Damian», disse, spingendo indietro la sedia mentre Kay rimetteva via il taccuino. «Ha già i nostri contatti, quindi ci faccia sapere se le viene in mente qualcos'altro».

«Va bene». L'uomo si guardò dietro mentre una coppia anziana entrava nella caffetteria, i loro volti stremati. «Potrei salire a vedere se posso sedermi un po' con lui, per fargli compagnia».

«Mi dispiace, non sarà possibile», disse Barnes. «Non fino a dopo che lo avremo interrogato domattina, almeno».

«Cosa gli succederà?» Damian alzò lo sguardo, con la preoccupazione impressa nei lineamenti. «Cioè, quando uscirà di qui? Lo arresterete?»

Barnes sospirò. «È già in stato di arresto. È stato formalmente avvertito da uno dei nostri agenti quando è stato trasferito al piano di sopra dal pronto soccorso».

CAPITOLO 46

Un cielo azzurro brillante accolse Kay quando attraversò il vialetto per raggiungere l'auto di Barnes che l'attendeva il mattino seguente, con il sole che scintillava nelle pozzanghere che costeggiavano la strada.

«Buongiorno», disse, allacciandosi la cintura di sicurezza mentre lui avviava il motore.

«Capo». Attese che si mettessero in marcia, poi si schiarì la gola. «Pia si chiedeva, se Adam se la sente, se vi piacerebbe venire a cena da noi la prossima settimana?»

«Sarebbe bello, grazie. Vuoi che portiamo noi il vino?»

«Non dirò di no». Sorrise. «È impaziente di mostrare i nuovi riscaldatori da patio che sono arrivati la settimana scorsa e non dovrebbe piovere per un po' adesso. Anche se le ho detto che sei una fifona e che probabilmente mezz'ora là fuori sarà più che sufficiente per te».

Kay rise. «Vero. Forse è meglio che porti del vin brûlé invece».

Caddero in un silenzio piacevole mentre Barnes si faceva strada attraverso i residui del traffico pendolare in autostrada, e i pensieri di Kay si rivolsero all'interrogatorio imminente.

Phillip Parker aveva dato il cambio all'agente che aveva visto in ospedale la notte precedente, e le aveva inviato un messaggio per dirle che i medici di Xander erano soddisfatti dei progressi dell'uomo durante la notte. Con riluttanza, avevano anche accettato che l'interrogatorio formale si svolgesse quella mattina.

«Parker ha detto se Xander avrà un avvocato presente?» chiese Barnes mentre trovava un posto auto sul lato opposto dell'ospedale.

«Ce l'ha, qualcuno che Damian ha trovato per lui, credo». Kay scorse le sue e-mail mentre camminavano verso l'ingresso principale, mentre le porte di vetro si aprirono automaticamente per farli passare. «Eccolo. William Taylor».

«Dove lo interrogheremo?»

«Al suo letto, secondo Parker. I medici non vogliono che si muova troppo oggi». Allungò il collo per sbirciare nella caffetteria. «Nessuna traccia di Damian».

«Le ore di visita non sono fino a questo pomeriggio», rispose Barnes. «Inoltre, probabilmente l'avvocato gli ha consigliato di stare lontano finché non avremo finito. Probabilmente ha già ricevuto una lavata di capo per aver parlato con noi ieri sera».

Quando raggiunsero il reparto, Parker si alzò da una delle sedie raggruppate contro il muro di fronte alla postazione degli infermieri e rimise l'opuscolo che stava leggendo in un espositore accanto a un paio di estintori.

«Buongiorno, capo... sergente», disse. «L'avvocato di Xander è arrivato circa cinque minuti fa. L'infermiera lo ha accompagnato dentro e ha detto che sarebbe tornata per voi».

«Va bene, grazie», disse Kay. «Qualcosa da segnalare?»

«Niente di nuovo. Un paio d'ore fa ho sentito uno dei medici dire che avrebbero ridotto i suoi antidolorifici».

«Beh, è un buon segno: devono essere meno preoccupati per i danni a lungo termine allora».

Si voltarono quando le porte doppie che conducevano al reparto si spalancarono verso l'interno e apparve un'infermiera dall'aspetto autoritario.

«Dunque, siete voi i detective?» disse bruscamente. «Chi di voi è il responsabile?»

«Io. Sono l'Ispettrice Kay Hunter, e questo è il mio collega, il detective Ian Barnes».

«Fatemi vedere i vostri documenti».

Consegnarono docilmente i loro tesserini e nonostante la propria autorità, Kay trattenne il respiro.

Se il personale medico avesse ritenuto Xander Beech troppo malato per collaborare, avrebbero fatto un viaggio a vuoto, e l'indagine avrebbe raggiunto una pausa naturale fino a quando non avessero detto altrimenti.

«Va bene», disse infine l'infermiera, restituendo i documenti. «Venite con me».

Barnes aprì la porta per farle passare, e Kay si affrettò dietro l'infermiera, sorpresa dal ritmo della donna mentre li conduceva lungo un breve corridoio buio verso una porta singola chiusa sulla sinistra.

«Date le circostanze, abbiamo sistemato il signor Beech in una stanza separata dal reparto principale», disse, poi bussò una volta e la aprì.

Il naso di Xander aveva subito la maggior parte dell'attacco, con spesso nastro chirurgico e bende che attraversavano le parti visibili del suo viso. La fissava attraverso palpebre viola per le contusioni. Un taglio al labbro aveva richiesto dei punti.

Trasalì mentre cercava di sistemare il cuscino dietro di sé, sibilando sottovoce per lo sforzo.

«Non sono sicuro che questa sia una buona idea». William Taylor si alzò dal suo posto accanto al letto e lanciò uno sguardo torvo ai due detective. «Il mio cliente ha bisogno di riposo».

«Il suo cliente deve dare qualche spiegazione», scattò Kay. Ripeté l'avvertimento formale a Xander, poi si voltò al suono di metallo che strideva contro le piastrelle smaltate per vedere Barnes che trascinava altre due sedie attraverso la porta.

«Grazie», disse, prendendone una e posizionandola ai piedi del letto.

Rassegnato all'interrogatorio, il labbro superiore di Taylor si arricciò mentre tornava al suo posto e accavallava le gambe. Estrasse un blocco per appunti legali dalla valigetta accanto a lui, tolse il cappuccio a una penna stilografica e poi si chinò verso Xander e mormorò a bassa voce.

«Bene, signor Beech. Chi l'ha aggredita?»

Kay osservò mentre Xander stuzzicava l'angolo di un cerotto che copriva il dorso della sua mano, abbassando lo sguardo verso le sue dita.

«No? Va bene, proviamo con un'altra domanda. Forse potrebbe spiegare perché una quantità di cloridrato di metadone e cloridrato di chetamina sono stati trovati nel suo appartamento dopo l'aggressione?»

Nel silenzio che seguì, Kay poteva sentire i passi leggeri dell'infermiera nel corridoio oltre la porta chiusa e qualcuno alla postazione degli infermieri che rideva.

Xander rimase in silenzio, ma scosse leggermente la testa.

«Come conosce Felicity Gregor e Gary Lovell?» insistette Kay.

«Signor Beech, deve essere consapevole che attualmente lei è il nostro unico sospettato in relazione al furto di questi farmaci dalla Clinica Veterinaria Turner, e alle successive overdosi di tre persone», disse Barnes, con tono impaziente. «L'abbiamo anche ripresa in una registrazione delle telecamere di sicurezza con Daisy Stiles, che sospettiamo lei abbia costretto a effettuare ricognizioni presso la clinica prima di introdursi e rubare quei farmaci».

«A meno che non possa dirci invece chi ha rubato quei farmaci?» disse Kay.

La testa di Xander oscillò da un lato prima che si riprendesse e facesse un respiro tremante.

La macchina accanto a lui emise un bip allarmato.

«Mi dispiace,» sussurrò, con le palpebre che tremavano. «Non ho niente da dirvi.»

La porta si spalancò con fragore alle spalle di Kay e lei si girò di scatto per vedere l'infermiera che faceva capolino.

«Va tutto bene qui? Abbiamo ricevuto un allarme nella nostra postazione.»

Taylor si alzò dalla sedia e si sistemò i polsini. «Penso

che per oggi sia abbastanza, detective. Il mio cliente è estremamente stanco dopo la sua disavventura ed evidentemente ha bisogno di riposare.»

Kay strinse la mascella, trattenendo la risposta che le venne in mente mentre fulminava con lo sguardo Xander, certa che fosse lui il responsabile dell'aggressione ad Adam, lasciandolo più o meno nelle stesse condizioni in cui si trovava ora lui stesso.

«Torneremo domattina, signor Taylor. Si assicuri che il suo cliente riposi. Ne avrà bisogno.»

CAPITOLO 47

«Ha paura».

Barnes camminava avanti e indietro sulla moquette davanti alla lavagna mentre i suoi occhi vagavano sulle note scarabocchiate su di essa.

Kay appoggiò il gomito sullo schienale di una sedia e sospirò. «Non mi sorprende. Tre persone sono morte a causa della droga che abbiamo trovato a casa sua».

«Pensa che lui sapesse che la droga fosse lì?» disse Laura. «Voglio dire, forse potrebbe essere stata messa lì da chiunque lo abbia aggredito».

Kay annuì. «Non credo. Ho visto la sua faccia quando gliel'abbiamo detto. Non sembrava sorpreso, è come ha appena detto Barnes, sembrava spaventato. Inoltre, è lui che Gavin ha visto fuori dall'ambulatorio veterinario poche ore prima del furto; quindi, dobbiamo considerare il fatto che sia lui che suo fratello stiano mentendo su ciò che stava realmente facendo quella notte».

«Non stava giocando ai videogiochi, scommetto». Barnes tirò la cravatta, poi se la avvolse attorno alle dita prima di infilarsela in tasca. «Dovremo considerare anche gli spacciatori rivali. Forse uno di loro si è risentito perché vendeva nella loro zona e ha deciso di dargli una lezione».

«Ma allora perché non hanno preso la droga?» disse Laura. «Perché lasciarla lì?»

«Forse non ha avuto il tempo di trovarla se ha sentito il vicino muoversi nell'appartamento accanto. Nel momento in cui il signor Bradley è entrato nel corridoio, l'aggressore stava già scappando», disse Barnes.

«C'è anche l'ipotesi della vendetta», rifletté Kay. «Se le famiglie di Felicity o Gary avessero in qualche modo scoperto che Xander potesse aver venduto la chetamina ai loro figli, uno di loro potrebbe aver deciso di farsi giustizia da solo».

Barnes si girò e alzò la voce per rivolgersi a tutta la sala operativa. «Qualcuno è riuscito a ottenere i filmati delle telecamere di videosorveglianza del comune nella zona? Abbiamo registrazioni di qualcuno che arriva o lascia l'abitazione di Xander che coincida con i tempi dell'aggressione?»

«Non c'è assolutamente nulla disponibile dall'edificio», disse Phillip. «Ho appena parlato con il supervisore e ha confermato che le uniche telecamere che hanno coprono l'area del parcheggio sul retro e i bidoni. Non ci sono telecamere nei vani scale o all'uscita dell'edificio».

«Ci vorrà un po' di tempo per ottenere le registrazioni delle telecamere di videosorveglianza dal comune», aggiunse Debbie. «Ho lasciato un messaggio e continuerò a sollecitarli».

«Voglio che il gestore della discoteca venga interrogato di nuovo alla luce della droga trovata da Xander», disse

Barnes. «Dave: puoi occupartene tu, e chiedigli anche informazioni su eventuali conoscenti legati alla sua attività di DJ?»

«Lo farò, sergente». L'agente in uniforme alzò lo sguardo dal suo schermo. «Vuole che richieda anche i tabulati telefonici di Xander?»

«Grazie».

«Se vogliamo incriminarlo per il furto e le conseguenti morti di Felicity e Gary, dovremo trovare più di una serie di confezioni di droga rubate», disse Kay.

Mentre tornava alla sua scrivania, il telefono iniziò a squillare, e lei superò frettolosamente un impiegato con una rapida scusa per rispondere prima che andasse alla segreteria.

«Ispettrice Hunter».

«Detective, sono Yvonne Court del laboratorio. Laura mi ha chiesto di chiamarla con i risultati dei test sulla droga non appena li avessi avuti a disposizione».

Kay tirò fuori la sedia e aprì il suo taccuino a una pagina nuova. «È stata veloce, grazie».

«La promessa di finanziamenti aggiuntivi fa miracoli», disse Yvonne senza ironia.

«La droga corrisponde a quella trovata nei campioni prelevati da Felicity Gregor e Gary Lovell?»

«Sembrano simili, sì. Ovviamente la polvere che hanno assunto era stata tagliata con altre sostanze, ma i risultati di base sono gli stessi».

Yvonne parlava di fretta, come se cercasse di arrivare al nocciolo della sua telefonata il più rapidamente possibile, e Kay trattenne il respiro.

«Ispettrice, sono preoccupata per ciò che sto vedendo

qui», disse l'analista. «Queste sono ovviamente le droghe rubate dalla Clinica Veterinaria Turner, il nome dell'ambulatorio è stampato sull'etichetta di consegna sui pacchetti, ma c'è qualcosa che non va con la chetamina. È più potente, pericolosa».

«Cosa intende? Quella roba è già classificata come sostanza controllata di categoria due. È per questo che Adam e la sua squadra la tenevano chiusa in un armadietto sicuro».

«Ne avevano già usata un po' prima che venisse rubata?»

«No, la consegna era stata effettuata solo quel pomeriggio, e avevano ancora scorte per due giorni del lotto precedente. Non ne tengono più di tre settimane, non è consentito».

«Grazie a Dio».

Kay si raddrizzò. «Perché?»

«Se questa fosse stata somministrata a un animale come anestetico per una procedura di routine, non l'avrebbe solo addormentato. L'avrebbe ucciso. È cinque volte più forte del normale».

Kay sentì Yvonne prendere la confezione e scuoterla.

«E non c'è nulla qui che lo indichi».

Aggrottò la fronte. «Nulla? Ho visto delle etichette su alcune delle scatole che le abbiamo dato».

«No, quello che intendo è che è stata etichettata erroneamente. Anche in piccole quantità, quello che avete qui è letale».

CAPITOLO 48

Gavin si fermò sulla soglia dell'affollata sala d'attesa della clinica veterinaria e fece un cenno a Scott mentre quest'ultimo usciva da una delle sale visite e si dirigeva verso il gruppo di sedie vicino alla finestra.

«Signor Harris e Spock?» disse.

Un uomo sulla cinquantina alzò la mano, indicando un pappagallo cenerino africano sulla sua spalla. «Sta perdendo le piume di nuovo, e non so perché».

«Va bene, lo porti dentro e diamo un'occhiata». Scott lasciò che il cliente lo precedesse e poi rivolse l'attenzione a Gavin. «Va tutto bene?»

«Devo parlarti appena puoi. È successo qualcosa».

«Se non ti dispiace aspettare, ci vorranno circa venti minuti con il signor Harris, tutti gli altri hanno appuntamento con Claire, la nostra veterinaria sostituta».

«Nessun problema».

Gavin si diresse verso il posto libero lasciato dall'uomo con il pappagallo e sorrise a un'anziana signora seduta accanto alla finestra.

Un collie bianco e nero era sdraiato con il muso sulle sue scarpe, ma si alzò barcollando e annusò la mano di Gavin quando lui si sedette.

«Ciao. Sei amichevole, vero?»

«Solo perché pensa che lei abbia del cibo». La donna fece un sorriso stanco. «Il problema è che non riesce più a camminare come una volta, quindi abbiamo dovuto smettere di dargli così tanti premietti. Altrimenti aumenterà solo di peso».

«La mia ragazza minaccia di fare lo stesso con me», disse Gavin, sorridendo. «Questo non significa che non cerchi di far entrare qualche spuntino qua e là quando non guarda».

Lei scoppiò a ridere, poi alzò lo sguardo quando fu chiamato il suo nome e diede uno strattone al guinzaglio. «Andiamo, tu. È ora del controllo».

Il cane lasciò Gavin da solo e la seguì con riluttanza nella seconda sala visite, e Stephanie incrociò il suo sguardo mentre elaborava un'altra serie di documenti al computer.

«Novità per noi?» disse.

«Potremmo avere qualcosa». Gavin lanciò un'occhiata alla sua sinistra alle due persone ancora in attesa di essere chiamate, e poi tornò a guardare la receptionist. «Lascerò che Scott spieghi quando avrò avuto la possibilità di parlare con lui».

Stephanie annuì e tornò al suo lavoro mentre lui tirava fuori il cellulare e controllava i messaggi.

I pazienti rimanenti furono gestiti rapidamente da Scott e dalla veterinaria sostituta, e quando l'ultimo cliente pagò e lasciò lo studio, Scott emerse dall'area del personale con delle tazze di caffè.

«Claire sta sistemando sul retro per me, così non devo farti aspettare oltre», disse, distribuendo le bevande.

Gavin fece l'occhiolino a Stephanie mentre ringraziava il veterinario. «Lo hai addestrato bene, Steph».

«Credimi, è ciò che ci ha tenuto in piedi questa settimana. Saremo felici di riavere Adam».

Scott si lasciò cadere su una delle sedie e sospirò. «Fortunatamente, Claire ha accettato di rimanere ancora per un po', ho la sensazione che potrebbe essere necessaria una sistemazione più permanente».

«Gli affari vanno bene allora, nonostante il furto?» disse Gavin.

«Se non altro, è stato più affollato». Scott fece una smorfia. «Che sia perché la gente prova compassione per Adam o perché sono curiosi e vogliono vedere dove è avvenuta l'aggressione... Lo dirà il tempo».

«Sarebbe bello se da tutto questo uscisse qualcosa di positivo», concordò Gavin. Posò la tazza di caffè sul pavimento e raggiunse la tasca della giacca, dispiegando le copie dei rapporti di laboratorio che Kay gli aveva fornito. «A proposito, speriamo che tu possa aiutarci a chiarire qualcosa sui farmaci che sono stati rubati la settimana scorsa. Il nostro laboratorio ha eseguito alcuni test confrontando ciò che è stato trovato nei due casi di overdose con i farmaci presi da qui, per vedere se possiamo collegare il furto alla persona che è stata vista nei paraggi il giorno dell'irruzione. Sapevamo dai risultati dell'autopsia che entrambe le persone avevano ancora nel loro corpo una sostanza molto forte a base di chetamina, ma i nostri tecnici di laboratorio sono preoccupati per i risultati dei test sui farmaci trovati nell'appartamento del sospetto, gli stessi che sono stati rubati qui».

Gavin consegnò il rapporto a Scott. «Dai risultati sembra che il cloridrato di chetamina sia più forte di quello che servirebbe in uno scenario normale di sala operatoria. Ci chiedevamo perché».

Il veterinario deglutì dopo aver letto i risultati, con un aspetto accigliato, poi attraversò l'area della reception e consegnò il documento a Stephanie. «Puoi prendermi la copia della richiesta per questa ultima consegna?»

«Certo».

Si girò di nuovo verso Gavin mentre Stephanie apriva una cassettiera portadocumenti accanto alla sua sedia. «Hai le scatole dei farmaci, o delle fotografie?»

«Ho delle foto». Gavin tirò fuori il cellulare, sfogliò l'album che aveva creato per l'indagine e trovò le immagini scattate nell'appartamento di Xander la notte precedente. «Ecco qua».

«Ecco la richiesta», disse Stephanie.

«Grazie». Scott prese il foglio da lei e lo confrontò con le foto, poi si sedette accanto a Gavin e gli passò il rapporto, con una nota di sollievo nella voce. «Ok, quindi non sembra che abbiamo fatto un pasticcio, il che è positivo. Ciò che non è positivo è ciò che il vostro laboratorio dice di vedere nelle condizioni di test. Questo è quello che abbiamo ordinato».

Gavin prese la richiesta da lui e lesse rapidamente il contenuto. «Potrebbero aver commesso un errore nel leggere questo?»

Scott scosse la testa. «È per questo che ricevono l'originale. È la legge, poiché il cloridrato di chetamina e le altre sostanze elencate sul nostro ordine qui sono classificate come farmaci controllati, al fornitore deve essere data la copia con la firma originale. Solo io o Adam possiamo firmarla. Adam ha fatto l'ordine quella mattina, avevamo circa una settimana di scorte rimaste a quel punto, il che va bene, ma doveva fare un paio di interventi chirurgici complicati la settimana scorsa e abbiamo pensato che fosse meglio essere prudenti. Teniamo solo tre settimane di scorte in qualsiasi momento».

«Hai ancora la bolla di consegna per questo lotto?»

«Steph?» Scott si rivolse alla receptionist.

«Aspetta, sì, ecco qui». Si spostò intorno alla scrivania e gli porse un sottile foglio blu. «Quella è la firma di Adam in fondo per confermare la ricezione sicura».

«Non appena i farmaci arrivano, li registriamo nel registro e mettiamo tutto nell'armadio sicuro. Non escono più a meno che io e Adam, o Claire in sua assenza, non firmiamo per loro». Scott batté sul numero di riferimento in una colonna sulla pagina. «Questo corrisponde al codice sulla richiesta e sull'etichetta sulla scatola in quelle foto, vedi?»

Gavin passò il pollice sullo schermo del telefono per ingrandire l'immagine. «Va bene, lo vedo. Cos'è quest'altro numero sull'etichetta qui?»

«Fammi vedere». Scott prese il telefono da lui. «Non lo so, potrebbe essere un riferimento interno di lavorazione che usa il produttore dei farmaci. Non è qualcosa che usiamo per verificare le consegne».

«Non è che avete ancora una delle scatole più vecchie della consegna precedente, vero?» chiese Gavin.

«Potremmo averla. Tutti i nostri appuntamenti di

emergenza e le procedure che Adam avrebbe dovuto fare la settimana scorsa sono stati distribuiti ad altri studi dopo il suo attacco; quindi, non ne abbiamo usato tanto quanto pensavamo». Scott si avvicinò alla porta della sala visite, poi si fermò. «Prenderò anche una delle nuove scatole che ci hanno consegnato giovedì scorso per sostituire quelle che sono state rubate».

«Grazie». Gavin si rivolse a Stephanie mentre il veterinario scompariva oltre la porta. «Quando hai organizzato il trasferimento dei vostri pazienti agli altri studi veterinari la settimana scorsa, non avete fornito loro il cloridrato di chetamina nel caso avessero bisogno di usarlo?»

«Dio, no, è illegale. Non ci è permesso condividere farmaci tra studi veterinari a meno che non ci sia una vera emergenza, e anche in quel caso tutti quelli coinvolti dovrebbero assicurarsi che tutta la documentazione e i registri dei farmaci controllati fossero chiari sul motivo di quella decisione. Adam e Scott potrebbero perdere le loro licenze per una cosa del genere».

«E finire in tribunale se fossimo davvero sfortunati», aggiunse Scott mentre riappariva. «Ecco, ho trovato una delle vecchie scatole vuote nel cestino, abbiamo usato l'ultima ieri. E questa è una di quelle nuove».

«Nessuna delle quali ha questo strano numero di riferimento stampato sull'etichetta», rifletté Gavin. Prese di nuovo il rapporto di laboratorio e aggrottò la fronte. «Quindi, ovviamente, non avete commesso un errore perché avete ordinato il dosaggio che normalmente usate, e secondo l'etichetta, è quello che è arrivato».

Osservò di nuovo l'immagine sul suo telefono. «Allora perché è diverso su questa?»

«Non ne ho idea», disse Scott, guardando dal modulo d'ordine alla bolla di consegna e viceversa. «Forse qualcuno stava avendo una giornata davvero pessima in laboratorio. Non c'è scusa per questo tipo di errore, però. Siamo fortunati ad aver avuto delle scorte vecchie da utilizzare prima, altrimenti questo avrebbe potuto uccidere un paziente. Parlerò con l'azienda farmaceutica domani mattina presto, parola mia».

«Non preoccuparti», disse Gavin. «Lo farò anch'io».

CAPITOLO 49

Adam stava aspettando alla porta d'ingresso quando Kay entrò con l'auto nel loro vialetto, con rughe di preoccupazione che attraversavano la sua fronte.

«Scott mi ha appena telefonato», disse mentre lei chiudeva la porta e si toglieva le scarpe. «Che cosa sta succedendo?»

«Versami un bicchiere di vino e ti dirò quello che posso». Lo seguì in cucina e fece le feste a Oscar mentre Adam prendeva un bicchiere e recuperava dal frigorifero una bottiglia di Chenin Blanc mezza piena.

«Non vedo l'ora di bermi una birra questo fine settimana», disse, aprendo una lattina di bibita analcolica e bevendone un sorso.

«Quanti giorni ti mancano ancora con le medicine che ti ha dato l'ospedale?»

«Solo fino a domani. La nausea adesso è passata, ma volevano che continuassi con gli antibiotici ancora per un po' per l'escoriazione alla testa. Comunque, salute… e dimmi cosa sta succedendo».

Kay bevve un sorso di vino, poi posò il bicchiere sul piano di lavoro e intrecciò le dita intorno allo stelo. «Gavin ha parlato con Scott poco fa, perché abbiamo ricevuto i risultati dal laboratorio. Avevamo chiesto loro di confrontare ciò che abbiamo trovato a casa di Xander con i risultati delle due autopsie per cercare di collegare tutto. E abbiamo trovato il collegamento, ma è emerso che ciò che è stato consegnato alla tua clinica lunedì scorso era cinque volte più potente della roba che ordini di solito».

Adam impallidì alle sue parole e si lasciò cadere su uno degli sgabelli del bancone. «Ho fatto un casino?»

«No». Kay allungò la mano verso la sua. «Tu no, Scott no, e nemmeno Stephanie».

«Grazie a Dio».

«Parleremo formalmente con l'azienda farmaceutica domani, non appena avremo parlato di nuovo con il nostro laboratorio per chiarire alcuni dettagli più specifici».

«Ti ha detto che controlliamo tutto tre volte prima di usare quella roba? Anche quando dobbiamo sopprimere un animale, dobbiamo stare attenti. Quella roba è letale alla sua normale concentrazione, ma questa...» Adam si passò una mano sulla mascella. «L'avete recuperata tutta? Dall'appartamento di quel tizio? Voglio dire, non c'è la possibilità che ci sia altra di quella roba in circolazione, vero?»

«È quello su cui la squadra sta lavorando al momento», disse Kay. «Stanno telefonando a tutti gli studi veterinari della zona per scoprire chi altro potrebbe aver fatto un ordine, e se c'è un numero di identificazione simile alla confezione che è arrivata da voi, o se è stato un caso isolato».

«Avremmo saputo se ci fosse stato un sovradosaggio somministrato accidentalmente», disse Adam, ruotando la lattina in cerchi all'interno di una pozza crescente di condensa. «Cose del genere non rimangono silenziose a lungo».

«Scott non ha menzionato niente del genere a Gavin».

«Ecco, vedi. Speriamo che il nostro studio sia stato l'unico colpito, e che abbiate trovato tutte le scorte rubate così che non ce ne siano altre». Sospirò e allontanò la lattina, poi si passò una mano tra i capelli. «Quando questa storia si saprà, potrebbe distruggere l'attività. Cioè, cosa sarebbe successo se *avessimo* usato quella scorta? E se...»

«Adam, basta». Kay si spostò dall'altro lato del piano di lavoro e gli mise le braccia intorno alle spalle. «Basta. Non è successo. Lo studio è pieno di lavoro, Gavin ha detto che, quando è arrivato, ha dovuto aspettare perché c'erano così tanti pazienti. Hai un'ottima reputazione a livello locale e professionale. Guarda solo il numero di articoli per riviste specializzate che ti hanno chiesto di scrivere quest'anno. Non è stata colpa tua».

«Lo so, è solo che...» Si girò per guardarla in faccia, con gli occhi turbati. «Oggi ho ricevuto una lettera dalla compagnia assicurativa. Stanno mettendo in discussione le nostre pratiche di conservazione, anche se quell'armadietto di sicurezza ha multiple serrature e Scott e io portiamo le nostre chiavi con noi. Stanno cercando di dire che, se le chiavi fossero state tenute in una cassaforte a combinazione invece che nel mio portachiavi, questo non sarebbe successo».

«Gesù», sospirò Kay. «Non è giusto. Quanti veterinari usano una cassaforte a combinazione?»

«Solo uno che io sappia, e questo solo perché sono in quattro che hanno bisogno di usare le chiavi - è una clinica molto più grande della mia e opera 24 ore su 24, 7 giorni su 7. Inoltre, le mie chiavi sono state prese quando sono stato tramortito, proprio nello studio, dove ne ho bisogno». Adam prese una lettera piegata sopra un giornale locale gratuito e gliela porse.

Lei scorse il testo con gli occhi, poi sbuffò. «Be', chiunque abbia scritto questo non ha la minima idea di come funzionino le cliniche veterinarie. Guarda, suggerisce di raccomandare l'uso di un armadietto con tastiera numerica».

«Lo so. Violando così ogni regola stabilita nelle linee guida». Adam riprese la lettera. «Risponderò loro domani, ma è solo un'altra cosa che si aggiunge a tutto il resto».

Kay lo abbracciò. «Tieni duro. Ci stiamo avvicinando. Lo sento. Abbiamo solo bisogno di qualche altra risposta».

«Lo so. È solo che con questa e una telefonata dal Royal College of Veterinary Surgeons questo pomeriggio riguardo a un controllo di conformità che vogliono fare a causa del furto, non è stata una buona giornata».

Lei aggrottò la fronte mentre guardava la lettera dell'assicurazione sul piano di lavoro, poi si raddrizzò. «Per curiosità, da quanto tempo compri i farmaci da quel fornitore? Hai mai avuto problemi con loro prima d'ora?»

Lui finì la sua bibita analcolica e si avvicinò alla finestra, gettando la lattina nel bidone del riciclaggio sotto il lavello. «Non abbiamo mai avuto problemi prima, ma li usiamo solo da quattro mesi. C'erano stati troppi problemi e ritardi nell'ottenere i farmaci di cui avevamo bisogno dal nostro solito fornitore a causa di tutte le leggi sull'importazione per acquistarli dai produttori europei».

«Grazie, lo farò sapere a Gavin prima che parliamo con loro domani», disse Kay.

Improvvisamente, Adam si voltò dal lavello e si diresse verso la porta sul retro.

Una fredda corrente d'aria invase la cucina mentre la spalancava, e Kay rabbrividì.

«Che diavolo stai facendo?»

In risposta, lui indicò Oscar, che sembrava leggermente divertito.

«Azione preventiva».

CAPITOLO 50

Il mattino seguente, Kay si protesse gli occhi dal sole che si rifletteva sulle finestre dell'edificio farmaceutico e guardò verso l'ultimo piano.

«Com'era Marion Blanchett quando le hai parlato la settimana scorsa?» chiese a Gavin mentre lui la raggiungeva prima di premere il pulsante sul pannello di sicurezza accanto alla porta d'ingresso.

«Abbastanza loquace, capo. Preoccupata che uno dei suoi clienti fosse stato aggredito, e disponibile ad aiutare con i filmati dei veicoli.»

«Va bene. Speriamo che sia ancora disponibile quando le chiederemo dei risultati di laboratorio.»

Gavin osservò una telecamera di sicurezza sopra la porta. «Questa è nuova.»

Kay si voltò mentre l'altoparlante nel pannello si animava.

«Entri pure, detective Piper.»

La porta ronzò aprendosi, e Kay annuì in segno di

ringraziamento a Gavin mentre lui la teneva aperta per lei e poi la seguiva lungo un pavimento piastrellato.

Percorse con lo sguardo i premi incorniciati e gli articoli di stampa che punteggiavano le pareti, e poi si ritrovò in una luminosa area di reception.

«Se volesse firmare.»

La sua attenzione si rivolse a un uomo in piedi accanto al bancone della reception, con lo sguardo di pietra mentre lei si avvicinava.

«Di nuovo qui così presto, detective Piper?»

«Mi scusi, non ho colto il suo nome» disse Kay. «Signor...?»

«Peter Moore.» La guardò dall'alto in basso. «Sono l'assistente della Signora Blanchett. Una telefonata sarebbe stata gradita. Non ci piace che le persone si presentino senza preavviso. Rende nervosa la nostra squadra di sicurezza.»

«Ne terrò conto.»

Si girò al suono di passi dal piano mezzanino sopra di lei per vedere Marion Blanchett che attendeva in cima alla scala a chiocciola.

«Pensavo che avrebbe chiamato in anticipo, detective Piper. Siamo estremamente occupati al momento. Il venerdì lo dedichiamo sempre all'aggiornamento del nostro consiglio d'amministrazione.»

«È emersa una questione piuttosto urgente» disse Gavin. «La mia Ispettrice Kay Hunter.»

«Marion Blanchett.» Raggiunse il fondo delle scale e strinse la mano a Kay, con una presa ferma. «È sempre un piacere incontrare un'altra donna che si fa strada ai vertici della sua professione.»

«Altrettanto.» Kay si guardò intorno nel vasto spazio, osservando le varie porte chiuse che si diramavano dall'area reception, alcune con segnali di rischio biologico e vari altri avvisi di salute e sicurezza. «C'è un posto dove possiamo parlare?»

«La sala del consiglio è occupata al momento, una videoconferenza con una squadra di laboratorio negli Stati Uniti con cui speriamo di collaborare, quindi useremo il mio ufficio. Venite da questa parte.»

Kay voltò le spalle a Peter, ignorando l'occhiataccia che le lanciò, e seguì Gavin e l'amministratrice delegata su per l'ampia scala a spirale e lungo un corridoio aperto che si affacciava sullo spazio sottostante.

Il corrimano in alluminio verniciato a polvere curvava verso sinistra, e Marion aprì una spessa porta di quercia alla fine, facendo loro cenno di entrare.

«Accomodatevi.»

Kay attese mentre l'altra donna si dava da fare intorno alla scrivania, mettendo via una grande agenda rilegata in pelle formato A4 e varie riviste di settore prima di accomodarsi in una poltrona color cuoio che abbracciava la sua figura snella.

«Ho circa quindici minuti prima di dover partecipare a quella videoconferenza, detective, quindi cosa avete bisogno di sapere?»

Kay aveva già concordato con Gavin che lui avrebbe condotto l'interrogatorio, dato che era il responsabile delle indagini sul caso e lei non voleva minare la sua fiducia, o il rapporto che aveva precedentemente stabilito con Marion Blanchett, così fece cenno a lui di iniziare il colloquio e osservò attentamente la donna mentre iniziavano le domande.

Il suo collega aprì una valigetta che aveva trovato abbandonata nel vecchio ufficio di Sharp ed estrasse una busta trasparente contenente alcune delle scatole vuote trovate nell'appartamento di Xander Beech. Le fiale residue di cloridrato di chetamina erano state rimosse quando i campioni erano stati inviati per i test, e rimanevano chiuse in una scatola sicura nel deposito delle prove.

«Signora Blanchett, riconosce questi?» disse, posando la busta delle prove sulla scrivania.

«Sembrano le confezioni dei farmaci che produciamo per gli studi veterinari.» Marion si sporse in avanti e inclinò la busta per vedere meglio oltre le etichette attaccate alla superficie dagli agenti investigativi forensi. «Sono quelli rubati dalla clinica di Maidstone?»

«Sì», disse Gavin. «Sono stati trovati in un appartamento ai margini del centro città mercoledì sera, dopo che l'inquilino era stato aggredito.»

Il viso dell'amministratrice delegata passò dall'interesse alla confusione. «Non capisco. Come li ha ottenuti? È lui il ladro?»

«Questo fa parte della nostra indagine in corso» disse Gavin, «ma quello che vorremmo capire oggi è perché questi farmaci sono cinque volte più potenti di quelli normalmente forniti alle cliniche veterinarie per le procedure anestetiche.»

Marion impallidì. «Li avete analizzati? Ne siete sicuri?»

«Il nostro laboratorio ci ha inviato i risultati ieri,

Signora Blanchett, e sì, ne siamo sicuri.» Gavin si alzò e girò la busta delle prove in modo che le etichette sui pacchetti fossero visibili. «Questo numero di riferimento qui non appare sulle scorte più vecchie di cloridrato di chetamina del vostro laboratorio che sono state fornite alla stessa clinica, né sulle scorte sostitutive consegnate giovedì scorso dopo la rapina. Cosa significa?»

«N... non sono sicura. Dovrei chiedere al nostro responsabile operativo, ma è in quella riunione in questo momento, e non può essere interrotto.»

«Dove viene fatta l'etichettatura?» disse Kay. «Qui in sede?»

«Sì, tutto viene fatto qui. Come ho detto al detective Piper la settimana scorsa, gestiamo persino la nostra flotta di consegna a causa di preoccupazioni per la sicurezza.»

«Ci sono stati problemi di sicurezza in passato?» chiese Kay.

«No, ma poiché alcuni dei nostri fornitori utilizzano proteine di origine animale, siamo talvolta presi di mira dagli attivisti per i diritti degli animali. Cose spedite per posta, qualche telefonata minacciosa. È per questo che l'edificio non ha loghi e non si può trovare su nessuna immagine satellitare pubblica. Abbiamo chiesto di rimuoverlo per motivi di privacy, proprio come farebbe un'installazione militare.»

«E per quanto riguarda il vostro personale?» disse Gavin. «Effettuate controlli approfonditi su di loro?»

«Sì, assolutamente, insieme a regolari test antidroga casuali.» Marion osservò mentre Gavin rimetteva la busta delle prove nella valigetta e chiudeva il coperchio. «Sta suggerendo che sia stato un lavoro interno? Che qualcuno abbia deliberatamente sabotato quelle fiale?»

«Deve essere preso in considerazione», disse Kay. «Soprattutto alla luce del fatto che, dal furto, tre persone sono morte per overdose collegate a questa partita, tra cui una ragazza di sedici anni».

«Oh mio Dio». Marion portò una mano tremante alle labbra. «Cosa intendete fare?»

«Penso che dovremo iniziare organizzando una squadra di agenti che venga qui il prima possibile per interrogare ogni membro del personale», disse Kay. «Avete procedure interne per controllare ciò che succede nei vostri laboratori al piano di sotto?»

«Sì, le abbiamo».

Kay si alzò e si diresse verso la porta. «Allora le suggerisco di implementarle. Immediatamente».

Seguì Gavin verso le scale, già pianificando i prossimi passi che lei e Gavin avrebbero dovuto compiere, a partire dal reinterrogare Xander Beech mentre sapevano ancora dove trovarlo.

«Ispettrice Hunter?»

Kay si girò, con la mano sul corrimano. «Sì?»

«Per favore, pensa che potremmo tenere la cosa tra noi per il momento?» Marion si avvicinò, con occhi supplicanti. «Almeno finché la mia squadra non avrà avuto la possibilità di condurre un audit interno e fornirvi una copia dei nostri risultati?»

«Quanto tempo ci vorrà?»

«Non più di una settimana».

Kay strinse le labbra.

«Ha tre ore».

CAPITOLO 51

Quando Kay e Barnes raggiunsero l'ospedale di Maidstone più tardi quella mattina, una leggera pioggerellina aveva sostituito il sole mattutino, e lei si riparò sotto un ombrello che il suo collega teneva aperto mentre si affrettavano verso l'ingresso.

«Dave Morrison ha confermato che ha mandato quattro agenti al laboratorio per iniziare con gli interrogatori al personale. Oggi ne faranno quante più possibile», disse, scrollando via il grosso dell'acqua dall'ombrello prima di trovare un ascensore diretto al piano superiore. Attese mentre un inserviente portava fuori un uomo su una sedia a rotelle e poi premette il pulsante per chiudere le porte. «Marion stessa era chiusa nella sala conferenze quando è arrivato...»

«Ci scommetto.»

«Dev'essere stato un bello shock per lei scoprire che qualcuno ha manomesso le loro scorte.»

«Ma dobbiamo ancora scoprire perché.» Kay fece una pausa mentre le porte si aprivano, poi continuò una volta sicura che non potessero essere uditi. «Cosa spinge qualcuno a fare una cosa del genere? Voglio dire, è già abbastanza grave che degli animali sarebbero potuti morire se Adam o Scott avessero usato quei farmaci durante operazioni di routine, ma abbiamo tre persone morte e altre quattro ancora ricoverate da venerdì sera. È omicidio colposo.»

Barnes fece un cenno all'agente sconosciuto fuori dalla porta di Xander Beech. «Nessun segno del suo avvocato, William Taylor?»

«È già dentro, sergente. È arrivato due minuti fa.»

«Grazie.»

Kay spalancò la porta della stanza privata, compiaciuta nel vedere che Xander e il suo avvocato si voltarono entrambi sorpresi dalla brusca interruzione.

«Comodi qui dentro, vero?», disse, tirando una sedia sul lato opposto del letto rispetto a William Taylor mentre recitava l'avvertimento formale. «Allora, Xander. Parlaci dell'effrazione. Perché proprio quello studio veterinario?»

Il giovane la fulminò con lo sguardo, trasalendo mentre tentava di serrare la mascella.

Accanto a lui, Taylor rimase in un silenzio di pietra mentre osservava il suo cliente, con un'espressione impassibile.

«Va bene, proviamo con questa», disse Kay. «Chi conosci che lavora nel laboratorio di Marion Blanchett?»

La palpebra sinistra di Xander ebbe un fremito, e abbassò lo sguardo sulla coperta prima di borbottare sottovoce.

«Non ho sentito, Xander, dovrai parlare più forte»,

disse Barnes. «Perché hai rubato i farmaci dalla Clinica Veterinaria Turner lunedì scorso?»

«Con chi stai lavorando, Xander?», aggiunse Kay. «Voglio dire, non hai precedenti di violenza prima dell'attacco ad Adam Turner. Non sei mai stato accusato di possesso di sostanze illegali, e fino alla settimana scorsa non avevi precedenti penali. Che sta succedendo?»

Xander espirò, un respiro tremante che scosse il suo esile corpo.

Eppure, rimase in silenzio.

«Niente?», disse Kay, incredula. Guardò l'avvocato. «Sul serio?»

Rivolgendo di nuovo l'attenzione a Xander, ci riprovò.

«Sei uscito con Felicity Gregor la notte prima che morisse? Hai fornito a Gary Lovell la chetamina che lo ha ucciso venerdì scorso? È questo che hai fatto tra un set e l'altro come DJ in discoteca?»

Una improvvisa consapevolezza la colpì, e si lasciò sfuggire una risata amara.

«Non hai fornito la droga a Felicity e Gary in discoteca come gli altri, vero?», disse. «Li conoscevi dal club della colazione. Dal gruppo di imprenditori a cui appartiene tuo fratello. Cosa stavi cercando di fare? Impressionarli, in modo che ti facessero diventare un membro permanente?»

Xander distolse lo sguardo, con le lacrime che si accumulavano sopra i suoi zigomi lividi.

«Non lo sapevo. Non sapevo che fosse troppo forte. Pensavo solo...»

Taylor si schiarì la gola, e Xander serrò la mascella.

«Xander?», lo incalzò Kay, impaziente. «Cosa pensavi? Perché hai rubato i farmaci in primo luogo?

Perché eri così disperato da rubarli al punto di aggredire un uomo disarmato?»

Lui scosse la testa. «Non posso dirvelo. Mi uccideranno se lo scoprono.»

«Chi lo farà?»

Scosse la testa, con un'espressione miserabile. «Non posso. Mi dispiace.»

———

«Santo cielo.»

Kay diede uno schiaffo al distributore automatico nel corridoio principale, poi si guardò dietro.

Non c'era traccia di personale in vista, e strinse i denti mentre fissava l'inutile carta di debito nella sua mano.

«Scommetto che mi hanno anche addebitato l'importo.»

«Capo? Capo… tieni.» Barnes la chiamò lungo il corridoio, con una piccola bottiglia d'acqua in mano. «Quello vicino all'ascensore funziona, così ti ho preso questa.»

Lei sospirò e si allontanò dal distributore automatico, sconfitta. «Grazie.»

«Il suo avvocato è ancora con lui?»

«Sì.» Kay fulminò la porta chiusa con lo sguardo. «Ho la sensazione che ci metteranno un po'.»

«Cosa vuoi fare?»

Togliendo il tappo alla bottiglia, bevve un sorso mentre il suo sguardo vagava sui vari opuscoli esposti su un porta dépliant a muro, e poi raddrizzò le spalle.

«È ovvio che sta nascondendo qualcosa, ed è ancora spaventato.»

«E sta coprendo qualcun altro, o un gruppo di persone», disse Barnes, scartando una barretta di cioccolato e dandole un morso.

«Esattamente.» Kay iniziò a camminare verso l'ascensore, vide la coda accanto ad esso e si diresse invece verso le scale. «Non ci siamo persi nulla, vero Ian? Voglio dire, nei precedenti di Xander, non c'è assolutamente nulla di strano, giusto?»

«Ho dato un'occhiata anch'io e non ho notato niente», disse tra un boccone e l'altro.

Raggiunsero il piano terra e Kay attese mentre lui gettava l'involucro in un cestino accanto a un'uscita di emergenza.

Quando si voltò di nuovo verso di lei, si fermò.

«Hai quello sguardo negli occhi, capo. A cosa stai pensando?»

«Dobbiamo tornare all'inizio», disse. «Contatta Laura... dov'è in questo momento?»

«Ha mandato un messaggio per dire che stava andando all'ambulatorio di Adam, che voleva verificare una cosa.»

«Chiedile di tornare alla centrale e di portare subito Daisy Stiles per un interrogatorio formale, e poi chiedi a Gavin di fare lo stesso con i membri sopravvissuti di quel club della colazione. Forse uno di loro può dirci che diavolo sta succedendo.»

CAPITOLO 52

Quando Laura entrò nella sala interrogatori numero due, la sua prima impressione di Daisy Stiles fu che la donna avesse perso peso dall'ultima volta che le aveva parlato.

Aveva cerchi scuri sotto gli occhi, che erano arrossati come per mancanza di sonno, e i suoi capelli sembravano non essere stati lavati da alcuni giorni.

L'avvocatessa al suo fianco alzò lo sguardo dal suo blocco legale mentre Laura avviava il registratore e recitava l'ammonizione formale.

Le mani di Daisy tremavano mentre smetteva di attorcigliarsi una ciocca di capelli e intrecciava le dita sul tavolo, con lo sguardo che vagava sulla serie di documenti che Laura estraeva da una cartellina di cartoncino.

«Dunque, Daisy», disse, estraendo una serie di fotografie. «Queste due persone, Felicity Gregor e Gary Lovell, sono morte a causa di dosi di chetamina la settimana scorsa. Non è un bello spettacolo, vero?»

La donna si ritrasse alla vista delle fotografie della scena del crimine, del corpo spezzato e contorto di Felicity e delle lenzuola macchiate di vomito aggrovigliate sotto Gary.

«Questa è Chantelle Evans», disse Laura, sforzandosi di mantenere la voce ferma mentre girava una fotografia di una sorridente sedicenne. «È morta dopo un'overdose dello stesso cocktail a base di chetamina degli altri, dopo che qualcuno gliel'ha venduto in una discoteca qui in città venerdì scorso. Ci sono altre persone ancora in ospedale dopo aver ingerito la stessa chetamina, una delle quali avrà bisogno di un sacchetto per colostomia per il resto della sua vita quando avranno finito di rimetterlo insieme».

Daisy sembrava sul punto di vomitare.

«Non ha niente a che fare con me», riuscì a dire.

«Oh, ma noi pensiamo di sì». Laura mise da parte le fotografie e osservò la donna che si agitava sulla sedia. «Da quanto tempo conosce Xander Beech?»

«Dai tempi della scuola».

«Si è tenuta in contatto regolarmente?»

Daisy scrollò le spalle. «Non proprio. Ci vediamo ogni tanto, credo».

«Dove?»

«In quella discoteca dove ha cominciato a fare il DJ. A volte lo vedo in città e andiamo a bere qualcosa».

«Che bello». Laura estrasse un'immagine ingrandita dalla serie di registrazioni delle telecamere di videosorveglianza che la squadra stava esaminando. «E quando il gatto di sua madre si è ammalato la settimana scorsa, lui è stata la prima persona che ha pensato di chiamare per portarla dal veterinario, giusto? Voglio dire, questa è lei che sale sulla sua auto fuori dalla clinica veterinaria Turner, vero?»

Daisy si sporse in avanti, mordicchiandosi il labbro mentre fissava la fotografia. «Sì».

«Lei ha la patente, vero?»

«Sì».

«Allora perché ha chiesto a Xander di portarla lì?»

«Non l'ho fatto».

«Come?» Laura batté il dito sull'immagine. «Ha appena confermato che questa è lei. Quindi, perché ha chiesto a Xander di guidare?»

«Non l'ho fatto». Daisy guardò l'avvocatessa, poi di nuovo Laura. «È stato lui a chiedermelo».

Laura frugò di nuovo nella cartellina, estrasse un documento di due pagine spillate e ne scorse rapidamente il contenuto prima di girarlo. «Può confermare che questa è la dichiarazione formale che ha firmato basata sulla conversazione che lei ed io abbiamo avuto la settimana scorsa? Questa è la sua firma?»

«Sì».

«Daisy, in questa dichiarazione ci ha detto che il gatto di sua madre era malato e che l'ha portato dal veterinario. Non il suo veterinario abituale, ma questo in particolare. E poi quando è arrivata lì, dopo aver compilato tutti i moduli ed essersi vista offrire un appuntamento dell'ultimo minuto, ha deciso di andarsene prima che il suo appuntamento fosse chiamato». Laura fece una pausa. «C'è qualcosa che vorrebbe cambiare in questa dichiarazione ora?»

La giovane donna scosse la testa e abbassò lo sguardo sul tavolo. «No».

Strappando via la dichiarazione, Laura sospirò. «Daisy, sono andata all'ambulatorio veterinario questo pomeriggio prima che lei fosse portata qui. Mi sono seduta dove si è seduta lei in quella sala d'attesa. Quando la porta della sala visite di Adam Turner si è aperta, la porta interna che dà sul suo ufficio era aperta. Potevo vedere l'armadietto multi-serratura dove tengono tutti i farmaci controllati. È per questo che è andata lì, vero? Per fare un sopralluogo dell'edificio. Per scoprire dove tengono il cloridrato di chetamina in modo da poterlo dire a Xander Beech».

Una singola lacrima scivolò sulla guancia di Daisy, e lei la asciugò, tirando su col naso.

«Perché l'ha aiutato?» insistette Laura. «Le ha promesso una percentuale sulle vendite?»

Daisy scosse la testa e tirò su col naso di nuovo.

«Basta». Laura sbatté la mano sul tavolo per la frustrazione e le due donne di fronte a lei sobbalzarono. «Daisy, ci sono tre persone morte a causa della droga che Xander ha rubato da questo studio veterinario. Lei ha collaborato in quel furto e sarà accusata di conseguenza. Cominci a parlare».

L'avvocatessa la fulminò con lo sguardo, poi posò una mano sul braccio di Daisy e le mormorò qualcosa all'orecchio.

Daisy si asciugò le lacrime che ora le scorrevano liberamente sul viso e poi alzò gli occhi verso Laura.

«Mi ha ricattata».

«Come?»

«Ha detto che se non l'avessi aiutato, avrebbe detto a mia madre e mio padre che ho una dipendenza da cocaina».

«Ce l'ha?»

Daisy annuì. «Sì. Ma sto cercando aiuto. Sono pulita da tre mesi».

«Le ha detto perché voleva rubare i farmaci?»

«No. Gliel'ho chiesto, ma ha detto che non erano affari miei». Daisy fece un respiro profondo, con le spalle che tremavano. «E ha detto che se l'avessi mai raccontato a qualcuno, mi avrebbero uccisa».

«Chi?»

«Non l'ha detto. Non riesco a dormire. Sono così spaventata».

Laura chiuse la cartellina di cartoncino e spinse indietro la sedia, con la mano che aleggiava sopra il registratore.

«Interrogatorio terminato alle undici e cinquantaquattro».

CAPITOLO 53

Helene Becker si voltò, distogliendo lo sguardo dal suo avvocato quando Kay entrò nella sala interrogatori con Gavin; i suoi lineamenti pallidi erano accentuati da una sciarpa vivace avvolta intorno ai capelli.

Occhi azzurri penetranti fissarono Kay mentre lei avviava il registratore e si assicurava che l'avvertimento formale fosse registrato e compreso, poi la donna si schiarì la gola.

«Ispettrice, non gradisco essere prelevata dal mio studio da due dei suoi agenti mentre tutti i miei vicini stavano guardando», disse facendo il broncio. «Se avesse voluto parlarmi di nuovo, le sarebbe bastata chiedere».

«Chi ha spacciato droga durante il vostro club della colazione settimanale?» chiese Gavin.

L'attenzione di Helene si spostò bruscamente su di lui. «Come?»

«Risponda alla domanda, per favore».

«Non so nulla di droga». Guardò il suo avvocato, una

donna dall'aspetto severo con un'espressione tesa che fulminò Gavin con lo sguardo. «Non capisco».

«Quando si è unito Xander Beech al vostro gruppo imprenditoriale?» chiese lui.

L'artista agitò la mano davanti al viso come per scacciare una mosca fastidiosa. «Non lo so. Non credo che ne abbia mai fatto parte. Si presenta con Damian di tanto in tanto, tutto qui».

«Ci è stato riferito che le persone partecipano a quel gruppo solo su invito speciale. Qualcuno di voi lo ha invitato?»

«No, come ho detto, appare solo ogni tanto».

«Cosa fa quando è lì?»

«Cosa intende?»

Gavin aprì il suo fascicolo e diede un'occhiata alle diverse dichiarazioni del gruppo. «Sembrate tutti avere successo nelle vostre rispettive attività, almeno in apparenza. Perché tollerare uno come Xander, un DJ di un locale? Come andava d'accordo con tutti gli altri?»

Helene ridacchiò. «Ah, capisco cosa intende. Non credo che Sebastian fosse troppo entusiasta dell'idea, ha scambiato due parole con Damian un paio di mesi fa. Li ho sentiti parlare dopo la colazione una mattina. Credo pensassero che fossimo tutti andati via, ma io dovevo correre in bagno e quando sono tornata ho sentito delle voci nella stanza».

«Quindi ha origliato», disse Kay.

«Sono una persona curiosa per natura», rispose Helene, pavoneggiandosi. «E poi, non ho dovuto sforzarmi molto. Parlavano abbastanza ad alta voce. Sebastian stava dicendo che non riteneva appropriata la presenza di Xander».

«Cosa ha risposto Damian?» disse Gavin.

«Ha chiesto a Sebastian di lasciar perdere, parole sue, non mie, e che stava portando suo fratello solo per tenerlo lontano dai guai e dargli un obiettivo». Helene sospirò. «Credo che Xander fosse più interessato a cercare di impressionare Felicity».

«Non lei?»

La donna scoppiò a ridere. «Dio, no, detective. È troppo giovane per me».

«In che modo cercava di impressionarla?»

«Oh, sa com'è… offrendole ingressi gratuiti al night club, pass per il backstage quando alcuni degli artisti più famosi passavano in città. Naturalmente, poi Gary lo ha sentito e ha voluto unirsi».

«Come l'ha presa Xander?»

«Non credo fosse felice, ma una volta capito che Gary non era interessato a Felicity, sembravano andare d'accordo. Penso che possano essere usciti insieme di tanto in tanto. Di certo sembravano più amichevoli l'uno verso l'altro durante le colazioni quando Xander si presentava, come se stessero tramando qualcosa».

Gavin spinse un piccolo sacchetto di plastica per prove attraverso il tavolo e lo inclinò in modo che anche l'avvocato potesse vedere. «Riconosce questa polvere, signora Becker?»

«No, non la riconosco. Anche se si potrebbe presumere che sia un qualche tipo di droga».

«Chetamina. È ciò che ha ucciso Felicity e Gary, così come una ragazza adolescente dopo averne assunta un po' venerdì scorso. Crediamo che l'abbiano presa tutti da Xander».

«Davvero?» Le sopracciglia scolpite di Helene scattarono verso l'alto. «Beh, questo spiega alcune cose».

«Ad esempio?»

«Tutta la riservatezza».

«Riservatezza?»

«Sì. Eravamo a metà di una presentazione alcuni venerdì, questo era il formato, uno di noi teneva un discorso di quindici minuti su qualcosa che voleva condividere con il gruppo mentre prendevamo il caffè dopo colazione, e quei tre se ne stavano in disparte rispetto alla disposizione del tavolo, sussurrando tra loro. Terribilmente maleducato, specialmente quando io o Sebastian avevamo dedicato così tanto tempo ed energie ai discorsi».

«Ha detto qualcosa a loro in quel momento?»

«Sebastian ha uno sguardo fulminante meraviglioso», sorrise Helene. «Spesso bastava quello a metterli in imbarazzo e renderli più attenti».

Gavin toccò il sacchetto delle prove. «Pensa che Xander potrebbe aver usato il club della colazione per vendere droga a Felicity e Gary?»

«Potrebbe benissimo essere così». La donna tamburellò con le dita sul tavolo. «E questo potrebbe spiegare perché Felicity sembrava sempre un po' fuori di sé entro la fine di alcune mattinate. L'ho sempre attribuito a troppa caffeina, ma ora che lo menziona...»

«Pensa che Damian fosse coinvolto nella droga?»

«Dio, spero di no».

«Cosa le fa dire questo?» disse Gavin.

«Perché ha sempre protetto Xander, cercando di

tenerlo lontano dai guai. Se avesse sospettato che Xander stesse usando il nostro club della colazione per spacciare droga, sarebbe furioso».

CAPITOLO 54

Kay camminava avanti e indietro nel corridoio fuori dalle sale interrogatori cercando di tenere a freno la sua frustrazione.

Gavin stava in piedi accanto alla porta che conduceva alla sala d'osservazione con le mani in tasca e lo sguardo abbassato. «Mi dispiace, capo. Avrei dovuto capire che stavano nascondendo qualcosa del genere».

«Non è colpa tua, Gavin. Uno qualsiasi di loro avrebbe potuto condividere con noi i propri sospetti su cosa stesse combinando Xander in quel club per imprenditori, eppure hanno tutti scelto di chiudere un occhio».

«E per quanto riguarda Xander, capo?» disse Gavin.

Kay si fermò accanto a lui e controllò l'orologio. «Quel suo avvocato farà di tutto per impedirci di parlare di nuovo con Xander senza prove convincenti, e immagino che Marion Blanchett stia già andando nel panico ora che stiamo interrogando il suo personale».

«Pensi che sia stato Damian a picchiare Xander? Per aver gettato discredito sul suo gruppo imprenditoriale?»

«È proprio questo che voglio chiedergli». Kay si passò una mano sugli occhi stanchi. «Gesù, si sarebbe potuto rivolgere a noi invece di farsi giustizia da solo».

«Non necessariamente, capo, il sangue è più denso dell'acqua, e tutto il resto». Gavin strusciò la punta della scarpa contro il pavimento piastrellato.

«Va bene, andiamo. Voglio parlare di nuovo con Damian Beech. Voglio scoprire cosa ha da dire su tutto questo. Dopotutto, ha detto che stava giocando ai videogiochi con Xander la sera dell'effrazione all'ambulatorio veterinario, no?»

———

Kay mise via il telefono quando Gavin parcheggiò l'auto di servizio davanti alla casa di Damian e si legò i capelli mentre il vento le strappava la giacca mentre si affrettava verso la porta d'ingresso.

«Guarda», disse sottovoce, indicando il telone che copriva la motocicletta parcheggiata nel vialetto. «Manda un messaggio con il numero di targa a Barnes, per favore. Saprà cosa farne».

Gavin aggrottò la fronte, ma scattò una foto e fece come lei aveva ordinato mentre suonava il campanello.

Sbirciando attraverso la finestra anteriore, non riuscì a vedere Damian all'interno ma presto sentì dei passi lungo il corridoio.

Quando la porta si aprì, lui aveva uno strofinaccio e una tazza di caffè in mano.

«Ispettrice Hunter. Cosa la porta qui? Ha arrestato chi ha picchiato mio fratello?»

«Non ancora. Possiamo entrare?» Entrò nell'ingresso prima che lui avesse la possibilità di rispondere, e attese mentre Gavin chiudeva la porta d'ingresso. «Troviamo un posto dove sederci e fare due chiacchiere, signor Beech? Ho alcune altre domande che vorrei farle».

Gli occhi di Damian guizzarono verso il soggiorno, e poi indicò una porta alla fine del corridoio con lo strofinaccio. «Andate in cucina, stavo giusto asciugando».

Kay guardò le stoviglie e le posate impilate sullo scolapiatti mentre entrava nella stanza e aggrottò la fronte. «Ha avuto ospiti, signor Beech?»

«No, sto solo facendo le pulizie di primavera». Mise la tazza di caffè in un armadietto sopra un microonde, poi tornò al lavandino e ne prese un'altra prima di voltarsi verso di lei. «Di cosa voleva parlarmi?»

«Dov'era tra le cinque e le sette di mercoledì sera?» chiese lei.

«Qui. Guardavo la TV».

«C'era qualcuno con lei?»

«Vivo da solo, ispettrice. Stavo guardando il telegiornale finché non ho sentito di Xander, e poi sono andato in ospedale».

«Con la moto?»

«Sì. Lo sa già. Mi ha visto lì».

«E come ha scoperto che suo fratello era stato aggredito?» Kay si appoggiò a un piano di lavoro accanto ai fornelli e passò le dita sulla superficie. Odorava di limone.

«Prego?» Damian guardò prima lei, poi Gavin e di nuovo lei.

Lei alzò un sopracciglio in risposta e attese.

«Io... ho ricevuto un messaggio», disse alla fine.

«Da chi?»

«Dal vicino, credo. Non riconoscevo il numero».

«Ce l'ha ancora?»

«No, devo averlo cancellato». Finì di asciugare la tazza e strinse lo strofinaccio tra le mani.

«Gav?»

«Sì, capo?»

«Va' a controllare il soggiorno, vuoi?»

Grata che il detective non la mettesse in discussione, osservò Damian mentre Gavin scompariva, i suoi passi risuonarono lungo il corridoio.

Sentì un grugnito sorpreso quando aprì la porta del soggiorno, e poi i suoi passi affrettati tornarono.

«È tutto impacchettato, capo. Ci sono scatoloni ovunque, e non si vede nemmeno un computer».

«Va da qualche parte, signor Beech? Forse sta pensando di affittare questa casa per un po'?» disse, indicando i piani di lavoro. «È stato impegnato a pulire qui, vero? Anche il piano di sopra è così?»

«Io... io...»

«Dove sta andando?»

«Avevo solo voglia di una vacanza».

«Mi mostri le mani».

«Cosa?»

Kay attraversò la stanza in quattro lunghi passi e gli strappò lo strofinaccio dalla mano.

Ferite aperte e sanguinanti segnavano il dorso delle sue nocche, le dita erano livide.

Kay lo fulminò con lo sguardo.

«Perché ha picchiato suo fratello, Damian?»

CAPITOLO 55

Damian si accasciò contro il lavandino.

«È tutta colpa sua.»

Preoccupata dal modo in cui il colore era scomparso dal viso dell'uomo e temendo che potesse collassare, Kay tirò fuori una sedia da sotto il tavolo da pranzo e lo guidò verso di essa.

Gavin prese una seconda sedia per lei e, dopo aver recitato l'avvertimento formale, lei osservò l'uomo davanti a sé con rinnovato interesse.

«Perché diavolo due uomini di successo come voi ruberebbero chetamina cloridrato da uno studio veterinario per venderlo per strada?» disse. «È stata una sua idea o di Xander?»

Lui rise allora, un suono amaro che rimbalzò sulle ante dei mobili prima che si controllasse, la risata che si trasformò in un singhiozzo prima che scuotesse la testa e distogliesse lo sguardo.

«Capo», disse Gavin, avvicinandosi a lei e porgendole il suo telefono. «Barnes ha mandato questo.»

Kay lesse il messaggio, poi rivolse di nuovo l'attenzione a Damian. «Le chiederò ancora una volta, dove si trovava tra le cinque e le sette di mercoledì sera?»

La sua domanda fu accolta dal silenzio.

«Damian, i miei colleghi hanno inserito la targa della sua moto nel nostro sistema di riconoscimento automatico delle targhe. È stata avvistata dalle telecamere di videosorveglianza a due strade di distanza dall'appartamento di Xander alle sei e quattordici.» Kay si appoggiò allo schienale, incapace di contenere il suo disgusto. «Perché ha aggredito suo fratello?»

«Perché è un idiota. Avrebbe dovuto semplicemente fare quello che gli era stato detto. Invece, ha pensato di saperne di più. Lo fa sempre.» Damian si pulì la saliva dalle labbra dopo lo sfogo improvviso, con il petto che si sollevava affannosamente. «È tutta colpa sua.»

«In che senso?»

«Non doveva tenere la droga. Di certo non doveva vendere quella merda.»

«Non credo che prenderlo a botte farà molto bene alla sua reputazione», disse Kay.

Damian sbuffò. «È tutto fumo negli occhi comunque, no?»

«Cosa?»

«Tutto quanto.» Sollevò il mento verso il soggiorno. «Tutto quello là dentro.»

«Cosa intende?»

Incrociò le braccia sul petto e sospirò. «Non sono il grande sviluppatore di software che tutti pensano. Voglio dire, sì, ho avuto fortuna, e l'app che abbiamo programmato potrebbe fruttare molti soldi, ma...»

«Ma cosa?»

«Non ho il successo che sembra», mormorò.

«Pensavo che la sua azienda stesse per essere rilevata», disse Kay, confusa.

«È così.» Damian scrollò le spalle. «Appaltò la maggior parte del lavoro, tutti quei programmatori sono collaboratori esterni. Io mi limito a gestire il progetto, suppongo. Se non fosse per loro, non potrei farlo. Ma se riesco a vendere l'attività, allora nessuno se ne accorgerà, giusto?»

«Quindi come finanzia tutto questo, la casa, lo sviluppo del software...»

«Paga mia madre. È un'investitrice nell'azienda, anche se io sono l'unico amministratore.»

«Chi è sua madre?»

Damian sbuffò e fece il segno delle virgolette con le dita, la voce amara.

«La rinomata biochimica locale, ovviamente. Marion Blanchett.»

Kay ringhiò a bassa voce per la frustrazione. «Ecco perché il suo nome non è mai apparso nelle ricerche.»

«Come ho detto, non è un'amministratrice. Preferisce così.»

«Mentre tu prendi i soldi e scappi», disse Gavin.

Damian trasalì. «Beh, non letteralmente.»

«Ne sei sicuro?» Kay prese una rivista di informatica dal tavolo e osservò l'itinerario di viaggio che le saltò all'occhio. «Dove avevi intenzione di andare?»

Osservò mentre Damian Beech si chinava in avanti e si teneva la testa tra le mani.

«Penso che ora vorrei un avvocato, per favore», riuscì a dire.

CAPITOLO 56

Gavin spazzolò le briciole dal grembo e gettò il tovagliolo di carta nel cestino sotto la sua scrivania, poi guardò lo schermo del computer e sbadigliò.

Non aveva dormito molto la notte precedente, con troppi rami dell'indagine che gli giravano per la testa.

Essendo responsabile delle indagini per la rapina alla clinica veterinaria e l'aggressione ad Adam, prendeva sul serio la sua responsabilità per il caso, soprattutto perché Kay doveva mantenere un profilo basso, sia da un punto di vista personale che professionale.

Anche se aveva ricevuto la benedizione del Commissario Capo per continuare a lavorare sui casi, sapeva che la Procura della Corona avrebbe visto di cattivo occhio se il suo nome fosse apparso su qualsiasi documento o avessero fiutato il suo continuo coinvolgimento.

Mentre finiva la sua seconda bevanda energetica del pomeriggio, una debole luce filtrava dalle persiane della finestra e brillava sul suo schermo mentre scorreva il sito web di notizie locali.

Altri cinque minuti e sarebbe tornato al compito che lo attendeva, ma per ora il suo sguardo vagava pigramente tra le varie notizie. Era passato un po' di tempo dall'ultima volta che aveva avuto la possibilità di aggiornarsi sugli eventi locali, e mormorò tra sé quando riconobbe i nomi di due trasgressori portati davanti al tribunale di primo grado all'inizio della settimana per reati reiterati.

Senza dubbio se la sarebbero cavata con una multa, e il ciclo vizioso sarebbe ricominciato.

Espirando, si allontanò dalla storia per tornare alla pagina principale, poi sbatté le palpebre quando un titolo nella sezione economica attirò la sua attenzione.

Azienda locale deposita brevetto farmaceutico, si parla di fusione.

Cliccò sull'articolo e riconobbe immediatamente la donna nella fotografia che lo accompagnava.

Marion Blanchett.

Nell'immagine, indossava un tailleur rosso brillante, con le braccia incrociate sul petto. Il fotografo aveva angolato l'obiettivo della sua macchina fotografica in modo che sembrasse guardarlo imperiosamente, il sopracciglio sinistro leggermente sollevato come se avesse cose migliori da fare con il suo tempo.

Come guidare un'azienda farmaceutica dall'oscurità al mercato azionario in meno di due anni.

Sembrava più severa nella fotografia, meno cordiale rispetto alla donna che aveva intervistato la settimana prima.

Gavin aggrottò la fronte mentre continuava a leggere.

Secondo l'articolo, Marion aveva avuto un inizio di vita difficile. Aveva cambiato rotta dopo essersi pagata l'università alla fine dei trent'anni per tornare al lavoro come biochimica appena qualificata e aveva trovato la sua nicchia nella gestione, salendo rapidamente nei ranghi di un'altra nota azienda farmaceutica prima di dimettersi e avviarne una propria due anni prima.

Passò il mouse sullo schermo e tirò fuori la dichiarazione che aveva ottenuto da Marion Blanchett la settimana scorsa, ricordando che non aveva chiesto nulla sui suoi ruoli precedenti. Aprì un'altra scheda sul suo schermo e digitò l'indirizzo del sito web dell'azienda, familiarizzando nuovamente con il resoconto biografico completo dell'ascesa meteorica di Marion nell'industria farmaceutica.

Tornando all'articolo di notizie, finì di leggere e notò che c'era un link a piè di pagina che rimandava a un articolo più vecchio dell'anno precedente, il cui titolo era in contrasto con il tono celebrativo dell'attuale notizia.

Azienda farmaceutica disperata alla ricerca di una svolta.

Alzò lo sguardo a causa di un trambusto vicino alla porta, la voce di Laura che si diffondeva sopra le teste dei suoi colleghi mentre avanzava verso la lavagna con Kay e Barnes, il viso animato.

Inviando l'articolo alla stampante, si affrettò a prendere le pagine appena uscite e poi si unì ai suoi colleghi.

«Che succede?» disse.

Kay sbuffò per togliersi la frangia dal viso. «Damian

non ci dirà altro fino a quando non arriverà il suo avvocato, e abbiamo bisogno di più elementi prima di poter tornare a interrogare Xander».

«Forse posso aiutare con questo».

«Come?» disse Barnes, con gli occhi socchiusi.

«Credo di sapere cosa sta succedendo con il laboratorio». Gavin consegnò loro copie dell'articolo di giornale. «Stanno raccogliendo fondi perché tutti scommettono su questo brevetto. Secondo questo, il nuovo farmaco che stanno sviluppando è più potente della versione generica, il che significa che se ne deve usare meno, farà risparmiare all'industria veterinaria milioni di sterline. Marion Blanchett sta usando la sua reputazione e le speranze che ripongono nel farmaco per aumentare ciò che stanno cercando di ottenere dagli investitori privati esistenti».

«E se avrà successo, quoterà la società in borsa e le sue azioni schizzeranno alle stelle», mormorò Barnes, leggendo velocemente l'articolo. Abbassò le pagine e aggrottò la fronte. «Cosa c'entra questo con l'aggressione ad Adam?»

Gavin guardò i suoi colleghi e fece un respiro profondo prima di parlare.

«E se fossero a conoscenza dei problemi con il nuovo cloridrato di chetamina stanno sviluppando, ma fosse stato accidentalmente consegnata all'ambulatorio di Adam?»

Kay aggrottò la fronte. «Ma allora avrebbero potuto semplicemente telefonare e dirlo».

Gavin sollevò l'articolo di giornale. «E rovinare le loro possibilità di guadagnare un miliardo di sterline una volta concesso questo brevetto? Capo, non c'è niente in nessuno degli articoli che ho trovato online che suggerisca che ci sia un problema con questo farmaco. Nessuno dei rapporti che hanno depositato come parte del processo lo accenna nemmeno. L'unica prova che suggerisce che ci sia un serio problema con questa sostanza simile alla chetamina viene dal rapporto del nostro laboratorio».

«Che potrebbero contestare», rifletté Barnes.

«Si saprebbe comunque», disse Kay. «E se succedesse, rovinerebbe la loro reputazione».

«Guarda questo». Gavin si precipitò alla sua scrivania e tornò con una pila di stampe. «Ho dato un'occhiata ai bilanci dell'azienda degli ultimi tre anni. Marion ha acquistato l'azienda due anni fa quando era alla fine. L'ha lentamente ricostruita, hanno avuto piccole svolte qua e là, ma ha ancora debiti per almeno un paio di milioni di sterline. Se questo brevetto non viene approvato, è finita».

«Entrare nell'ambulatorio di Adam per riprenderselo perché il lotto sbagliato è stato inviato a loro sembra un po' drastico».

«È un movente, capo».

«Barnes, chiavi della macchina», disse Kay, prendendole al volo con una mano. «Vado a scoprire cosa ha da dire Marion Blanchett su tutto questo».

Gavin raccolse i documenti che i suoi colleghi avevano scartato sulla scrivania accanto alla lavagna dopo averli letti, e tornò alla sua scrivania.

«Gav?»

Guardò dietro di sé alla voce di Kay per vedere l'intera squadra che lo fissava.

«Sì, capo?»

«Andiamo, dai. Partiamo. Penso che tu abbia qualcosa con questa faccenda del brevetto».

Si voltò verso Barnes, confuso. «Pensavo andasse tu con lei».

Il detective ridacchiò e scosse la testa.

«È la tua indagine, Gav. Vai a prenderli».

CAPITOLO 57

«Quindi, sta già per fare una fortuna quando depositerà questo suo brevetto per il nuovo farmaco a base di cloridrato di chetamina, e guadagnerà ancora di più quando anche l'azienda informatica di Damian sarà quotata in borsa?»

Kay scosse la testa mentre guidava l'auto di servizio in un parcheggio davanti al laboratorio di Marion Blanchett, poi spense il motore. «Quanti soldi può volere una donna?»

«Immagino che per alcune persone sia come una droga», rispose Gavin, osservando dal finestrino del passeggero tre auto della polizia che si fermavano dietro di loro bloccando l'uscita. «Come le droghe. E per quanto riguarda Xander, capo?»

«Ci occuperemo di lui dopo. Voglio parlare prima con Marion».

Kay si diresse a passo deciso verso l'ingresso dell'edificio e premette il dito sul pannello di sicurezza.

Parlò non appena sentì la receptionist sollevare il telefono dall'altra parte.

«Sono l'Ispettrice Kay Hunter. Apra la porta».

Un mormorio sorpreso le giunse all'orecchio, e poi il meccanismo della porta si sbloccò.

«Chi sta coprendo le uscite di emergenza sul retro dell'edificio?» gridò voltandosi.

«Tim Wallace e un altro agente», disse Dave Morrison. «E questa è l'unica altra uscita».

«Allora resta qui. Voi altri, con me».

Spinse la porta e condusse Gavin e gli altri agenti verso il bancone della reception.

Quando arrivarono, era stata abbandonata, e Kay allungò il collo per guardare verso il mezzanino.

«Rimani qui e assicurati che nessuno cerchi di uscire», disse all'agente in uniforme più vicino, e poi salì le scale due gradini alla volta.

Le voci attraversavano la porta chiusa della sala conferenze, Marion Blanchett sembrava affannata mentre il tono tonante di un uomo faceva tremare i vetri smerigliati.

«Sono contento di non dover prendere appunti in quella riunione», disse Gavin. «Penso che mi cadrebbe la mano cercando di star loro dietro».

Kay alzò una mano, un debole ronzio filtrava attraverso le urla arrabbiate che erano iniziate nella sala conferenze. «Senti questo?»

«Cosa?»

«Aspetta qui».

Kay si voltò e corse lungo il corridoio fino alla porta

aperta dell'ufficio di Marion, poi scivolò fino a fermarsi mentre soffocava una risata.

«È un po' tardi per questo, Peter».

Il receptionist stava accanto a un distruggi documenti, con le mani che reggevano un fascio di documenti dall'aspetto ufficiale mentre i resti delle pagine scomparivano tra i denti metallici macinanti. Spalancò la bocca per lo shock nel sentire la sua voce.

«Ispettrice...»

«Meglio tenere quel pensiero finché non ti porteremo in centrale per una dichiarazione formale», disse Kay, facendo cenno a un'agente donna. «Lo fermi e lo porti in una delle auto».

«Certo, signora».

Kay seguì la coppia lungo il corridoio e sorrise a Gavin quando lo raggiunse. «Dovresti farti controllare l'udito».

«Come, capo?»

«Andiamo?»

«Dopo di lei».

Diede un colpo con la punta dello stivale contro il telaio in legno della porta della sala conferenze ed entrò, notando gli otto volti scioccati che si girarono sulle loro sedute per guardarla.

Marion Blanchett era in piedi a capotavola, le maniche della camicia blu arrotolate fino ai gomiti e le mani sul tavolo mentre si chinava su un microfono. Alzò un sopracciglio alla vista di Kay e Gavin.

«Vi dispiace? Siamo nel bel mezzo di una videochiamata cruciale con un potenziale investitore».

«Marion? Cosa sta succedendo?» La voce di un uomo crepitò attraverso gli altoparlanti montati su staffe alla parete e Kay si voltò per vedere un grande schermo che era stato srotolato dal soffitto.

Da un'altra sala riunioni con uno sfondo di paesaggio urbano illuminato al neon da qualche parte nel mondo, un uomo corpulento in un completo stropicciato le lanciò un'occhiataccia.

«Chi diavolo è lei?» chiese in tono brusco.

«Mi scuso per l'interruzione», disse, poi guardò Gavin che si avvicinò al tavolo, allungò la mano e premette un pulsante sull'interfono.

«Che co...»

La voce dell'uomo fu interrotta nello stesso momento in cui lo schermo diventò nero, e Marion boccheggiò.

«Cosa crede di fare?»

«Mi parli del brevetto», disse Kay, girando attorno al tavolo e osservando uno ad uno gli altri dirigenti. «Da quanto tempo sapete tutti che c'era qualcosa che non andava nel nuovo farmaco a base di cloridrato di chetamina che avete cercato di perfezionare?»

Un turbinio di colpi di tosse accolse la sua domanda, e osservò mentre l'uomo accanto a lei si passava un dito attorno al colletto della camicia mentre il suo collo diventava rosso vivo.

Una giovane ragazza accanto a lui sembrava terrorizzata, la sua penna tremava mentre dibatteva se fuggire o meno.

Kay scorse gli appunti che aveva preso, e poi alzò lo sguardo quando altri due agenti in uniforme apparvero alla porta.

«Interessante», disse. «Stavate facendo quadrato, vero? Bene, prendete le dichiarazioni di tutti, per favore».

Camminò attorno al tavolo fino a dove stava Marion Blanchett, con la furia negli occhi mentre, uno per uno, ciascuno dei suoi dirigenti veniva condotto via da un agente. Dopo aver recitato l'avvertimento formale, Kay fece un cenno a Gavin che mise una mano sul braccio della donna e la guidò verso la porta.

«Come osa?» sbottò Marion. «Come cazzo osa?»

Gavin si girò verso il volto scioccato della giovane impiegata amministrativa e le rivolse il suo sorriso più dolce.

«Probabilmente non dovresti mettere questo a verbale».

CAPITOLO 58

Kay trattenne un sorrisetto quando vide William Taylor seduto accanto a Marion Blanchett nella stanza quando lei e Gavin entrarono.

Dopo aver formalmente avviato l'interrogatorio, guardò l'avvocato e scosse la testa.

«La teniamo in famiglia, vero? O ha intenzione di rivelare al figlio della sua cliente ciò che sua madre dice di lui?»

Taylor ebbe la decenza di apparire imbarazzato. «La mia cliente...»

«Quale? Mi sto confondendo.»

«La mia cliente, Marion Blanchett», disse a denti stretti, «mi ha chiesto di rappresentare suo figlio nella speranza che potessi aiutarlo.»

«E adesso?»

«Può trovarsi la sua rappresentanza legale», sbottò Marion.

Kay attese mentre Gavin apriva la prima cartella della pila che aveva portato con sé dalla sala operativa, sentendosi orgogliosa mentre lui si prendeva un momento per comporsi prima di iniziare l'interrogatorio.

Aveva intenzione di parlare con l'Ispettore capo investigativo Sharp dopo la conclusione del caso, per assicurarsi che, se il suo collega avesse voluto perseguire una promozione a sergente investigativo in futuro, ci sarebbe stato un posto per lui nella polizia del Kent.

Non era disposta a perdere un'altra stella nascente, non dopo questo.

«Cos'è andato storto, Marion?», cominciò lui. «Il bisogno di denaro o il bisogno di potere? Quale dei due è stato?»

«Non sia ridicolo», sogghignò la donna. «È tutto un malinteso, vedrà. Non c'è nulla di sbagliato nel farmaco che abbiamo sviluppato.»

«Allora perché tre persone sono morte e altre sono ancora in ospedale con gravi complicazioni per aver assunto chetamina in polvere creata da quello?»

«Perché sono degli idioti per aver preso droghe, in primo luogo, specialmente quelle che sono state deliberatamente ricavate dai prodotti del nostro laboratorio per essere vendute per strada». Marion sospirò. «I nostri sono progettati per essere testati in condizioni di laboratorio e poi applicati in ambienti rigorosamente controllati una volta immessi sul mercato.»

«Su questo punto», continuò Gavin, estraendo dalla cartella il rapporto di laboratorio della squadra, «questo non accadrà tanto presto in base a ciò che ci dicono i nostri risultati. È letale, come dimostrato da quelle morti.»

«Di tanto in tanto sorgono problemi in tutti i programmi di sviluppo di farmaci», disse Marion pazientemente. «Ecco perché la fase di ricerca e sviluppo richiede così tanto tempo e costa così tanto.»

«Solo che la sua non ha richiesto così tanto tempo, vero?» Gavin estrasse una copia della dichiarazione rilasciata da uno dei tecnici interrogati dagli agenti in uniforme presso il laboratorio. «Secondo il suo personale, lei li stava spingendo ad accelerare l'immissione sul mercato di questo nuovo farmaco. Questa persona in particolare afferma di averle espresso preoccupazioni un mese fa, dicendo che il processo era troppo veloce e che temeva avessero tralasciato qualcosa di fondamentale.»

«Detective, siamo in procinto di assicurarci finanziamenti significativi per questo progetto, insieme a un brevetto, come probabilmente sa, dopotutto, è stato su tutti i notiziari recentemente». Marion appoggiò il braccio sul tavolo, con voce calma. «Una volta che i finanziamenti saranno disponibili, abbiamo intenzione di risolvere eventuali... imperfezioni che potrebbero risultare.»

«Strano che lei dica questo», disse Gavin, aprendo un raccoglitore ad anelli contenente un grosso blocco di carta e sfogliando fino a una pagina che aveva segnato, «perché secondo questa domanda di brevetto, non c'è alcuna indicazione che sia necessario un ulteriore lavoro per perfezionare il farmaco, o che ci siano problemi con esso. In realtà, qui si afferma "è nostra convinzione che questo prodotto possa essere distribuito sul mercato non appena il brevetto sarà concesso e saranno disponibili finanziamenti adeguati". Come pensa che si sentirebbero i suoi investitori se scoprissero che ha mentito loro? Dopotutto, se questo farmaco nel suo stato attuale fosse somministrato a un animale per un semplice intervento, con ogni probabilità ne causerebbe la morte.»

«Ma naturalmente, a quel punto lei sarebbe ben lontana dall'azienda e non sarebbe toccata da eventuali successive cause legali», disse Kay. «Stava pianificando di vendere la sua quota nel laboratorio non appena il brevetto fosse stato garantito e poi ritirarsi, lasciando che l'azienda se la cavasse da sola quando gli avvocati avrebbero bussato alla porta.»

Taylor abbassò lo sguardo e scrisse sul suo taccuino legale, ma non prima che Kay notasse lo sguardo di paura nei suoi occhi.

Marion continuò a fissare i due detective, con il pugno serrato… ma non disse nulla.

Gavin raccolse i documenti e mise la dichiarazione e il rapporto di laboratorio nella sua cartella informativa. «Qualcuno nel laboratorio ha commesso un errore, non è vero, Marion? Quando è arrivato un ordine per la normale cloridrato di chetamina che fornite dalla clinica veterinaria Turner, qualcuno ha accidentalmente inviato il nuovo farmaco non testato.»

«Come può accadere un errore del genere?», disse Kay incredula. «Sta facendo lavorare così duramente i suoi tecnici che stanno commettendo errori basilari? Che fine hanno fatto tutti i processi e le procedure che ha detto di avere in atto?»

«Sono in fase di revisione», disse Marion, con il mento sporgente. «E il tecnico che ha commesso l'errore non è più con noi.»

«Sembra inquietante», disse Gavin, guardando Kay. «Può confermare dove si trovi?»

«Detective, questa è un'insinuazione oltraggiosa». L'attenzione di Taylor si alzò di scatto dai suoi appunti. «A meno che non abbiate qualche prova...»

«Sta bene», disse Marion. «È stato pagato per i suoi servizi e ha trovato un altro lavoro in un laboratorio di Sittingbourne la settimana scorsa.»

«Lo tiene d'occhio, vero?», disse Kay.

«Rimango in contatto con lui, sì.»

«Non è preoccupata che possa parlare?»

Uno sguardo glaciale accolse la sua domanda. «Tutto il mio personale firma un accordo di non divulgazione prima di iniziare a lavorare con me», disse. «E gli sono stati ricordati i suoi obblighi in relazione a ciò quando se n'è andato.»

«Ha fatto firmare lo stesso accordo di non divulgazione ai suoi figli?», disse Gavin. «Visto che sembra fare tanto affidamento su entrambi.»

Taylor si sporse in avanti. «Devo dire...»

«No, non è vero». Kay lo fulminò con lo sguardo e poi si rivolse a Marion. «Entrambi i suoi figli affrontano condanne detentive per il loro coinvolgimento nel furto e nel commercio di sostanze illegali, e Xander in particolare deve rispondere di gravi accuse in relazione alle morti di Felicity Gregor, Gary Lovell e di una ragazza di sedici anni».

La donna impallidì. «Non doveva andare così. Doveva essere semplice. Non sapevo che Xander sarebbe stato così stupido da vendere la droga una volta recuperata».

Taylor alzò la mano verso di lei e rivolse la sua attenzione a Gavin. «Vorrei parlare in privato con la mia cliente, e...»

«Smettila, William». Marion scosse la testa, zittendolo. «Sanno tutto, vero? Questa è solo una formalità ormai».

Kay incrociò le braccia e ascoltò.

«Perché chiedere a Xander di introdursi e rubarle indietro per lei?» chiese Gavin. «Perché non chiamare semplicemente Adam Turner e spiegare l'errore chiedendogli di restituirle?»

Marion emise una risata amara. «Oh, se solo fosse così semplice. Non potevo semplicemente chiedere di restituirle, detective, perché il registro dei farmaci controllati avrebbe dovuto essere formalmente aggiornato e annotato. Avremmo riavuto i farmaci, sì, ma è probabile che lo studio avrebbe allertato le autorità, che avrebbero dovuto eseguire un'indagine completa».

«Quindi il processo di brevetto sarebbe stato ritardato...»

«Ritardato? Detective, sarebbe andato in fumo. Due anni di ricerca e sviluppo sarebbero stati sprecati, insieme alla mia reputazione. Senza i finanziamenti generati dal brevetto, non possiamo continuare il nostro lavoro finale per immetterlo sul mercato».

«Così Xander ha usato la sua amica Daisy per ispezionare lo studio e capire dove si trovasse l'armadietto dei farmaci controllati nell'edificio, e poi è tornato, si è introdotto e l'ha rubato. E nel frattempo ha aggredito Adam Turner».

Kay trasalì quando Gavin estrasse le fotografie scattate alle ferite di Adam in ospedale quella notte, e represse la sua rabbia.

«Non sapeva che fosse lì», insistette Marion,

distogliendo lo sguardo dalle immagini. «È stato un incidente».

«Un colpo alla testa non è un incidente, signora Blanchett, è un atto deliberato di violenza», disse Gavin. «Bel tentativo».

«E dalle ferite che Xander ha subito nell'aggressione nel suo appartamento, immagino che entrambi i suoi figli abbiano una vena violenta», disse Kay. «È stato Damian che lei ha mandato là, vero?»

Il labbro superiore di Marion si increspò. «Sono pessimi entrambi, tutti e due», ringhiò. «Entrambi inutili. Damian mi ha detto che ha cercato le fiale rimaste in quell'appartamento, ma tutto ciò che ha potuto trovare era l'attrezzatura che Xander aveva usato per condensare il cloridrato di chetamina in polvere. E poi arrivate voi e la trovate subito». La donna sospirò, appoggiandosi allo schienale della sedia. «Sarei andata io stessa a confrontarmi con lui, ma non potevo rischiare di farmi vedere, no?»

«Soprattutto perché tutti sono convinti che lei non abbia mantenuto i contatti con loro da quando ha abbandonato loro e il loro padre quasi vent'anni fa», disse Kay.

«E ora vorrei averli tenuti fuori dalla mia vita», disse Marion, «perché guardate cosa hanno fatto».

Kay incrociò lo sguardo di Gavin e annuì.

Aveva sentito abbastanza.

CAPITOLO 59

Kay camminava avanti e indietro sul pavimento piastrellato accanto a una fila di sedie per i visitatori, a metà di un corridoio apparentemente infinito, scorrendo i messaggi sul suo telefono.

Sia Marion Blanchett che Damian Beech erano stati incriminati, e il futuro di Daisy Stiles era nelle mani della Procura della Corona.

Il nome di Laura apparì in cima allo schermo insieme a un nuovo messaggio che confermava che il corpo di Gary Lovell era stato consegnato alla sua famiglia, con i funerali suoi e di Felicity Gregor programmati per la settimana successiva.

Kay emise un sospiro tremante mentre leggeva il messaggio di Dave Morrison sulla sedicenne morta, Chantelle Evans.

Affidata a una famiglia affidataria fin da piccola, la madre biologica di Chantelle aveva insistito per partecipare al funerale non appena aveva saputo che la stampa sarebbe stata presente.

Due delle vittime di overdose erano state dimesse dall'ospedale quel pomeriggio, sebbene le complicazioni a lungo termine avrebbero significato mesi, se non anni, di riabilitazione e potenzialmente altri interventi chirurgici.

«L'ho trovato, capo».

Alzò lo sguardo sentendo la voce di Barnes e vide il sergente detective che si affrettava verso di lei lungo il corridoio, così ripose il telefono.

«Ti prego, dimmi che non ha cercato di scappare», disse.

«Nessuna possibilità». Indicò un vano scale alla loro sinistra. «L'hanno spostato dal reparto di terapia intensiva a uno generale prima di dimetterlo. Phillip Parker è rimasto con lui. Ha trovato una stanza privata che possiamo usare per l'interrogatorio e, a quanto pare, c'è un nuovo avvocato presente».

«Come ti sembra?»

«L'avvocato? Esasperato, a quanto pare, Xander non ha smesso di parlare da quando ha scoperto che sua madre è stata incriminata, e non ascolta nessun consiglio dal suo legale».

Kay lo seguì su per le scale e lungo uno stretto corridoio, districandosi tra inservienti con carrelli mentre un aroma di cibo caldo si diffondeva dai reparti che stava superando.

Il suo stomaco brontolò in segno di protesta.

Finalmente, vicino alla fine del corridoio, notò Phillip Parker in piedi sull'attenti fuori da una porta, prima che Barnes si voltasse verso di lei.

«Eccoci, allora. È qui dentro».

Kay indicò la maniglia. «Tocca a lei, sergente».

«Può guidare lei, se vuole, capo». Sorrise. «Il mio ego è già stato ferito quando Piper ha scoperto quel brevetto».

«Ah, fallo tu», disse lei, dandogli una leggera spinta. «Il Comandante capo non mi perdonerà mai se Peter Gregor dovesse trovare il mio nome da qualche parte nella documentazione di questo caso, anche se hanno stabilito una tregua sul mio coinvolgimento».

«C'è sempre un secondo fine», mormorò lui, poi fece l'occhiolino e ringraziò Phillip che aprì loro la porta.

Kay la chiuse dietro di sé e vide che Xander sembrava essersi rimpicciolito rispetto a quando l'aveva visto quella mattina, come se la gravità della sua situazione lo avesse finalmente colpito.

Il figlio più giovane di Marion Blanchett era seduto su una sedia sotto un poster logoro riguardante un'iniziativa di sicurezza per il personale, le bende che gli coprivano il viso sostituite con medicazioni pulite e il camice ospedaliero sostituito con un paio di jeans e una felpa.

Un uomo con un logoro completo nero si voltò dopo aver letto una bacheca coperta di vari avvisi, e consegnò a Barnes il suo biglietto da visita.

«Matthew Barrett, avvocato d'ufficio», disse. «Possiamo cominciare? Credo che il mio cliente desideri rilasciare una dichiarazione completa».

«Includerà una versione diversa da quelle che ci ha fornito finora?» disse Barnes, tirando fuori una sedia di fronte a Xander. Recitò l'avvertimento e poi fissò l'uomo malconcio e malmesso. «Tre persone morte, Xander. A causa tua. Inizia a parlare».

«Lei mi odia».

«Presumo che stiamo parlando di tua madre?»

«Niente era mai abbastanza buono per lei». Xander si pulì il naso con il dorso della manica della felpa. «Non ha mai voluto avere niente a che fare con me, a meno che non avesse bisogno che facessi qualcosa per lei».

«Quindi, quando ti ha chiesto di fare irruzione nella Clinica Veterinaria Turner e rubare le fiale di cloridrato di chetamina che erano state consegnate quella mattina, hai accettato senza esitazione, vero?»

Xander fece una smorfia ma non disse nulla.

«Quello che non capisco è perché uno come te, senza precedenti di violenza o furto, irrompa in una clinica veterinaria, e non solo rubi i farmaci ma poi aggredisca il proprietario della clinica tanto da farlo finire in ospedale». Barnes scosse la testa. «Perché è successo?»

«Ha detto che mi avrebbe aiutato se l'avessi fatto. Come fa con Damian e la sua azienda di computer. Ha detto che avrebbe pagato del tempo in un vero studio per me, così avrei potuto registrare e pubblicare alcune canzoni».

«Allora perché non le hai consegnato i farmaci?»

«Ho pensato che avrei potuto farle dare più soldi. Non stava offrendo molto, avrei avuto solo una settimana circa di tempo in studio».

«Quindi l'hai ricattata, è così?» disse Barnes. «Quando lo ha scoperto Felicity?»

Xander sospirò e allungò le gambe davanti a sé, col labbro inferiore abbassato. «Mi ha sentito parlare con mamma al telefono. Damian aveva organizzato un incontro improvvisato in un bar su Bank Street martedì sera dopo il lavoro e alcuni di noi sono andati insieme...»

«Con "noi", intendi il club della colazione di Damian?»

«Sì».

«Come mai sei andato anche tu?»

Xander si strinse nelle spalle. «Damian ha suggerito che sarebbe stato meglio che andassi. Non avevo niente di meglio da fare, e il cibo era gratis quindi ho pensato che tanto valesse».

«Cosa è successo quando Felicity ti ha sentito?»

«Avevo dimenticato che aveva una dipendenza. Non molti lo sapevano. Era brava a nasconderlo». Il giovane si sporse in avanti, appoggiò i gomiti sulle ginocchia e fissò il pavimento. «Fino a quel momento, Damian pensava che stessi prendendo accordi con mamma per consegnare la droga. Felicity ha sentito per caso cosa stesse realmente succedendo, e ha preteso che gliene dessi un po' prima di restituirla. Ha detto che sarebbe andata dalla polizia se non l'avessi fatto, e che suo padre conosceva persone che sarebbero state interessate a ciò che avevo combinato. Non avevo scelta».

«Ce l'avevi». Kay lo fulminò con lo sguardo. «Se non gliela avessi consegnata, Felicity Gregor non sarebbe morta».

«Lo sarebbe stata comunque, solo non la settimana scorsa», sogghignò Xander. «Era solo questione di tempo con lei… era fuori controllo. Non che qualcun altro te lo direbbe. Pensavano tutti che fosse meravigliosa, no?»

«Cosa hai fatto quando hai saputo che era caduta dal tetto del parcheggio multipiano?» lo incalzò Barnes.

«Sono andato nel panico, no? Ho pensato che qualcuno avrebbe potuto risalire a me attraverso quello che aveva con sé». Xander fece un respiro profondo. «Avevo un concerto prenotato per venerdì sera, e ho pensato che tanto non avrei mai visto quei soldi da mia madre, quindi tanto valeva guadagnare qualcosa vendendola. Ho deciso di liberarmi di quanta più polvere possibile con i consumatori presenti, e poi disfarmi delle altre fiale. È una rottura prepararla comunque. La prima volta ci ho messo un'eternità a pulire dopo».

«Come si è trovato coinvolto Gary Lovell?» disse Barnes, incapace di nascondere lo shock nel tono dell'altro uomo così distaccato.

«Me l'ha rubata dalla tasca quando non stavo guardando mentre eravamo a colazione venerdì mattina». Xander guardò Kay. «Quindi non puoi incolpare me per la sua morte. Se l'è cercata da solo».

«Lo hai avvertito che pensavi che la droga fosse pericolosa?» disse Kay.

«Non ho avuto occasione. Se n'è andato di corsa, e non volevo che Damian scoprisse cosa avessi fatto, così l'ho lasciato fare».

«E poi abbiamo interrogato Damian, e lui ha messo insieme i pezzi», disse Barnes.

«L'ha detto a mia madre». Xander si alzò in piedi e si voltò verso il muro. «E lei ha mandato lui all'appartamento per prendere il resto delle fiale».

«Cosa è successo?»

Xander si girò di scatto.

«L'ho mandato a quel paese», disse, con gli occhi furiosi. «Gli ho detto che ne avevo abbastanza di loro che mi dicevano cosa fare. Ho detto che, se avesse voluto indietro la sua droga, avrebbe dovuto pagarmi. Dopotutto, dà sempre soldi a lui. Avete visto quanto vale quella sua azienda?»

«Praticamente niente, dopo questo», disse Barnes.

CAPITOLO 60

Era già buio quando Kay parcheggiò la sua auto sulla ghiaia del vialetto davanti a casa e spense il motore.

Rimase seduta per un momento, ascoltando il motore che si raffreddava e aspettando che un po' dell'adrenalina accumulata durante le attività del pomeriggio si dissipasse dal suo organismo.

Finalmente, scese dall'auto, notando che il vento si era calmato. Al suo posto, un sottile calore avvolgeva il cielo notturno mentre osservava le stelle che emergevano.

Un accenno di primavera era finalmente nell'aria.

Raccogliendo i residui che si erano accumulati nel vano piedi e nelle tasche laterali dell'auto durante l'indagine, gettò la spazzatura nel bidone accanto alla porta del garage ed estrasse le chiavi di casa dalla tasca.

Aprendo la porta d'ingresso ed entrando nell'atrio, la prima cosa che notò fu l'assenza di giocattoli per cani sparsi sulla moquette e sulle scale. Togliendosi le scarpe, mentre il fischiettare di Adam dalla cucina si diffondeva lungo il corridoio, Kay sorrise per quella sensazione di normalità che tornava nella sua vita.

Per il momento, almeno.

Mentre si lavava le mani al lavandino del bagno al piano terra, sentì Adam chiamare.

«Sei tu, Kay?»

«Sì.» Chiuse la porta e si diresse verso la cucina. «Scott ha preso Oscar?»

«L'hai mancato per mezz'ora, ha detto che il suo padrone era tornato prima del previsto.» Alzò lo sguardo dallo zaino sul piano di lavoro, poi sorrise. «Quella è la faccia di una donna che ha bisogno di un drink.»

«Oh, grazie mille.» Sorrise e lo baciò prima di indicare le ultime pastiglie accanto al suo cellulare. «Ti va di andare al pub? Non usciamo da un po', e potremmo prendere qualcosa di analcolico dato che non puoi bere alcolici mentre prendi quelle.»

«Mi farebbe bene un cambio di scenario, questo è certo. Quelle sono le ultime pastiglie, comunque.»

Kay alzò un sopracciglio guardando la schiera di cartelle e libri sul piano di lavoro. «Torni al lavoro domani, quindi?»

«Solo scartoffie, non preoccuparti.» Le rivolse uno sguardo contrito. «Da quello che diceva Scott prima, hanno tutto sotto controllo, quindi a meno che non arrivi qualche emergenza, sarà un primo turno di rientro tranquillo.»

«Sembri un po' deluso.»

«Credo che mi stia solo rendendo conto di quanto sia valida la squadra che ho. Voglio dire, non avrei potuto superare le ultime due settimane senza di loro. Scott si è davvero distinto nel suo ruolo, e quanto a Stephanie...»

«Dobbiamo capire come clonarla.»

Lui rise. «Esattamente.»

«Bene, questo è di buon auspicio per i nostri programmi di vacanza, soprattutto se hai intenzione di tenere anche Claire.» Kay si avvicinò al lavandino e riempì un bicchiere d'acqua, porgendoglielo. «Vado a cambiarmi mentre prendi quelle, e poi usciamo.»

Si affrettò su per le scale, slacciandosi i bottoni della camicia mentre attraversava il pianerottolo verso la loro camera da letto e gettò i vestiti da lavoro nel cesto della biancheria accanto al bagno privato.

Dopo essersi infilata un paio di jeans consumati che adorava e un maglione pesante, Kay si legò i capelli e si fermò quando il suo sguardo cadde sulla fotografia di lei e Adam che teneva sul comodino.

Era stata scattata diversi anni prima, quando lei era ancora un agente investigativo e lui stava avviando la clinica veterinaria.

Sorrise, rendendosi conto di quanto sembrassero giovani e che erano passati dieci anni da quando la foto era stata scattata.

Probabilmente è ora di mettere una foto nuova in quella cornice, pensò.

La prese e ripulì una sottile linea di polvere dal vetro, poi fece una smorfia. «E domani ho bisogno di una giornata per le pulizie di casa.»

«Sei pronta?»

Rimise a posto la fotografia e scese al piano di sotto dove Adam stava aspettando nell'ingresso, già con la giacca imbottita mentre infilava i piedi in un paio di scarponi da trekking consumati.

«Sembri uno che non va al pub da due settimane,» disse lei.

«Si chiederanno che fine ho fatto. Mi sorprende che non abbiano ancora mandato una squadra di ricerca.»

Kay scosse la testa, poi si sedette sulle scale per infilarsi gli stivali. «Almeno Laura è di turno questo fine settimana. Possiamo rilassarci, e forse…»

Un sottile sibilo le arrivò alle orecchie e si bloccò, con lo stivale a metà del piede.

Alzò lo sguardo verso Adam, socchiudendo gli occhi con sospetto.

Lui aveva un'espressione colpevole.

«Hai dato la colpa al cane per tutto questo tempo,» sbottò. «Sei stato tu!»

Lui alzò le mani fingendosi innocente.

«Onestamente, non posso farci niente. È colpa dei farmaci che ho preso.»

FINE

L'AUTRICE

Prima di dedicarsi alla scrittura, Rachel Amphlett, autrice di romanzi polizieschi tra i più venduti di USA Today, ha suonato la chitarra in una band, ha lavorato come comparsa in TV, al cinema e nell'editoria come assistente editoriale.

Ora impugna una penna al posto del plettro e scrive polizieschi. Ha oltre 30 romanzi e racconti all'attivo che vedono come protagonisti spie, detective, giustizieri e assassini.

Appassionata di viaggi e investigatrice privata per caso, Rachel ha la cittadinanza australiana e britannica.

9 781917 166973